上村一夫 原稿用紙

FOLLI PASSIONI 1

Kamimura Kazuo

Traduzione di Paolo La Marca

Indice

狂人関係

きょうじんかんけい

CAPITOLO 1

上村一夫

FOLLI PASSIONI

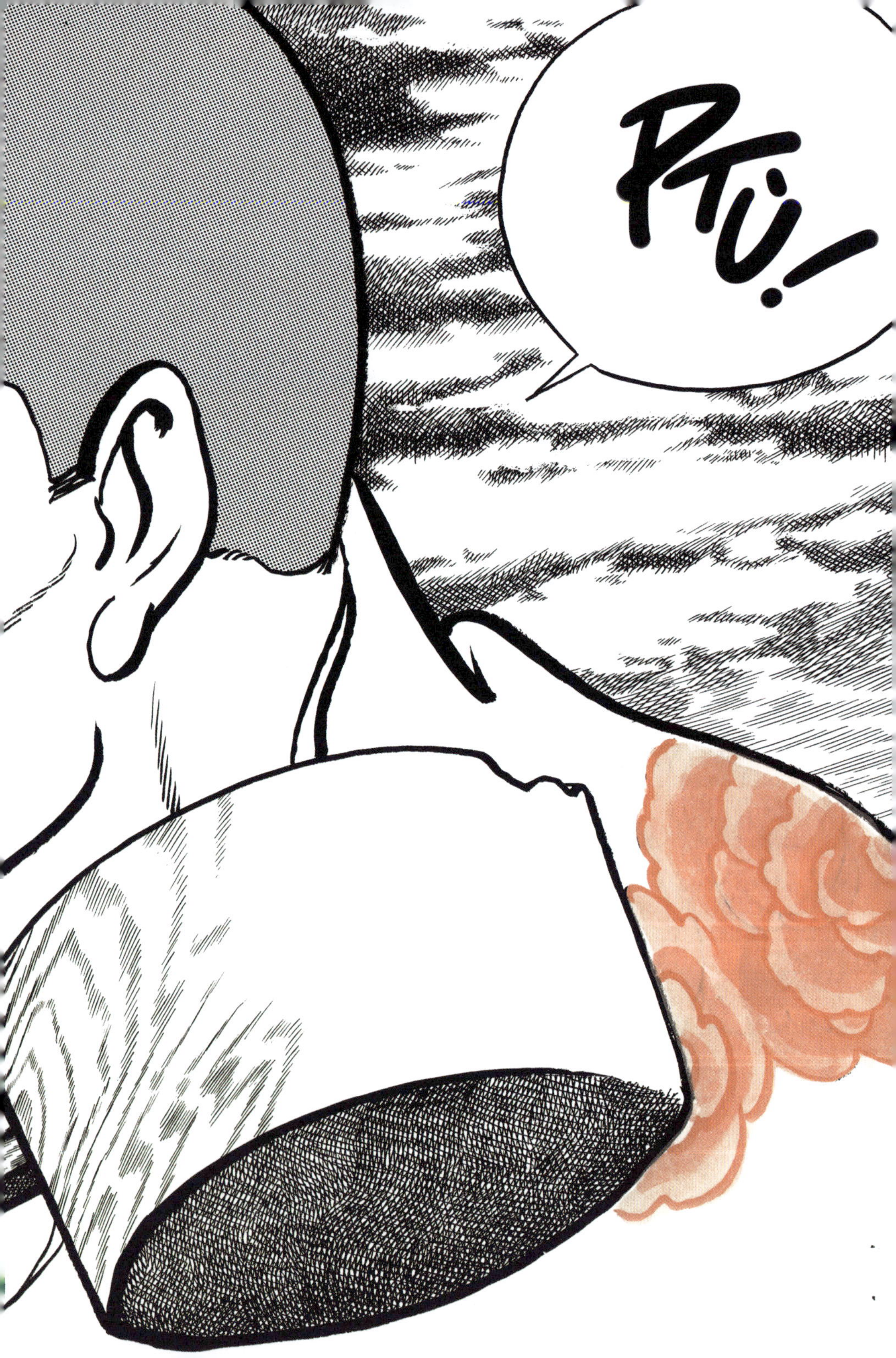
PTÙ!

AAH!
QUANDO RISCIACQUO LA BOCCA, AVVERTO UN FASTIDIO ALLA CARIE IN FONDO. VUOL DIRE CHE LA STAGIONE FREDDA È ARRIVATA.

IL CIELO IN DIREZIONE DEL MONTE FUJI ERA SEMPRE SERENO SE LO SI OSSERVAVA DALLA ZONA IN CUI VIVEVA SUTEHACHI...

... MENTRE ERA NUVOLO-SO SE LO SI GUARDAVA DALLA CASA DEL MAESTRO... CHISSÀ PERCHÉ...

* CONOSCIUTA ANCHE CON I NOMI DI ŌI, EI E EIJO, È LA FIGLIA DEL PITTORE E INCISORE KATSUSHIKA HOKUSAI (1760-1849). LE DATE DI NASCITA E MORTE SONO SCONOSCIUTE, ANCHE SE CONVENZIONALMENTE VENGONO INDICATI IL 1800 E IL 1866; N.D.T.

▲ MIURAYA HACHIEMON.

SI È
APERTA!
VRRAA
KTN
NON STARTENE LÌ
A PERDERE TEMPO!
VIENI A DARMI UNA
MANO!
MAE-
STRO!

SEI TU, SUTEHACHI...!
MAESTRO! COSA VI È SUCCESSO? HO SAPUTO CHE AVETE TENTATO IL SUICIDIO TAGLIANDOVI LE VENE... MI AVETE FATTO PRENDERE UNO SPAVENTO!
IMBECILLE! IO? SUICIDARMI? VOLEVO SOLTANTO DISEGNARE UNA SCENA CON IL SANGUE CHE SCORRE DA UN POLSO...
COSÌ MI SONO FATTO UN TAGLIETTO.
COSA?

CI RISIAMO... PADRE, METTETE DA PARTE IL VOSTRO ORGOGLIO.
POI, SI SA... IL SANGUE È VIGOROSO. È VENUTO FUORI DAL NULLA!
OEI! STA' ZITTA E CHIUDI UN PO' QUELLA BOCCA!
ADESSO COME STATE? COME VA LA FERITA?
VA TUTTO BENE! SENTI COME PULSA! CHE BELLA SENSAZIONE! PERCHÉ NON PROVI ANCHE TU, SUTEHACHI?

SÌ.
OEI, PORTAMI UN CUSCINO.
NO, GRAZIE.
COSA? ANCHE TU, OEI, HAI INIZIATO A DISEGNARE?
NO. IL DISEGNO NON FA PER ME.
SUTEHACHI... MI RIPOSO UN PO', MA TU RESTA. ANZI, PROVA A DARE UN'OCCHIATA AI DISEGNI DI MIA FIGLIA.
EH?!
SE DOVESSI ANNOIARTI, PUOI SEMPRE GIOCARE CON I PIDOCCHI. NE HO VISTI CINQUE O SEI LAGGIÙ...

?!
FAI SILEN-ZIO.
CHE C'È?
FRUSH
SUTE-HACHI!
DIMMI.
STRAOR-DINARIO. COME SEMPRE.

SHH!
COSA? ALLORA ERA TUTTO VERO...
HIROSHIGE... UN TEMIBILE RIVALE ALL'ORIZZONTE...

▲ HIROSHIGE.

▲ UTAGAWA HIROSHIGE, *KANBARA* DALLA SERIE *CINQUANTATRÉ STAZIONI DEL TÔKAIDÔ* (*TÔKAIDÔ GOJÛSAN-TSUGI*, 1933-34); N.D.T.

* CELEBRE *HANMOTO* (EDITORE/LIBRERIA) DEL PERIODO EDO (1603-1868). IL SUO FONDATORE, TSUTAYA JÛZABURÔ (1750-1797), AVEVA PUBBLICATO DIVERSI TESTI ASCRIVIBILI ALLA NARRATIVA *GESAKU* (OPERE SCRITTE PER DIVERTIMENTO), COME I *KIBYÔSHI* (LIBRI GIALLI, PER VIA DEL COLORE DELLE COPERTINE) E GLI *SHAREBON* (LIBRI ALLA MODA). AVEVA DATO POPOLARITÀ ALLE STAMPE DEL *MONDO FLUTTUANTE* (*UKIYO-E*) DI HOKUSAI, UTAMARO E SHARAKU; N.D.T.

** (1797-1858): INCISORE E PITTORE CONOSCIUTO ANCHE CON IL NOME DI UTAGAWA HIROSHIGE; N.D.T.

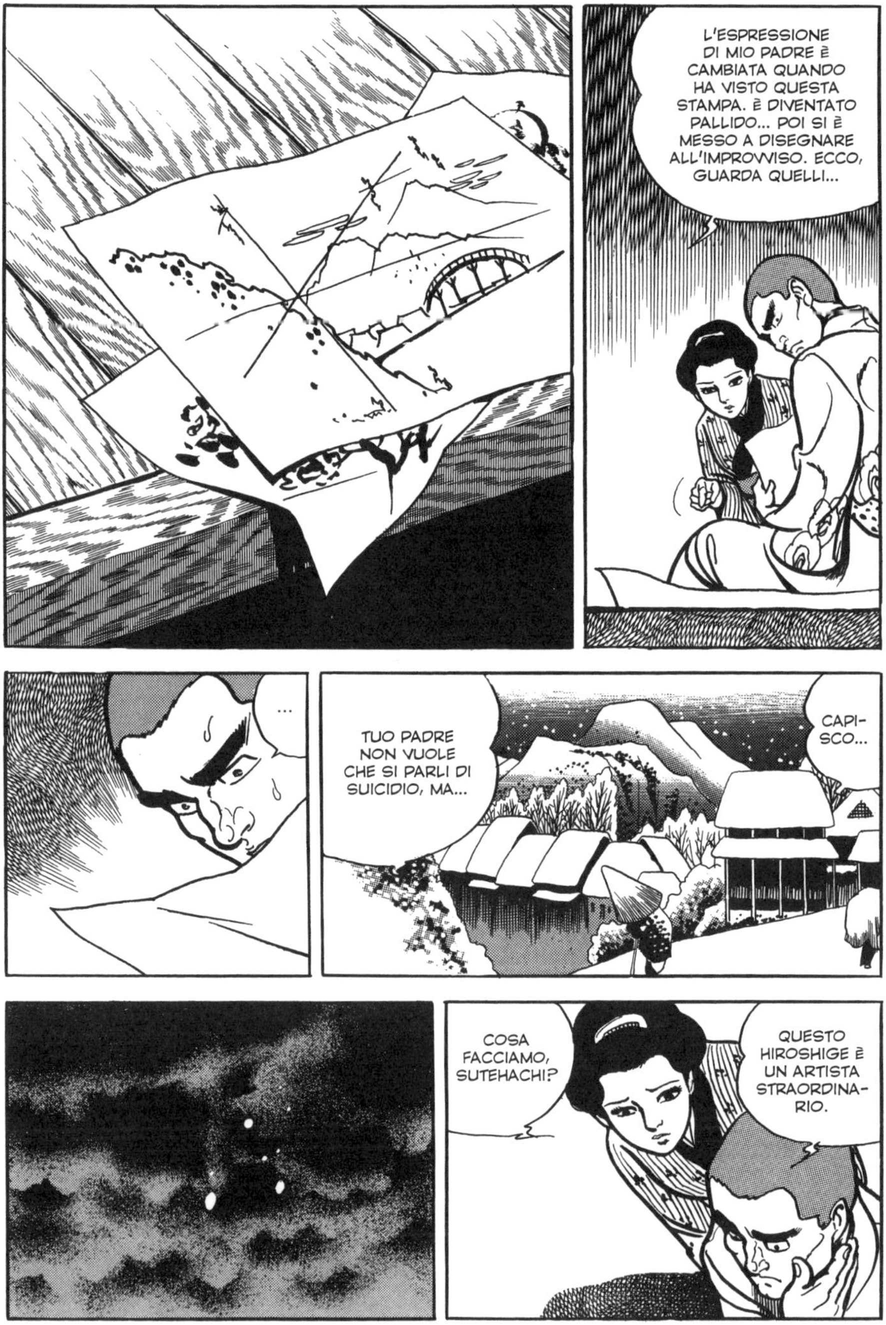
L'ESPRESSIONE DI MIO PADRE È CAMBIATA QUANDO HA VISTO QUESTA STAMPA. È DIVENTATO PALLIDO... POI SI È MESSO A DISEGNARE ALL'IMPROVVISO. ECCO, GUARDA QUELLI...
...
TUO PADRE NON VUOLE CHE SI PARLI DI SUICIDIO, MA...
CAPI-SCO...
COSA FACCIAMO, SUTEHACHI?
QUESTO HIROSHIGE È UN ARTISTA STRAORDINA-RIO.

LA NEVE...
LA NEVE. HA INIZIATO A NEVICARE.
COSA AVETE DETTO, PADRE?
MA COSA STATE DICENDO! FINO A POCO FA IL CIELO ERA INCREDIBILMENTE SERENO.
APRITE LA PORTA-FINESTRA E OSSERVATE. È LA PRIMA NEVE DELL'ANNO.

CHE NE DICI, BEVIAMO QUALCOSA MENTRE GUARDIAMO LA NEVE?
SÌ?
SUTE-HACHI...

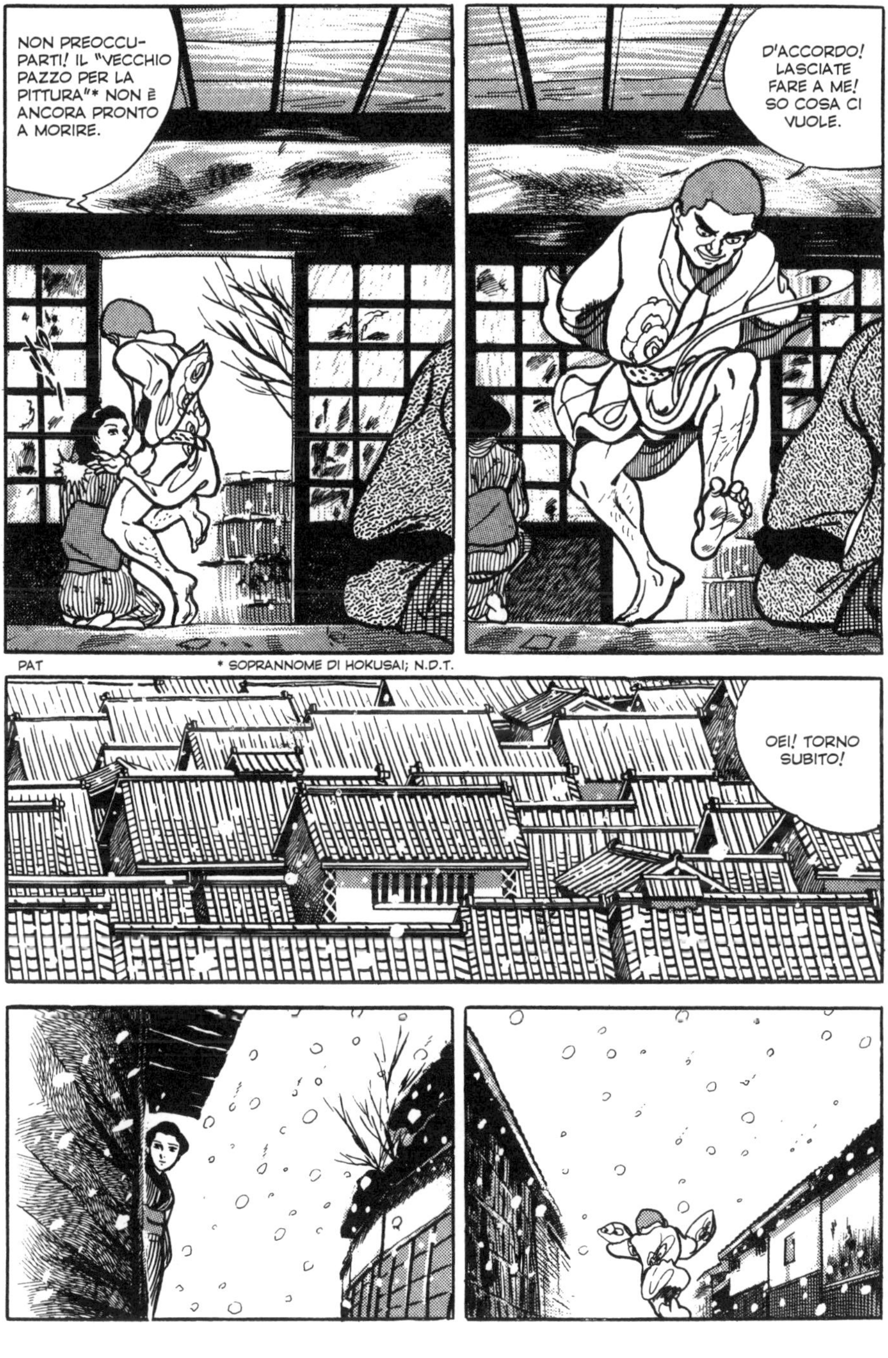

* SOPRANNOME DI HOKUSAI; N.D.T.

HIROSHIGE... ANCHE TU, CHISSÀ DA DOVE, STARAI OSSERVANDO QUESTA STESSA NEVE... COME LA DISEGNERESTI?

TE LO DICO SOLO PERCHÉ SEI TU. NON SO SE RIUSCIRÒ A SUPERARE QUESTO INVERNO...
...!?

CHE VITA MISERABILE CHE HO VISSUTO! A VENT'ANNI MI HANNO CACCIATO DI CASA CON SETTE FRATELLI E SORELLE. FIGURATI... ANCHE SE AVESSI VENDUTO LE MIE SORELLE AI QUARTIERI DI PIACERI, I SOLDI NON SAREBBERO BASTATI UGUALMENTE. MIO FRATELLO MAGGIORE NON SO CHE FINE ABBIA FATTO, MENTRE MIO FRATELLO MINORE È UN IDIOTA. CHE COSA POSSO FARE? EPPURE NON PORTO RANCORE NEI CONFRONTI DEI MIEI GENITORI...
TANTE VOLTE MI SONO DETTO CHE NON CE L'AVREI MAI FATTA, CHE NON SAREI RIUSCITO AD ANDARE OLTRE... MA ORA È DIVERSO. L'INVERNO DI QUEST'ANNO NON È COME TUTTI GLI ALTRI...
MI HAI AIUTATO MOLTO. QUANDO MORIRÒ, DOVRAI CAVARTELA DA SOLO. SO QUANTO È DIFFICILE VIVERE, MA DEVI AVERE PAZIENZA E METTERCELA TUTTA.
I BEI TEMPI SONO ORMAI PASSATI... ADESSO BASTA... NON FACCIO CHE LAMENTARMI...
MIAOOO

STA NEVICANDO SEMPRE PIÙ FORTE...
KTIN

PADRE, FA FREDDO. VOI STATE AL CALDO CON LA COPERTA DEL *KOTATSU** SULLE SPALLE, MA NOI...
* BASSO TAVOLINO CON UNA FONTE DI CALORE POSTA NELLA PARTE SOTTOSTANTE. SOPRA IL TAVOLINO C'È UNA PESANTE COPERTA (LA STESSA CHE HOKUSAI SI È MESSO SULLE SPALLE); N.D.T.

* *YUKIMIZAKE*: PRATICA CONTEMPLATIVA GIAPPONESE CHE CONSISTE NEL SORSEGGIARE DEL SAKE MENTRE SI OSSERVA LA NEVE CHE CADE. QUESTA TRADIZIONE È TIPICA DELL'INVERNO, IN PARTICOLARE NELLE REGIONI INNEVATE DEL GIAPPONE, ED È UN MOMENTO DI RIFLESSIONE E CONNESSIONE CON LA NATURA. L'IDEA È DI GODERE DEL PAESAGGIO INVERNALE IN MODO TRANQUILLO E MEDITATIVO, MENTRE SI ASSAPORA IL SAKE IN UN'ATMOSFERA DI CALMA E SERENITÀ. N.D.T.

EH EH EH!
LO SO CHE NON È UN BRACIERE, MA SE HAI FREDDO, PUOI SEMPRE ABBRACCIARE SUTEHACHI...
DOPOTUTTO, OEI... NON SEI INNAMORATA DI LUI?
PLIC

È SQUISITO!

CAPITOLO 2

狂(きょう)人(じん)関(かん)係(けい)

上村一夫

* VECCHIO NOME DI TOKYO; N.D.T.

* CONOSCIUTO ANCHE COME *TAKUAN*, È UN SOTTACETO PRODOTTO DAL *DAIKON*; N.D.T.

* "FOLLE/PAZZO PER LA PITTURA": UNO DEI SOPRANNOMI DI HOKUSAI; N.D.T.
** MONETE IN USO PRIMA DELLA RESTAURAZIONE MEIJI (1868); N.D.T.

C'È NESSUNO?
八百久

▲ YAOKYŪ.

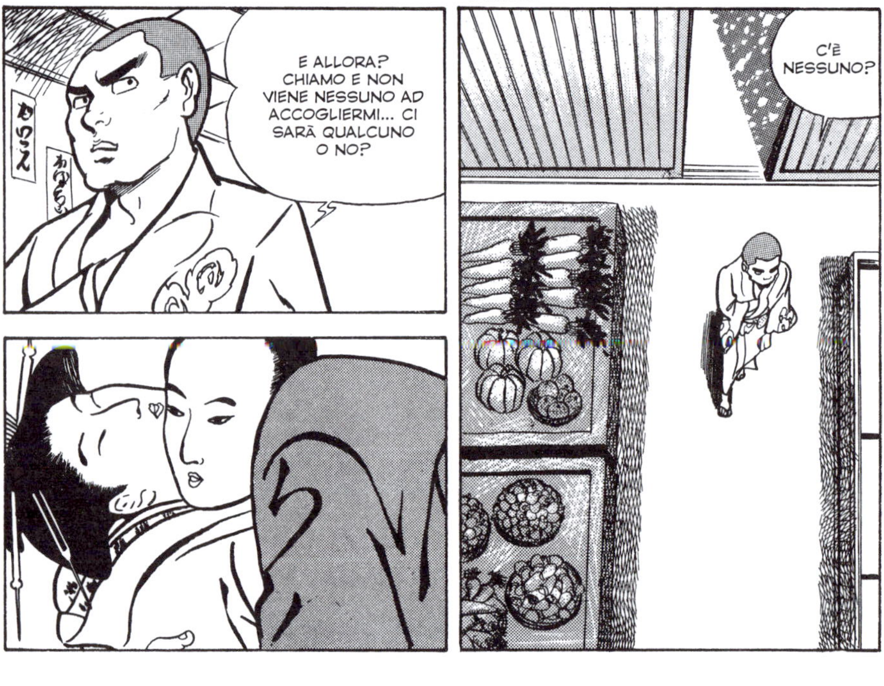
C'È NESSUNO?
E ALLORA? CHIAMO E NON VIENE NESSUNO AD ACCOGLIERMI... CI SARÀ QUALCUNO O NO?

AH!

* (1753-1806): KITAGAWA UTAMARO, ARTISTA TRA I PIÙ RAPPRESENTATIVI DELL'*UKIYO-E*; N.D.T.

NON STO SCHERZANDO! DAVVERO MI HAI PRESO PER UN LADRO? CONOSCI QUALCUNO CHE SI INTRUFOLEREBBE IN CASA D'ALTRI CHIEDENDO UN *TAKUWAN*?
VOLETE DAVVERO UN *TAKUAN*?
...
PUOI STARE TRANQUILLA. NON DIRÒ NIENTE A NESSUNO.

ADESSO CI UNISCE UN'AMICIZIA PUZZOLENTE.
CHE PUZZA!
MA DEVO BADARE AL NEGOZIO...
VUOI VENIRE A MANGIARE QUESTO *TAKUWAN* A CASA MIA MENTRE OSSERVIAMO LA NEVE E BEVIAMO SAKE?

MA CHE DICI! COME SE NON AVESSI VISTO QUANTO SEI INTERESSATA AL NEGOZIO! VIENI CON ME!
VA BENE...
QUESTO È MEGLIO METTERLO VIA.
MAMMA MIA... SEMBRA QUASI CHE LE STIA PER DARE UN MORSO! CHE PERVERTITO QUELL'UTAMARO!
FLAP

▲ YAOKYŪ.

* RIFERIMENTO A YAOYA OSHICHI (1667-1683), FIGLIA DEL FRUTTIVENDOLO TAROBEI CHE, GIOVANISSIMA, SI INNAMORÒ DI UN RAGAZZO DURANTE IL GRANDE INCENDIO DELL'ERA TENNA. SPERANDO DI RIVEDERLO, APPICCÒ UN NUOVO INCENDIO L'ANNO SEGUENTE, MA VENNE SCOPERTA E MANDATA AL ROGO. IL PERSONAGGIO IDEATO DA KAMIMURA SI ISPIRA PROPRIO A LEI E NE CONDIVIDE LA PASSIONE PER IL FUOCO; N.D.T.

LASCIA PERDERE.
FERMATELO!
È UN LADRO!

CHE IMBECILLE! SE CONTINUA A COMMETTERE FURTI CON UN BAMBINO CHE URLA SULLA SCHIENA, VERRÀ CATTURATO OGNI VOLTA. È COME SE ATTRAVERSASSE LE STRADE DI EDO URLANDO: "SONO UN LADRO!".
OSHICHI, DEVI SAPERE CHE A DICEMBRE AUMENTANO I LADRI, I BAMBINI ABBANDONATI E GLI INCENDI.

HO SENTITO CHE DICEMBRE È IL MESE IN CUI CORRONO I LADRI E I MONACI...
CORRONO, CORRONO PER ARRIVARE ALL'ANNO SUCCESSIVO.

* (1716-1784): YOSA BUSON, POETA E PITTORE; N.D.T.

** (1633-1698): ITÔ SHINTOKU, POETA; N.D.T.

* (1654-1716): KONISHI RAIZAN, POETA; N.D.T.

▲ SULLA PARETE È APPESO *VENTO LEGGERO, MATTINO SERENO* (*GAIFŪ KAISEI*) DALLA SERIE *TRENTASEI VEDUTE DEL MONTE FUJI* (*FUGAKU SANJŪROKKEI*, 1826-1833) DI HOKUSAI; N.D.T.

** (1763-1828): KOBAYASHI ISSA, POETA; N.D.T.

È IL CAPO DI TUTTI I LADRI CHE PER NON FARSI ACCHIAPPARE CAMBIA CONTINUAMENTE NOME...
UN GIORNO SI FA CHIAMARE MIURAYA HACHIEMON, UN ALTRO KATSUSHIKA HOKUSAI...
AH AH AH AH.

KTN
AMO L'ALCOL PERCHÉ NON MENTE. QUANDO LO SI BEVE, CI SI UBRIACA SEMPRE. È ONESTO.
SAPEVO CHE AVREI TROVATO QUI MIO PADRE.
OH, È ARRIVATA OEI!
SEMBRA PROPRIO BUONA QUESTA VERDURA IN SALAMOIA.
UNISCITI A NOI! UN BICCHIERINO IN TUA COMPAGNIA, CON I CAPELLI APPENA LAVATI, CI PORTERÀ DRITTI IN PARADISO!

...
...
PADRE... DOMANI MATTINA DOVETE ANDARE A FARE VISITA AL VOSTRO EDITORE. STASERA FATE IN MODO DI TORNARE A CASA.
TI PRESENTO LA FAMOSA YAOYA OSHICHI...

STONK
VRRR
TSÈ! IL BAGNO CALDO DEVE AVERLE DATO ALLA TESTA!

AH!
ROLL

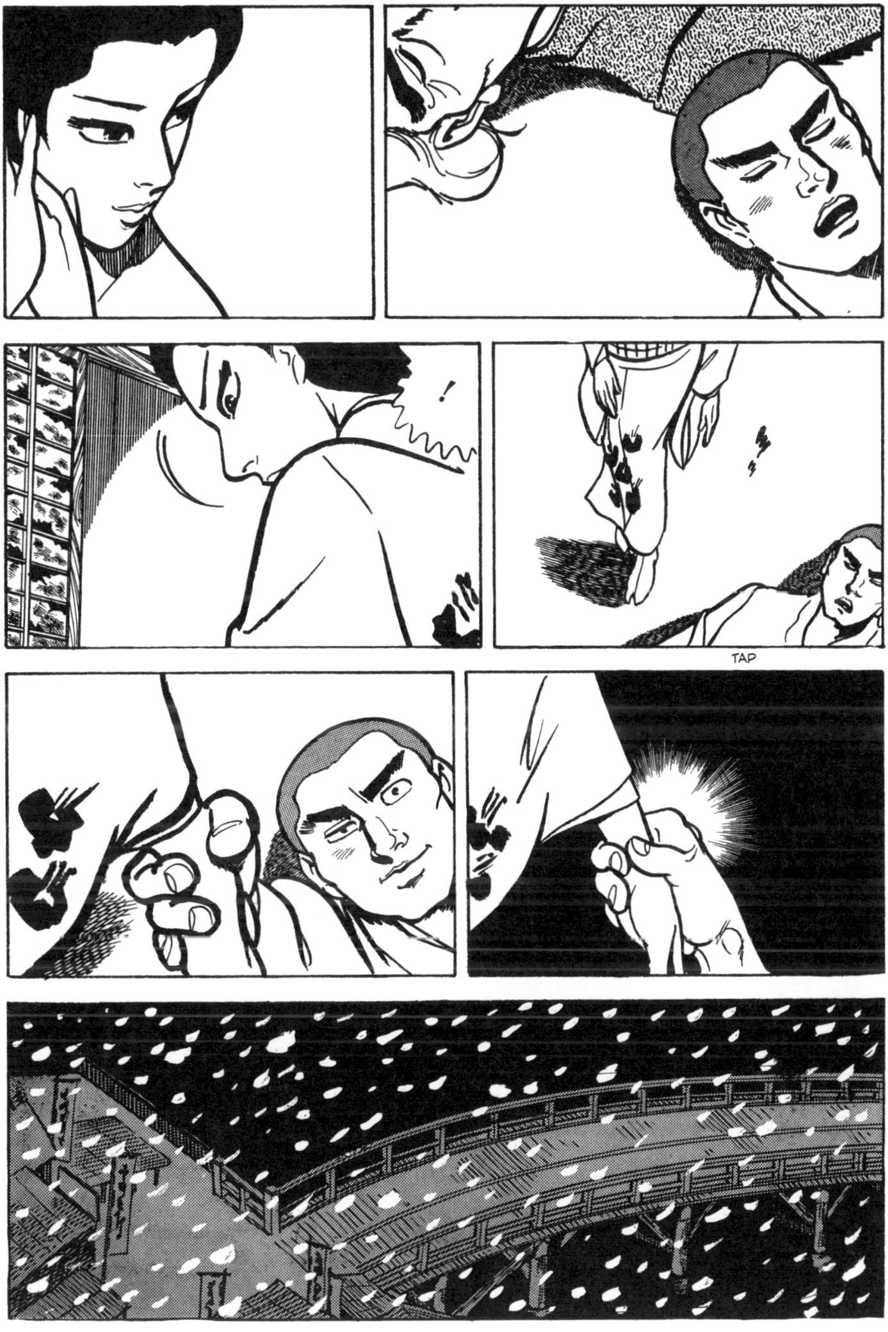
!
TAP

SMACK

KLIIIN

CAPITOLO 3

FOLLI PASSIONI - KAMIMURA KAZUO

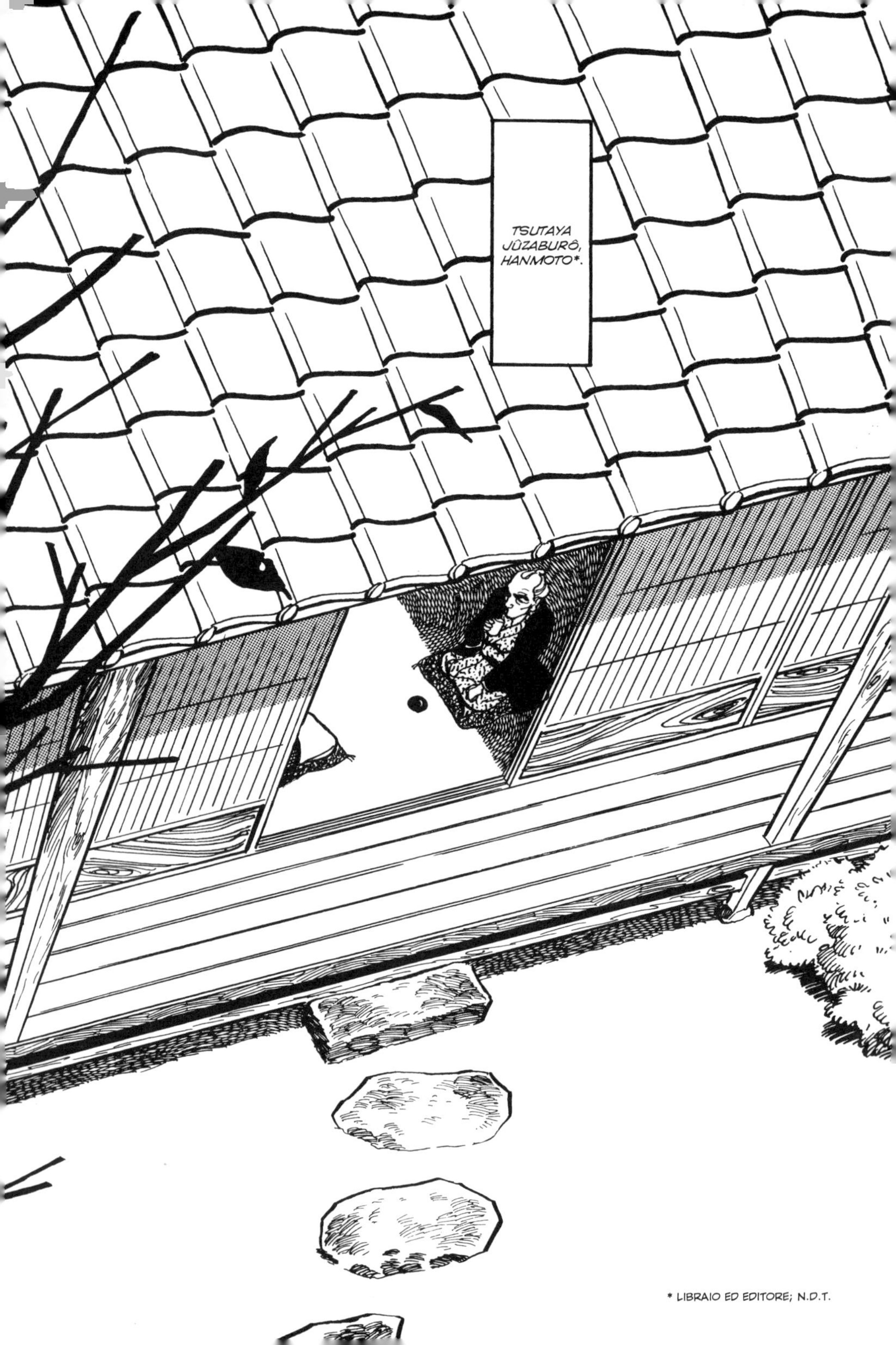

* LIBRAIO ED EDITORE; N.D.T.

UHM!
GLUG
UN RAMOSCELLO DI TÈ MI ERA RIMASTO IN GOLA.
COSA VI PRENDE?
È UN BUON SEGNO.

MAESTRO HOKUSAI, VORREI PARLARVI DI TSUGARU ECCHÛNO-KAMI...
TSUGARU?
IN QUALITÀ DI INTERMEDIARIO, MI TROVO IN DIFFICOLTÀ...
ぷい
TSÈ
IL QUATTRO DI QUESTO MESE SONO VENUTO A RICORDARVI DI QUEL DISEGNO SU PARAVENTO. PIÙ VOLTE TSUGARU HA INVIATO I SUOI COLLABORATORI A CASA VOSTRA E VOI LI AVETE SEMPRE CACCIATI VIA. IO STESSO SONO VENUTO SPESSO A RICORDARVELO. MALGRADO CIÒ, NON AVETE ANCORA FATTO NULLA. PERCHÉ? È L'ULTIMO GIORNO DELL'ANNO E QUELLO NUOVO STA PER COMINCIARE...
VOLETE SAPERE IL MOTIVO? ESISTE UN MOTIVO PER CUI I FIORI SBOCCIANO O IL VENTO SOFFIA? È ESATTAMENTE LA STESSA COSA.

L'ANNO SCORSO VI AVEVO COMMISSIONATO DEI DISEGNI RICHIESTI DALL'ATTORE DI TEATRO KABUKI BAIKÔ ONOE E VI SIETE COMPORTATO ALLO STESSO MODO. ALLA FINE NON AVETE DISEGNATO NULLA. QUESTA È LA SECONDA VOLTA.
MAESTRO HOKUSAI, SE QUESTA È LA VOSTRA RISPOSTA, MI COSTRINGETE A ESSERE PIÙ RISOLUTO.
FINO A OGGI SONO STATO MOLTO GENTILE CON VOI PERCHÉ AMO LA VOSTRA ARTE. COSÌ COME LA AMANO ANCHE BAIKÔ E TSUGARU. ECCO PERCHÉ VOGLIONO UN VOSTRO DISEGNO...
NON VOGLIO SAPERNE NULLA DI QUESTO TSUGARU O ASHIGARU, O COME DIAVOLO SI CHIAMA! DETESTO LE PERSONE CHE PENSANO DI POTER OTTENERE TUTTO CON IL DENARO E LA FORZA. LO STESSO VALE ANCHE PER BAIKÔ: SI È MONTATO LA TESTA CON IL SUCCESSO.

MA MAESTRO... DOVETE AVERE CURA DELLE PERSONE CHE AMMIRANO LA VOSTRA ARTE. PRENDETE ME CHE HO PAGATO UN *BU* E DUE *SHU* PER UN DISEGNO DA PUBBLICARE SU UN LIBRO DI LETTURA! PER NON PARLARE DI QUEI DIECI *MON* D'ORO PER UN DISEGNO FATTO A MANO! È UNA CIFRA SCANDALOSA! LO STESSO VALE ANCHE PER TSUGARU E BAIKÔ...
DOVETE SAPERE, MIO CARO HOKUSAI, CHE MENTRE VOI RESTATE FERMO NELLE VOSTRE CONVINZIONI, IL MONDO STA CAMBIANDO.
SUTEHACHI? IL SUTEHACHI CHE CONO-SCO IO?
PER I PAESAGGI, IL NOME DI RIFERIMENTO È HIROSHIGE PER LE STAMPE EROTICHE, SUTEHACHI...
BLINK

SUTEHACHI...
PROPRIO LUI. OGGI COME OGGI, SUTEHACHI È IL MIGLIORE QUANDO SI TRATTA DI DISEGNARE QUEL GENERE DI SCENE.
TSÈ!
STIAMO SERIAMENTE PENSANDO DI CHIAMARLO PER SOSTITUIRVI.
...!
VOGLIO ESSERE FRANCO. NEGLI ULTIMI TEMPI LE VOSTRE OPERE NON SI VENDONO PIÙ.
DAVVERO I MIEI DISEGNI NON SI VENDONO PIÙ COME UN TEMPO?
ANCHE SE I VOSTRI DISEGNI NON VENDONO, CONTINUO A REPUTARLI SPLENDIDI... TUTTAVIA, SENZA ACQUIRENTI, NON ANDREMO DA NESSUNA PARTE.

...
NON SI VENDONO AFFATTO.
...
MAESTRO HOKUSAI, OGGI NON VALE PIÙ LA REGOLA DELL'ECCELLENZA DI UN PITTORE E DELLA SUA ARTE. PER GUADAGNARSI DA VIVERE, BISOGNA SVOLGERE IL LAVORO PER TEMPO, CONSEGNARLO ALLO *HANMOTO* E FARLO APPREZZARE DAL PUBBLICO. È LA REGOLA DEL COMMERCIO, DOPOTUTTO.
I TEMPI SONO CAMBIATI?
I TEMPI SONO CAMBIATI.
FLAP
SÌ. I TEMPI SONO CAMBIATI.

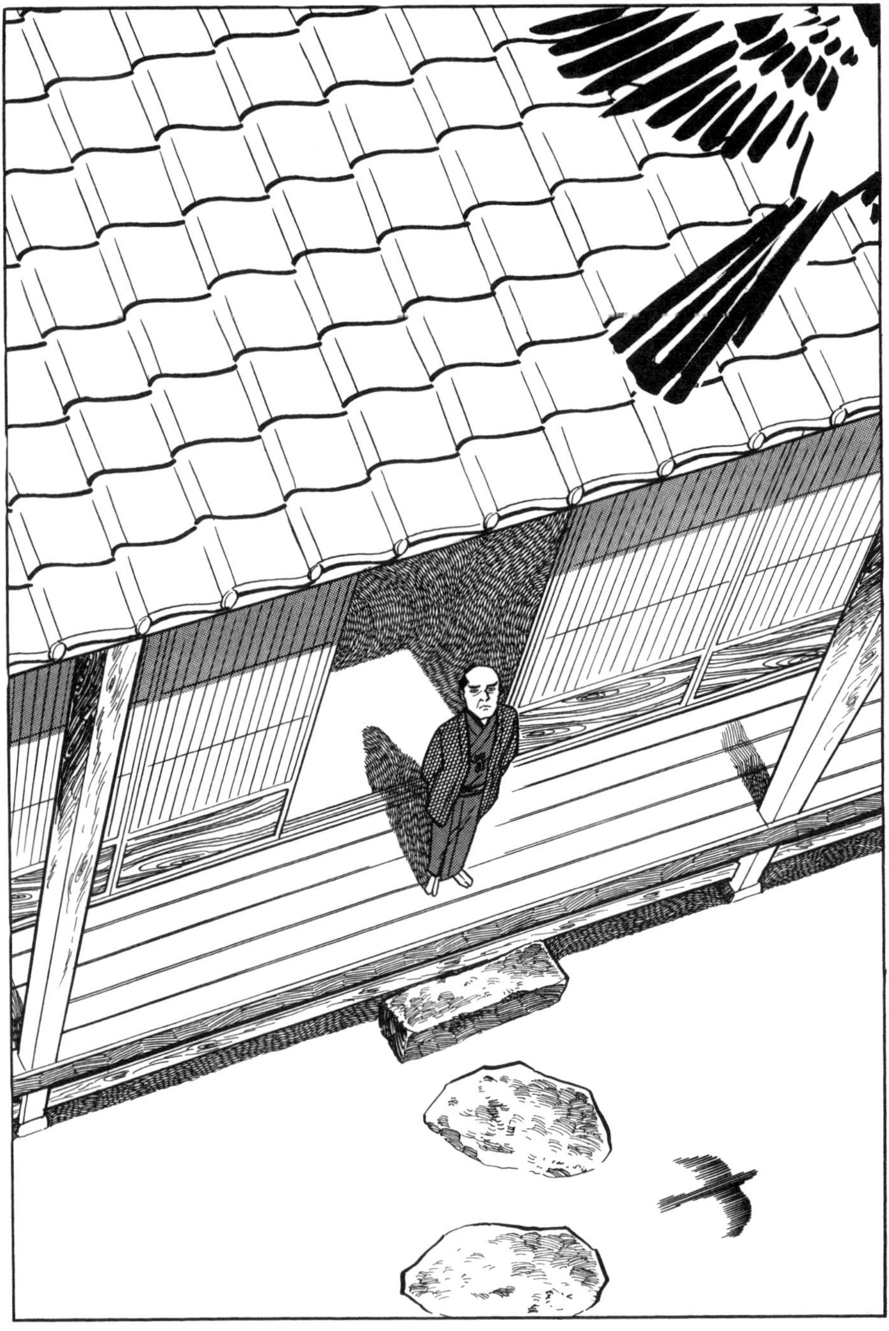

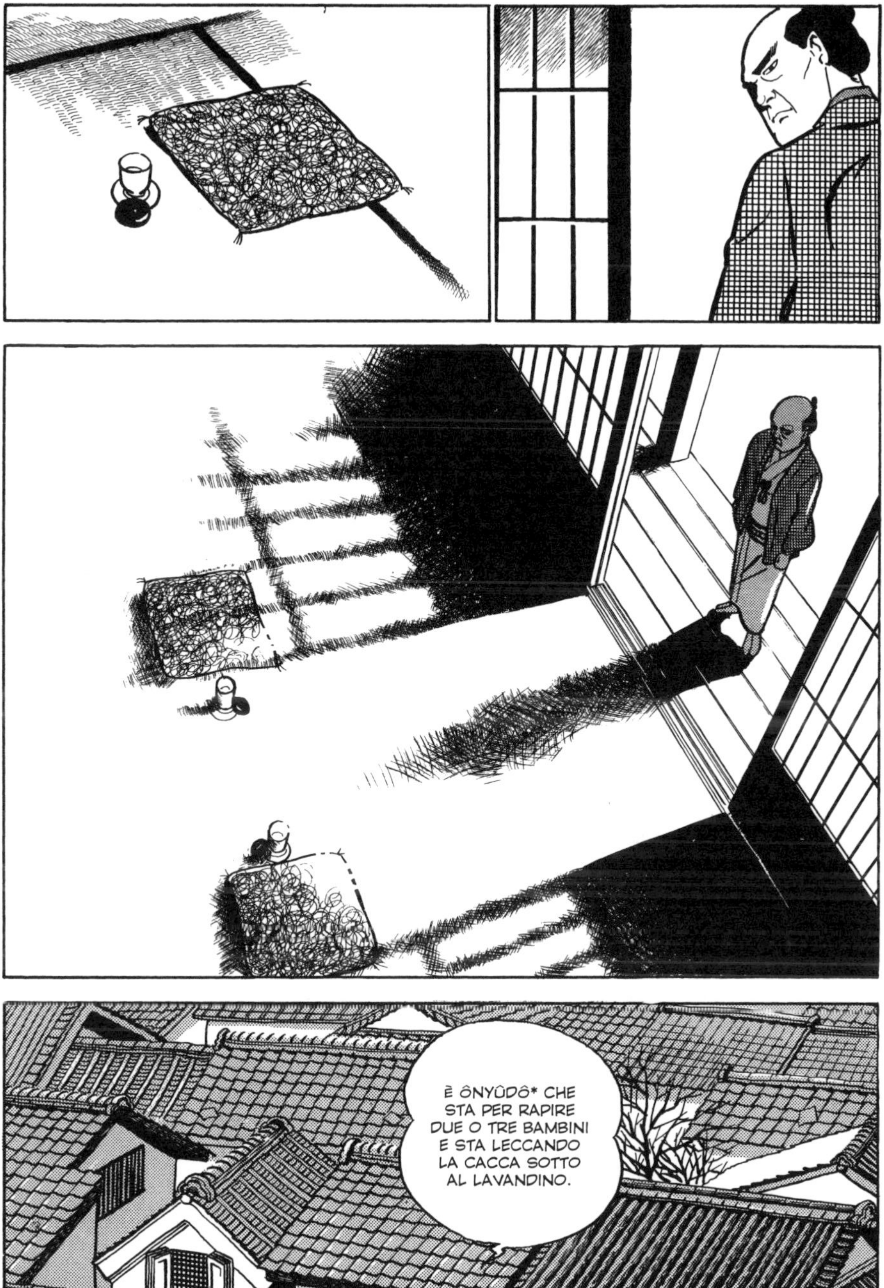

* NOME DI UNO *YÔKAI*: MOSTRO DALLE SEMBIANZE DI UN GIGANTE, SPESSO RAPPRESENTATO COME UN'OMBRA SCURA; N.D.T.

AH! SEI TU IL DEMONE!
AFFERRALO E MANGIALO IN FRETTA, SENJIRÔ!
UN DEMONE! ECCO UN VERO DEMONE!

MAESTRO!
AH, SEI TU!
NON SONO UN RAMMOLLITO. IL MONDO CAMBIA IN CONTINUAZIONE? BENE, SE LE COSE STANNO COSÌ, VORRÀ DIRE CHE NON AVRÒ PIÙ NULLA A CHE SPARTIRE CON QUEST'EPOCA! SARÒ IO AD ALLONTANARMENE!

BEL MODO DI SALUTARE! PERCHÉ VE NE ANDATE IN GIRO COSÌ ARRABBIATO?
SE VOGLIO CAMMINARE A TESTA BASSA O ESSERE ADIRATO, SONO SOLO FATTI MIEI.
VI VEDO INFASTIDITO. SE QUALCUNO VI HA FATTO QUALCOSA, VADO SUBITO A PRENDERLO A PUGNI.
SEI TU A INFASTIDIRMI, IMBECILLE! CON QUELLA TUA FACCIA!
EH? LA MIA FACCIA?

LA TUA FACCIA È ORRIBILE COME I TUOI DISEGNI!
NON DITE COSÌ! NON DISEGNO MICA CON LA FACCIA!
SEI UN IMBECILLE! L'ARTE NASCE DAL VOLTO!
EH?
FAMMI VEDERE COS'HAI LÌ! STAI ANDANDO DA TSUTAYA, NON È VERO?
SÌ. PERÒ... NON SONO COSE CHE SI POSSONO MOSTRARE IN PUBBLICO.

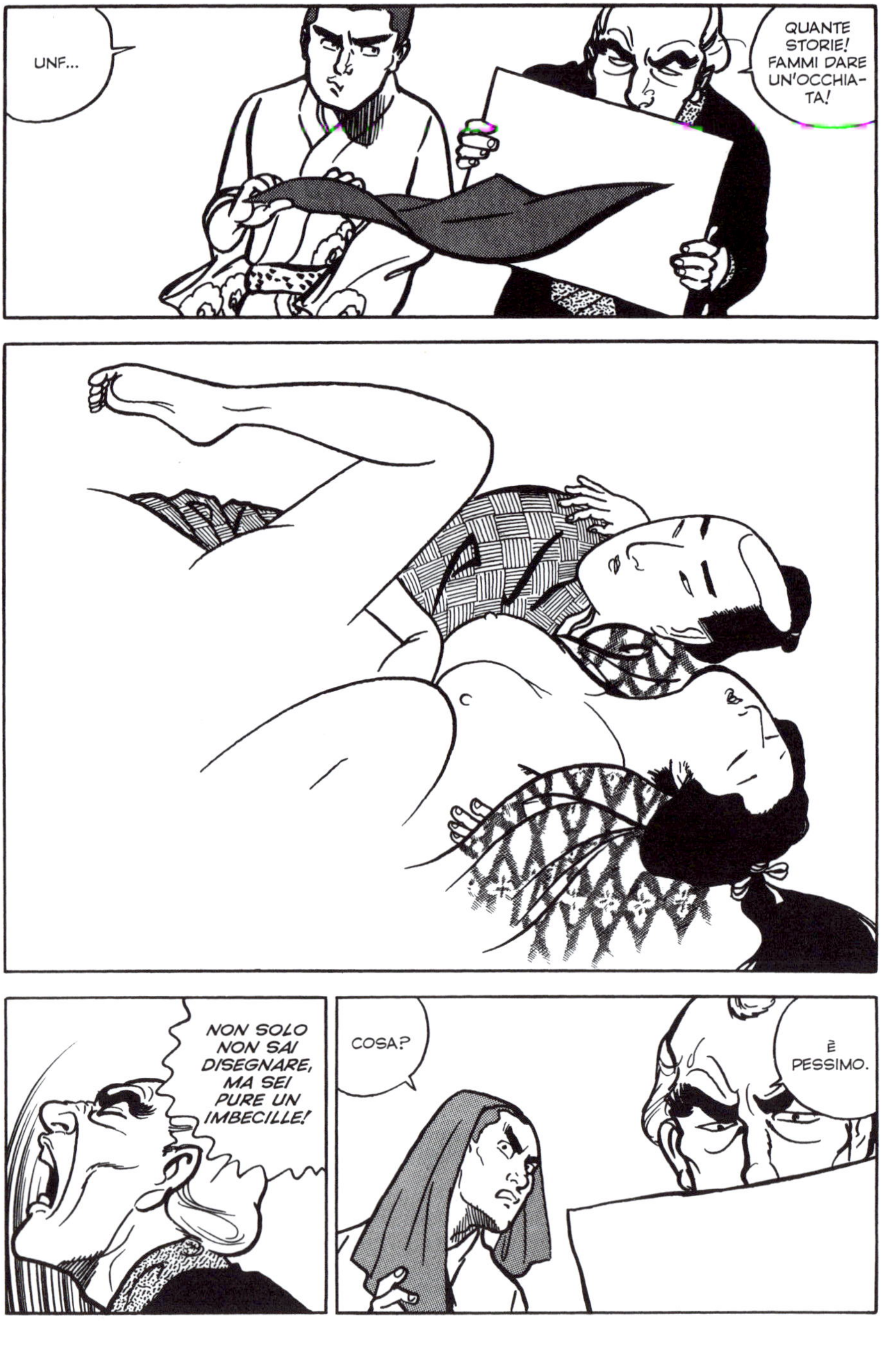
QUANTE STORIE! FAMMI DARE UN'OCCHIA-TA!
UNF...
È PESSIMO.
COSA?
NON SOLO NON SAI DISEGNARE, MA SEI PURE UN IMBECILLE!

APRI BENE LE ORECCHIE, SUTEHACHI! I GENITALI DI UNA DONNA NON SONO AFFATTO COSÌ! NON VENIRMI A DIRE CHE NON LI HAI MAI VISTI DA VICINO! SEI UN IDIOTA!
TSÈ!
MAESTRO, NON È IL CASO DI PARLARE AD ALTA VOCE DI QUESTE COSE IN PUBBLICO! STASERA PASSERÒ A TROVARVI E NE DISCUTEREMO CON CALMA...
BAH... MA CHE GLI È PRESO?

▲ MIURAYA HACHIEMON.

MAESTRO HOKUSAI. VI RICORDATE DI ME? SONO YAMAMOTO MATAICHIRÔ E SONO AL SERVIZIO DI TSUGARU ECCHÛNOKAMI.

SONO VENUTO A IMPLORARVI. SONO PASSATI OTTO MESI DA QUANDO VI ABBIAMO COMMISSIONATO IL PROGETTO PER IL PARAVENTO. OGGI È L'ULTIMO GIORNO DELL'ANNO... SE IL DIPINTO NON È PRONTO, IO, YAMAMOTO MATAICHIRÔ, NON POTRÒ PRESENTARMI AL COSPETTO DEL MIO SIGNORE.
AH, SÌ...

NON È IL CASO DI DIRE STUPIDAGGINI.
NON MI RESTERÀ ALTRA SCELTA CHE SQUARCIARMI IL VENTRE.
SAPPIATE, PERÒ, CHE LASCEREI DA SOLA LA MIA ANZIANA MADRE...
È LA VERITÀ. SE NON FARETE QUEL DIPINTO, COMMETTERÒ SEPPUKU.
DOPO LA MORTE IMPROVVISA DI MIO PADRE, È STATA LEI A PRENDERSI CURA DI ME. NON NUTRITE UN MINIMO DI PENA PER QUESTA POVERA DONNA? NON DICO DOBBIATE PROVARLA PER ME...
ADESSO VUOI BUTTARLA SUL PATETICO? NO, MI RIFIUTO.

SMETTILA, IMBECILLE!
ALLORA NON MI LASCIATE ALTRA SCELTA. FARÒ SEPPUKU.
ADDIO.
CHI TI CREDI DI ESSERE, SAMURAI? COSA PENSI SIA LA PITTURA?
QUI NON C'È IN GIOCO LA TUA VITA, MA LA MIA!

...
VOIALTRI NON SIETE IN GRADO DI COMPRENDERE L'INUTILITÀ DELLE VOSTRE AZIONI!
AH, SUTEHACHI! SEI ARRIVATO AL MOMENTO GIUSTO.
È PERMESSO?
KLAT
MA... PENSAVO MI AVRESTE INSEGNATO A DISEGNARE I GENITALI DI UNA DONNA...
EH? AVETE CAMBIATO DI NUOVO UMORE?
SUTEHACHI... È L'ULTIMO GIORNO DELL'ANNO. PARE CHE SI POSSANO VEDERE LE VOLPI AL SANTUARIO ŌJI-INARI.

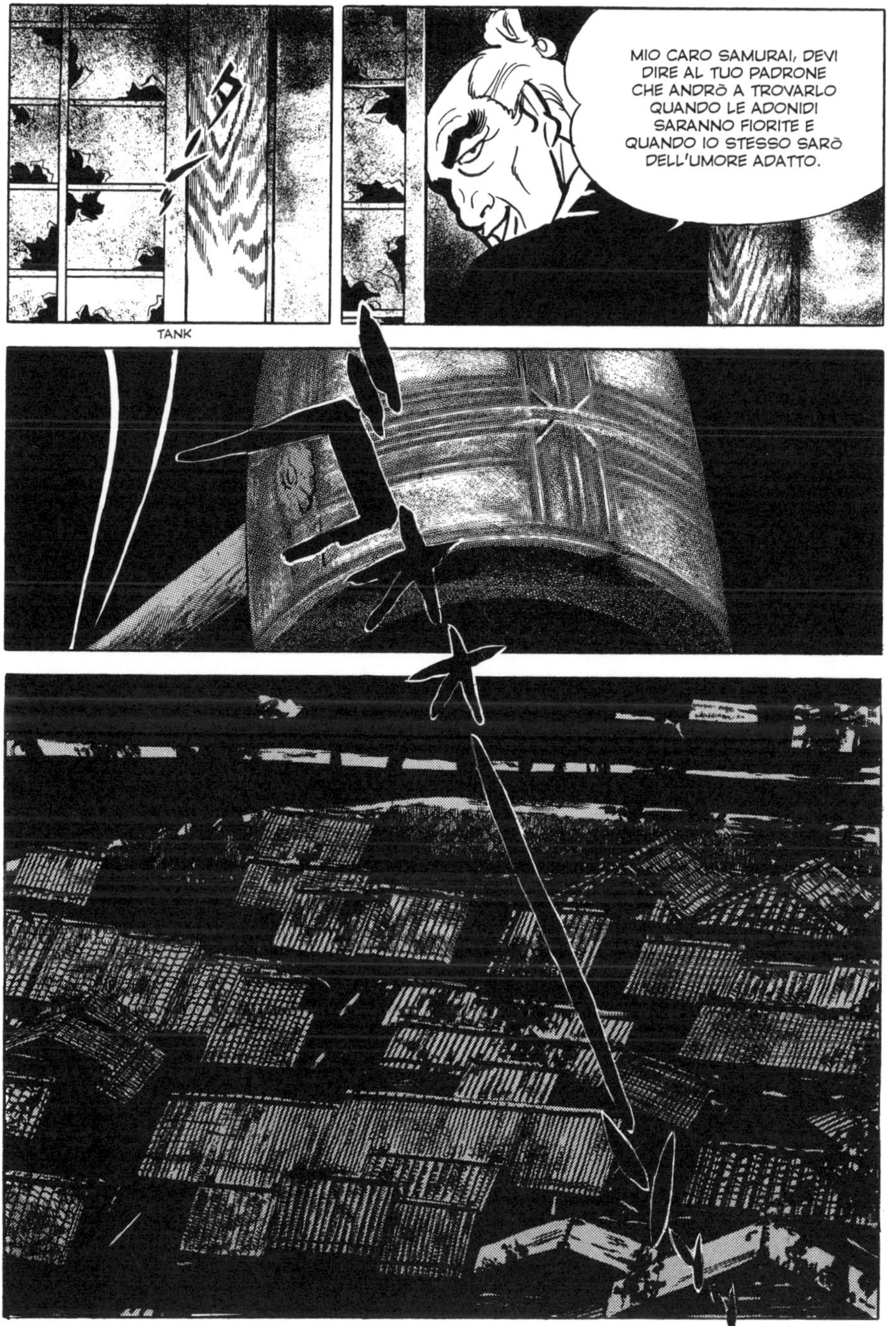
MIO CARO SAMURAI, DEVI DIRE AL TUO PADRONE CHE ANDRÒ A TROVARLO QUANDO LE ADONIDI SARANNO FIORITE E QUANDO IO STESSO SARÒ DELL'UMORE ADATTO.
TANK
GOOON

* IN GIAPPONESE, *EHON EDO FÛZOKU ÔRAI*; N.D.T.

* (1642-1693): IHARA SAIKAKU, SCRITTORE TRA I PIÙ RAPPRESENTATIVI DEL PERIODO EDO; N.D.T.

CAPITOLO 4

其ノ四 寒椿

CAMELIE D'INVERNO

"TING" "TING". FIN DAL MATTINO RISUONÒ UN RUMORE TALMENTE FASTIDIOSO CHE FECE SVEGLIARE SUTEHACHI.

ADESSO BASTA!
PLOF
AH... È IL PRIMO GIORNO DELL'ANNO...

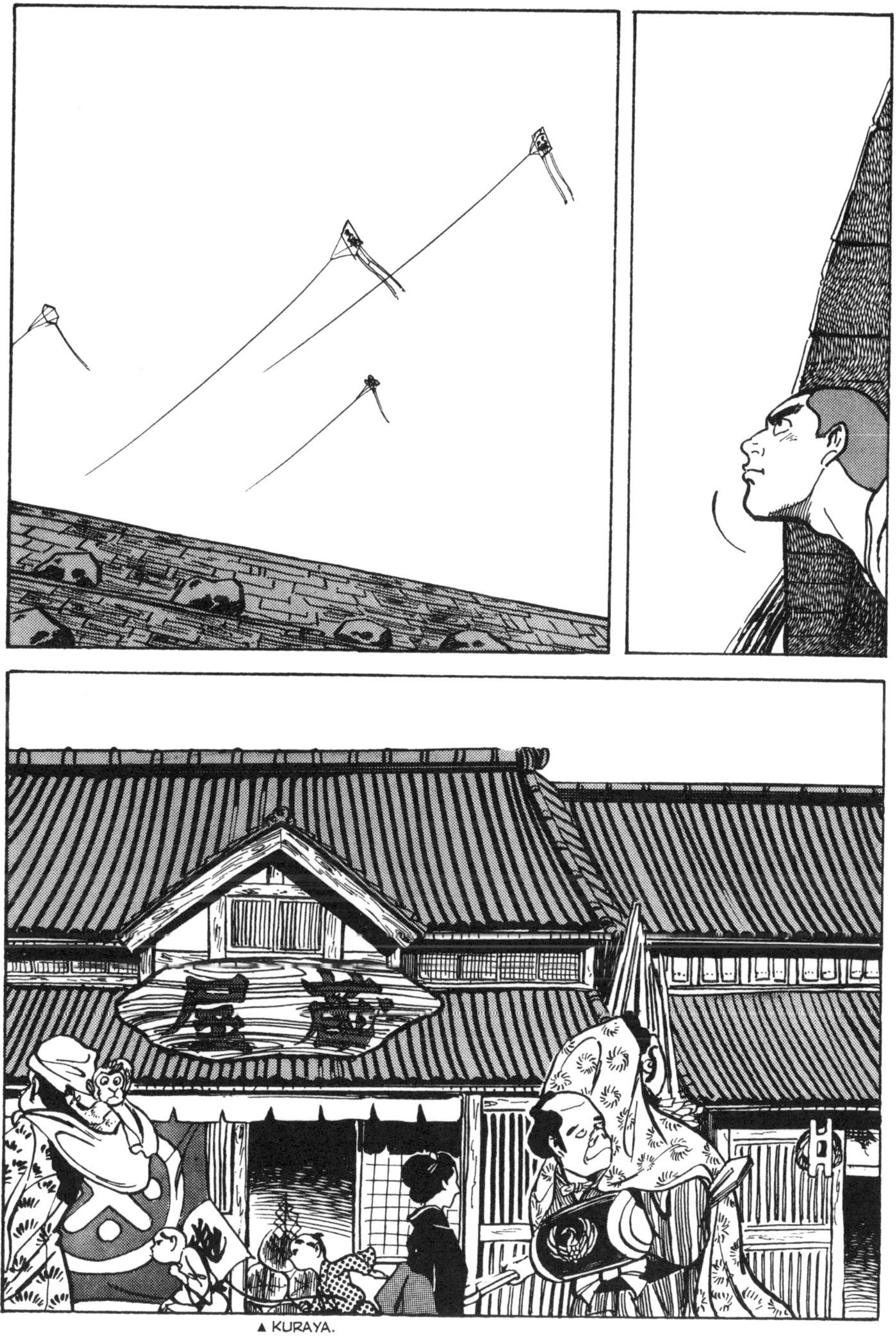

▲ KURAYA.

* SCUOLA PITTORICA FONDATA DA KANÔ MASANOBU E DAL FIGLIO MOTONOBU IN EPOCA MUROMACHI (1333-1573); N.D.T.

BUON ANNO!
BUON ANNO ANCHE A TE.
SUTE-HACHI!
VI RINGRAZIO PER TUTTO QUELLO CHE AVETE FATTO PER ME LO SCORSO ANNO. MI RIMETTO ALLA VOSTRA GENTILEZZA ANCHE QUEST'ANNO.

* SORTA DI PERIZOMA GIAPPONESE; N.D.T.

SUTEHACHI! TI SEI AMMATTITO? ADESSO TI METTI ANCHE A SALUTARE IL TUO *FUNDOSHI*?
VAI SUBITO A LAVARTI IL VISO E POI VAI A SALUTARE TUO PADRE.
VA BENE...

CHE C'È?
DUNQUE...
UN FELICE ANNO NUOVO? LO SARÀ?
SONO VENUTO A PORGERVI I MIEI MIGLIORI AUGURI PER UN FELICE ANNO NUOVO...
CI SPEREREI, MA... LA VERITÀ È CHE NON SARÀ MAI FELICE. SARÀ SOLO PIENO DI EVENTI INSIGNIFICANTI...

HO VISTO I TUOI DISEGNI.
SÌ...
SUTE-HACHI...
FLAP
IMBECILLE!
EH? COSA CI FANNO NELLE VOSTRE STANZE, PADRE?

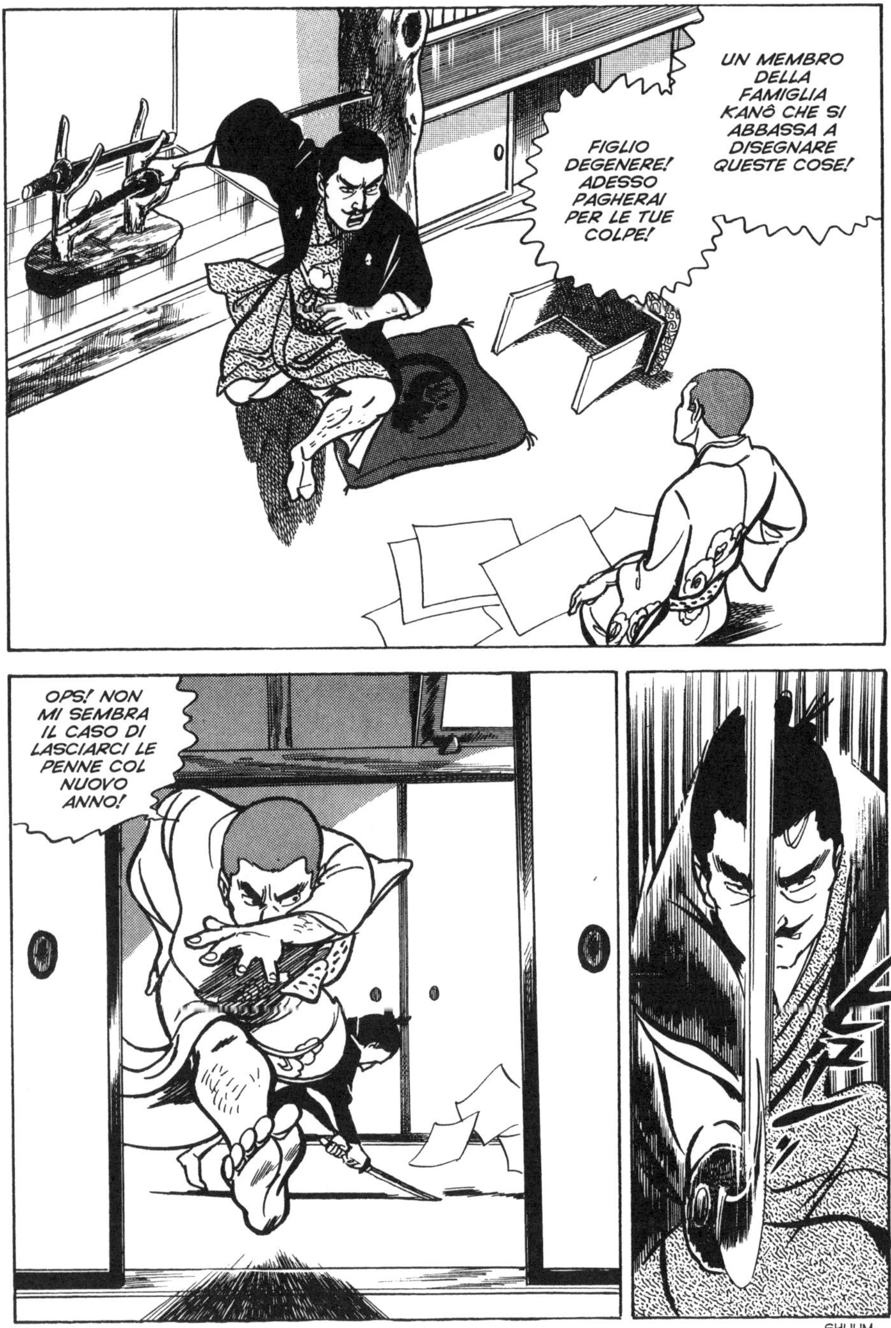
UN MEMBRO DELLA FAMIGLIA KANÔ CHE SI ABBASSA A DISEGNARE QUESTE COSE!
FIGLIO DEGENERE! ADESSO PAGHERAI PER LE TUE COLPE!
OPS! NON MI SEMBRA IL CASO DI LASCIARCI LE PENNE COL NUOVO ANNO!
SHUUM

FER-
MATI!
...
TANK

KRAK

* USANZA GIAPPONESE DI SCRIVERE, GENERALMENTE INTORNO AL 2 GENNAIO, SAGGI CALLIGRAFICI; N.D.T.

OGGI È IL GIORNO IN CUI LA NOSTRA FAMIGLIA APRE LE PORTE DI CASA PER IL *KAKIZOME*.
A BREVE ARRIVERÀ UN GRAN NUMERO DI APPRENDISTI. QUEST'ANNO ANCHE IO SONO STATO INVITATO A PARTECIPARE.
UHM, CAPISCO...

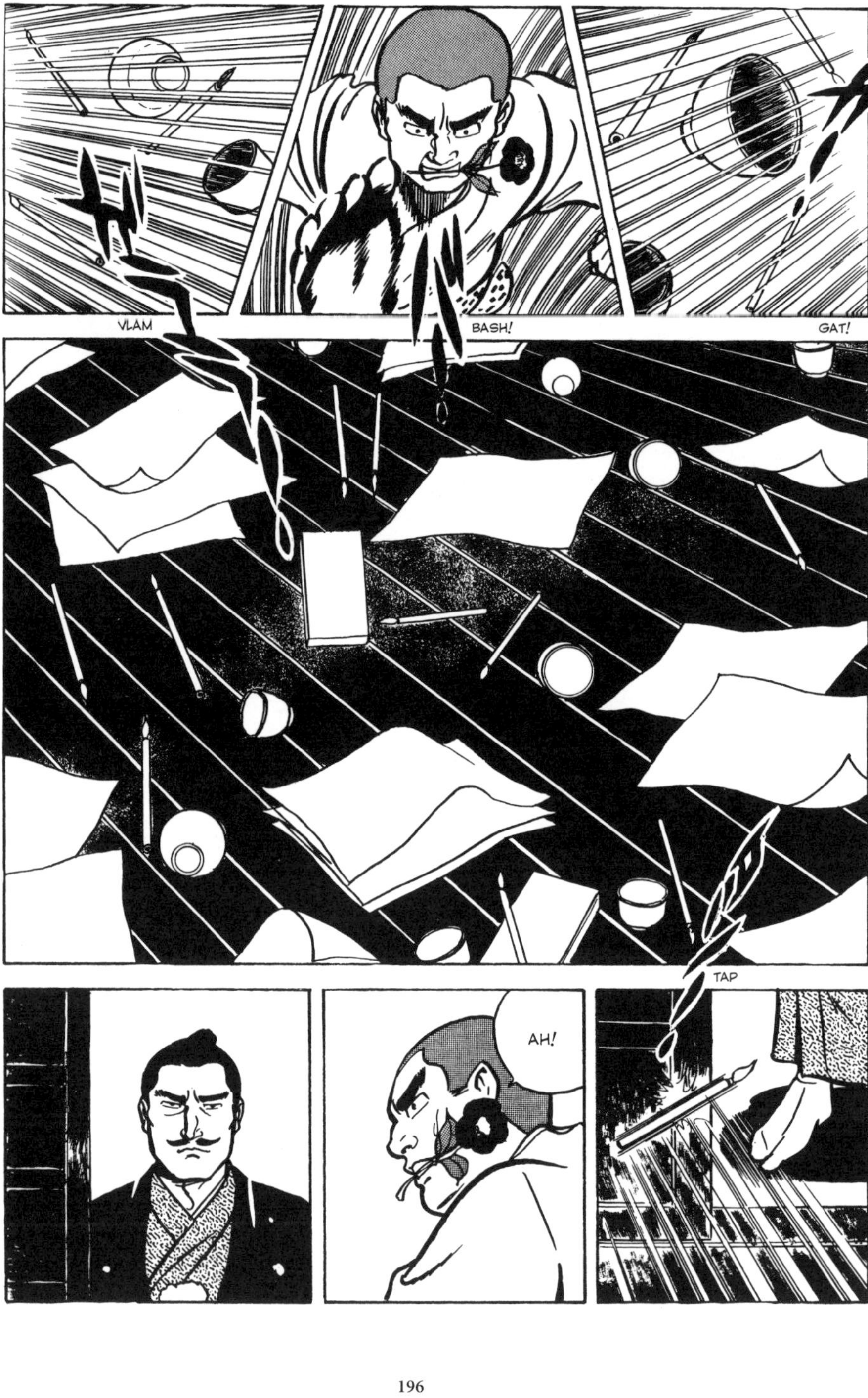
VLAM
BASH!
GAT!
TAP
AH!

OSHICHI!
VI AUGURO...
SUTEHACHI!
OSHICHI...
L'ANNO INIZIA NEL MIGLIORE DEI MODI. SEI LA PRIMA DONNA CHE INCONTRO.
... BUON ANNO.
TLIIIN
SGUARDO A TERRA. SGUARDO A TERRA.
DOVE STAI ANDAN-DO?
A PORGERE GLI AUGURI DI INIZIO ANNO AL MIO MAESTRO DI DANZA.

SGUARDO A TERRA. SGUARDO A TERRA.
SGUARDO A TERRA. SGUARDO A TERRA.
SGUARDO A TERRA. SGUARDO A TERRA.
SGUARDO A TERRA. SGUARDO A TERRA.
EH?
OSHICHI... VIENI.
TSÈ!

AH!

OSHICHI ERA QUEL TIPO DI DONNA CHE GIÀ AL SECONDO BACIO INFILAVA LA SUA PICCOLA LINGUA.

CAPITOLO 5

OSHICHI E LE SETTE PIANTE

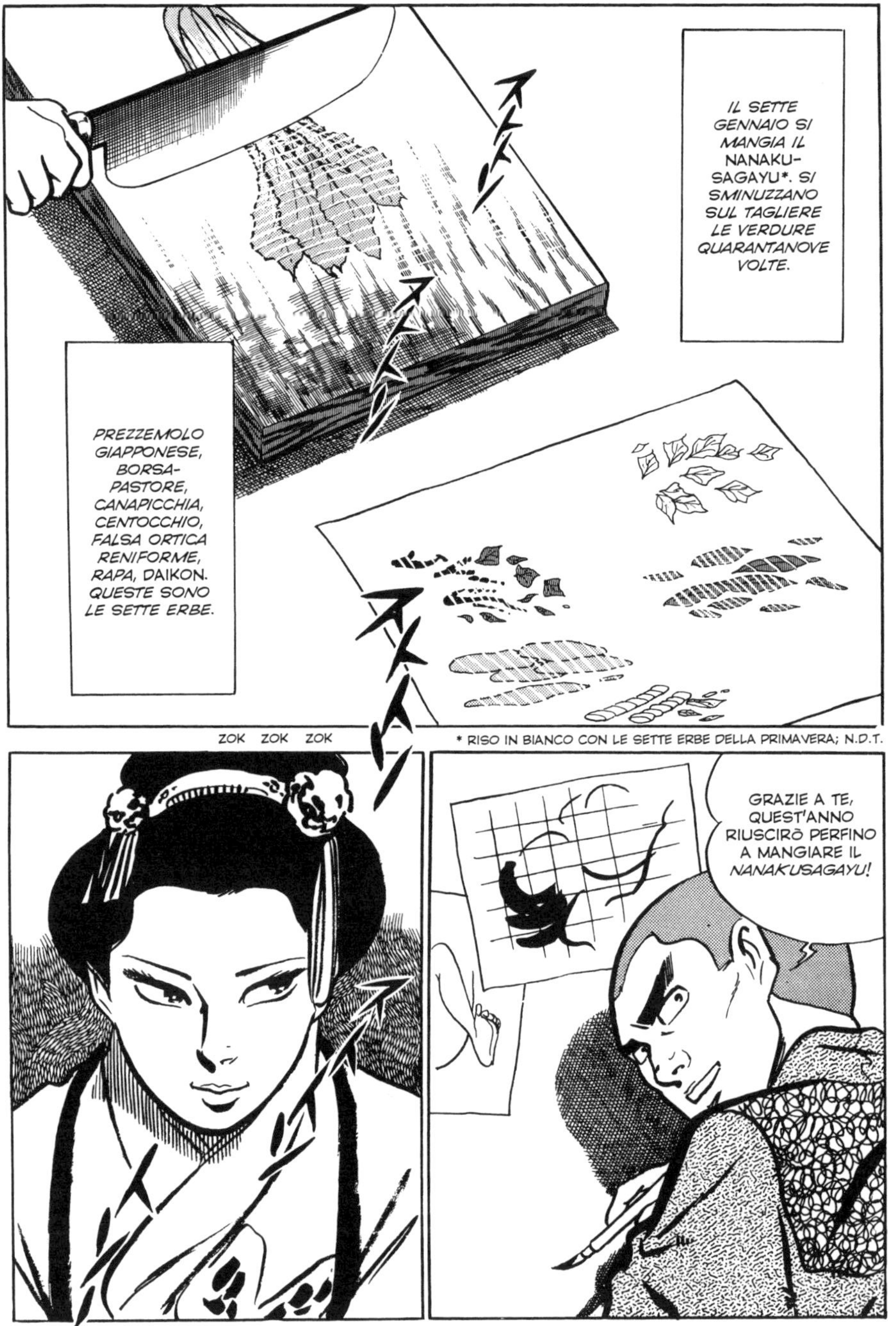

* RISO IN BIANCO CON LE SETTE ERBE DELLA PRIMAVERA; N.D.T.

* NEL PERIODO EDO I *TORIOI* (CACCIATORI D'UCCELLI) ANDAVANO IN GIRO PER LE CITTÀ E I VILLAGGI INTONANDO QUESTA CANZONE AUGURALE A INIZIO ANNO; N.D.T.

** DONNE DEL PERIODO EDO CHE INDOSSAVANO UN CAPPELLO DI PAGLIA INTRECCIATA (*AMIGASA*) SUONANDO LO *SHAMISEN* E RECITANDO TESTI DEL TEATRO DELLE MARIONETTE E ALTRE STORIE. DI SOLITO CHIEDEVANO L'ELEMOSINA E DURANTE I PRIMI SETTE GIORNI DEL NUOVO ANNO ANDAVANO DI CASA IN CASA CANTANDO LE CANZONI DEI CACCIATORI D'UCCELLI; N.D.T.

* SORTA DI CALZA/FASCIA DA INDOSSARE ALL'ALTEZZA DEI POLPACCI; N.D.T.
** CALZATURA TRADIZIONALE, BASSA E A INFRADITO, DA INDOSSARE QUANDO NON PIOVE; N.D.T.

* LEGGI E ORDINANZE CHE VIETAVANO GLI SPRECHI. VENNE IMPOSTO IL DIVIETO DEL LUSSO E UN INCORAGGIAMENTO ALLA PARSIMONIA, DALL'ALIMENTAZIONE ALL'ABBIGLIAMENTO, FINO ALLE ABITAZIONI; N.D.T.

* CORTIGIANA D'ALTO RANGO; N.D.T.
** NOME DI UNO DEI PIÙ GRANDI QUARTIERI DI PIACERE DI EDO; N.D.T.

TON TON TON TON
TON TON TON TON
TON TON TON TON

EH EH...
...
ECCO LA PENTOLA!

NON SO CHI SIA.
SUTE-HACHI, CHI È QUELLA DONNA?
MA COME? NON LA CONOSCI? NON CONOSCI LA STORIA DI OKON E SEINOSUKE? È UNO DEGLI SPETTACOLI PIÙ FAMOSI DEL TEATRO MORITA!
DOPOTUTTO È COMPRENSIBILE. È SUCCESSO QUINDICI, SEDICI ANNI FA, QUANDO ERI ANCORA UNA BAMBINA.
IL PADRE DI OKON È UNO DEI PIÙ GRANDI COSTRUTTORI DI TEMPLI E SANTUARI DI TUTTA EDO. TRA I SUOI OPERAI C'ERA UN TALE SEINOSUKE, UN LAVORATORE INSTANCABILE, DAVVERO UNA BRAVA PERSONA. NON PASSA MOLTO TEMPO CHE LUI E OKON SI SCOPRONO INNAMORATI.
È UNA STORIA COME TANTE, MA CON UN TRISTE EPILOGO. OKON, INFATTI, RIMANE INCINTA... NON SI SA BENE IL PERCHÉ, MA LA COPPIA TENTA UN DOPPIO SUICIDIO D'AMORE... FORSE L'AVRANNO FATTO PERCHÉ NON VOLEVANO QUEL BAMBINO.

STAI PARLANDO DI QUELLA DONNA?
ECCO CHI È OKON!
ALL'EPOCA DEI FATTI OKON AVEVA SOLO QUATTORDICI ANNI. È RIMASTA INCINTA COSÌ GIOVANE E HA TENTATO PURE IL SUICIDIO!
INOLTRE, I LORO CORPI SONO STATI TROVATI ANCORA UNITI DOPO L'AMPLESSO.
LA COSA PIÙ SORPRENDENTE, PERÒ, È CHE I GENITALI DI OKON NON SEMBRAVANO AFFATTO QUELLI DI UNA QUATTORDICENNE, MA DI UNA DONNA DI TRENT'ANNI! LA NOTIZIA DIVENNE DI DOMINIO PUBBLICO E SE NE PARLÒ TANTISSIMO!
AHI!
GRIP

TI ABBIAMO FATTO ECCITARE?
VOLETE SMETTERLA DI AMOREGGIARE? GIÀ QUESTA STAMPA MI STA FACENDO ECCITARE...
OKON... MENTRE ASPETTIAMO IL CIBO, CHE NE DICI DI FARCI UN BICCHIERINO?
VUOI SEDURMI FACENDOMI UBRIACARE IN PIENO GIORNO?
OH, SÌ. SONO TUTTA BAGNA-TA...

ZACK
...
EH EH EH!

GLUB GLUB GLUB
OSHICHI! NON STARTENE LAGGIÙ. VIENI A SEDERTI QUI CON NOI.
STO BENE QUI.
...

È COSÌ INTERESSANTE LA MIA FERITA?
COSA STAI FISSANDO?
...
COSA?
CONOSCO BENE QUELLO SGUARDO.
MA... COSA DITE?
È QUELLO DI UNA DONNA CHE UCCIDERÀ IL PROPRIO UOMO O CHE VERRÀ UCCISA DA LUI. QUEGLI OCCHI... LI CONOSCO BENISSIMO.

!
QUANDO AVEVO QUATTORDICI ANNI, VEDEVO SEMPRE QUELLO STESSO SGUARDO RIFLESSO ALLO SPECCHIO.
AH... SONO GIÀ UBRIACA!
EHI, OKON!
FRUSH
AMO ALLA FOLLIA QUESTI TUOI OCCHI ROTONDI!

A FARE
PIPÌ.
OKON!
DOVE STAI
ANDANDO?

PSSS...

SUTE-
HACHI!
FRUSH
...!

TORNA-
TEVENE A
CASA!
MA GUARDA
UN PO'! POSSO
UNIRMI A VOI?
ANDATEVENE!
VI DETESTO!
CHE MODI!
...
ODIAMO SEMPRE
LE DONNE CHE CI
SOMIGLIANO. QUANDO
MI GUARDI, TI SEMBRA DI
VEDERTI RIFLESSA ALLO
SPECCHIO. VERO?

DLIN DLIN
...
TSÈ!
ME NE VADO.
SE OSSERVI IL MARE IN LONTANANZA, SCORGERAI LA NAVE DELLE SETTE DIVINITÀ DELLA FORTUNA.

AHI!

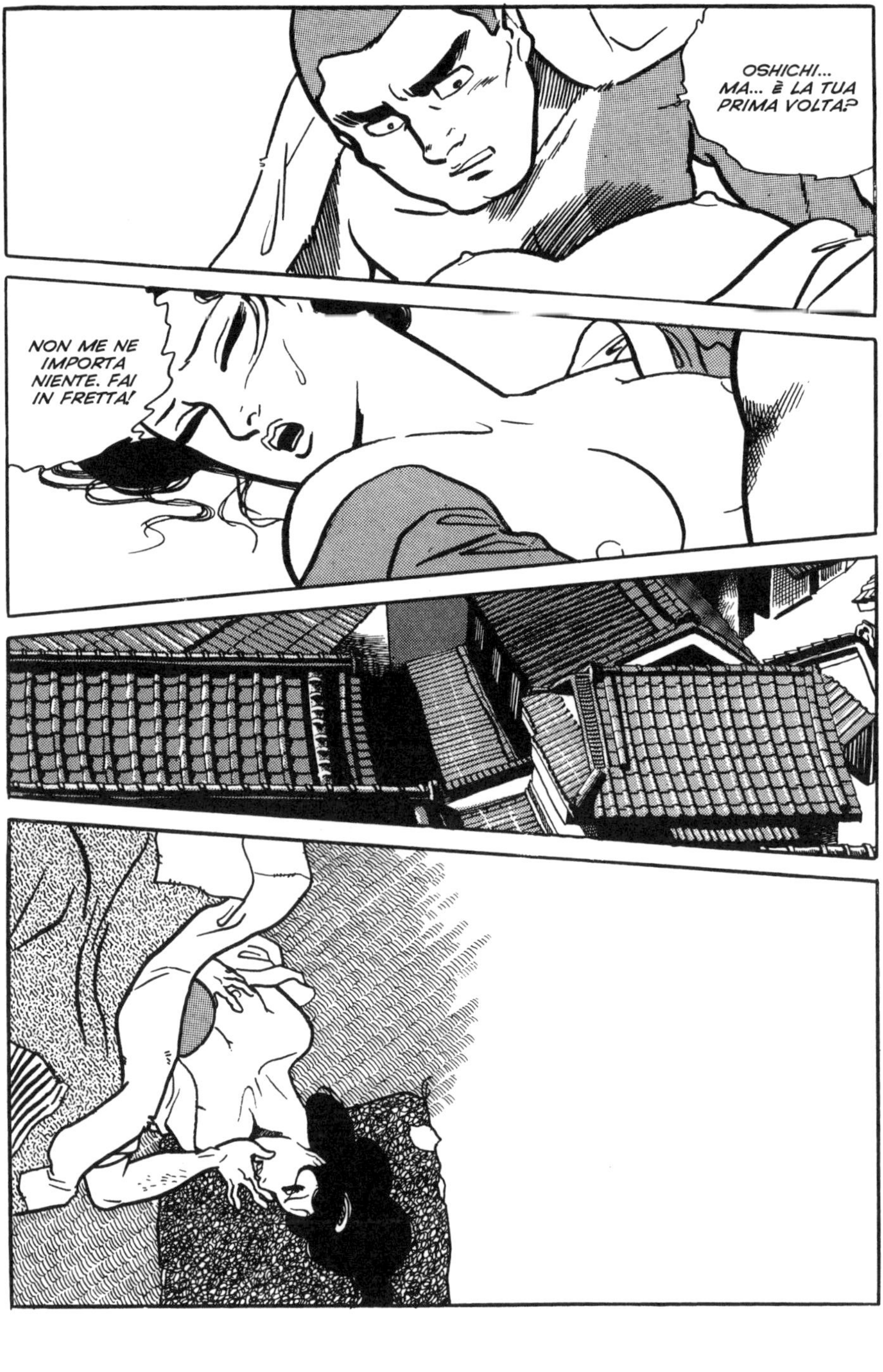
OSHICHI... MA... È LA TUA PRIMA VOLTA?
NON ME NE IMPORTA NIENTE. FAI IN FRETTA!

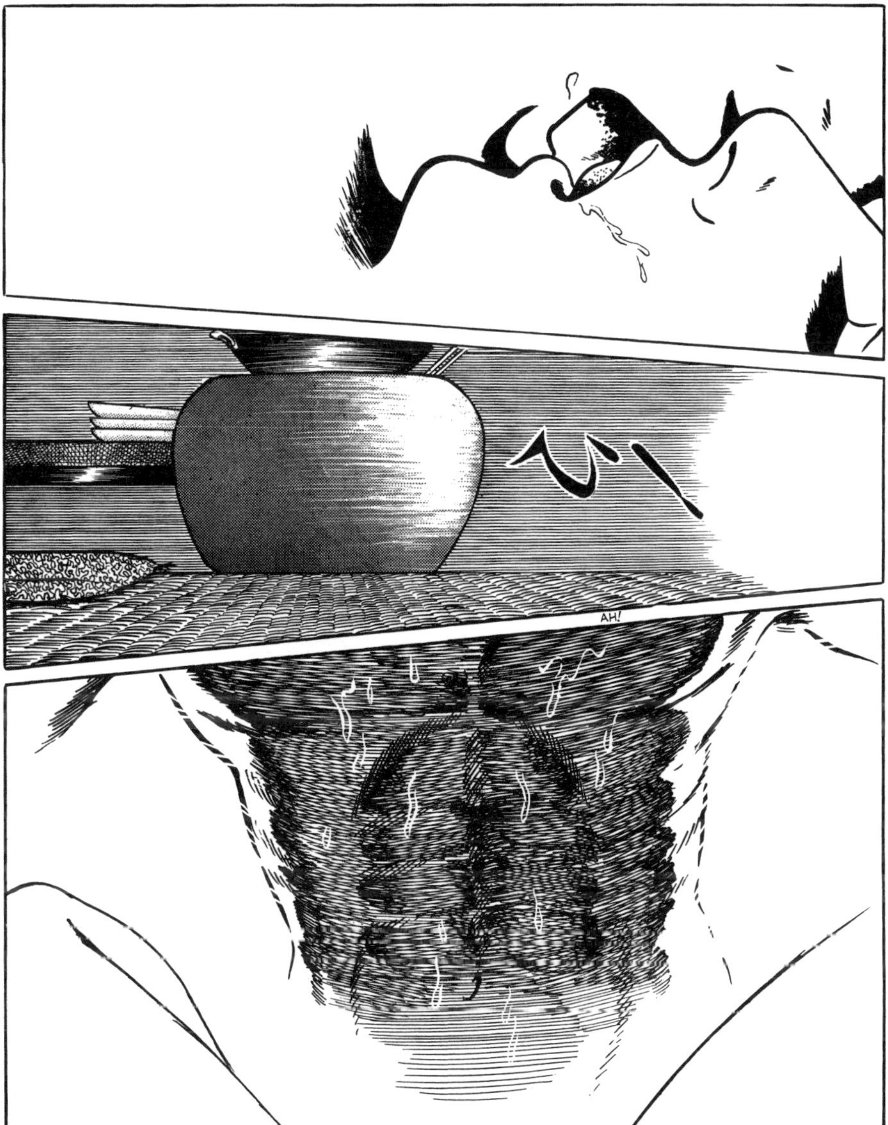
AH!

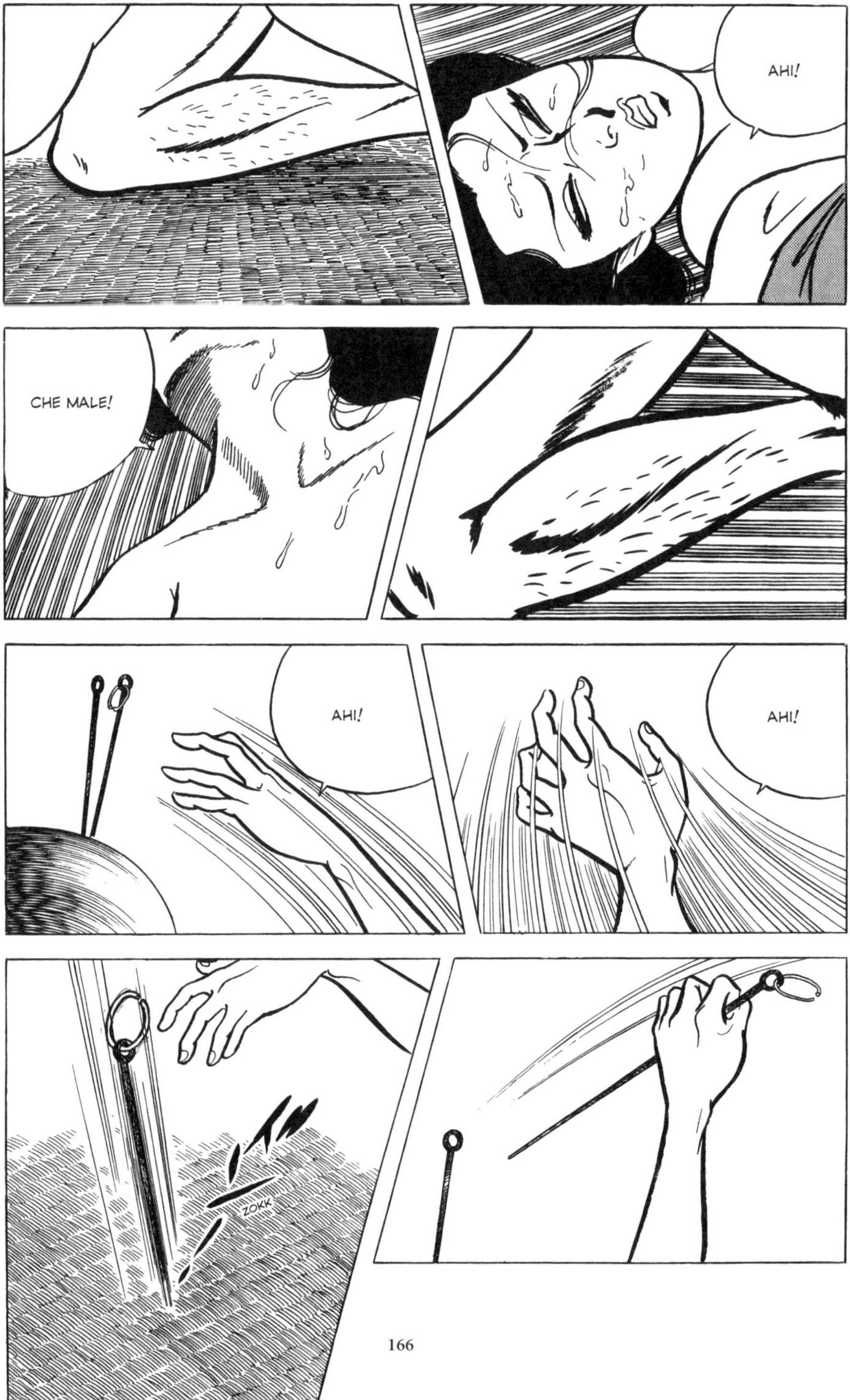
AHI!
CHE MALE!
AHI!
AHI!
ZOKK

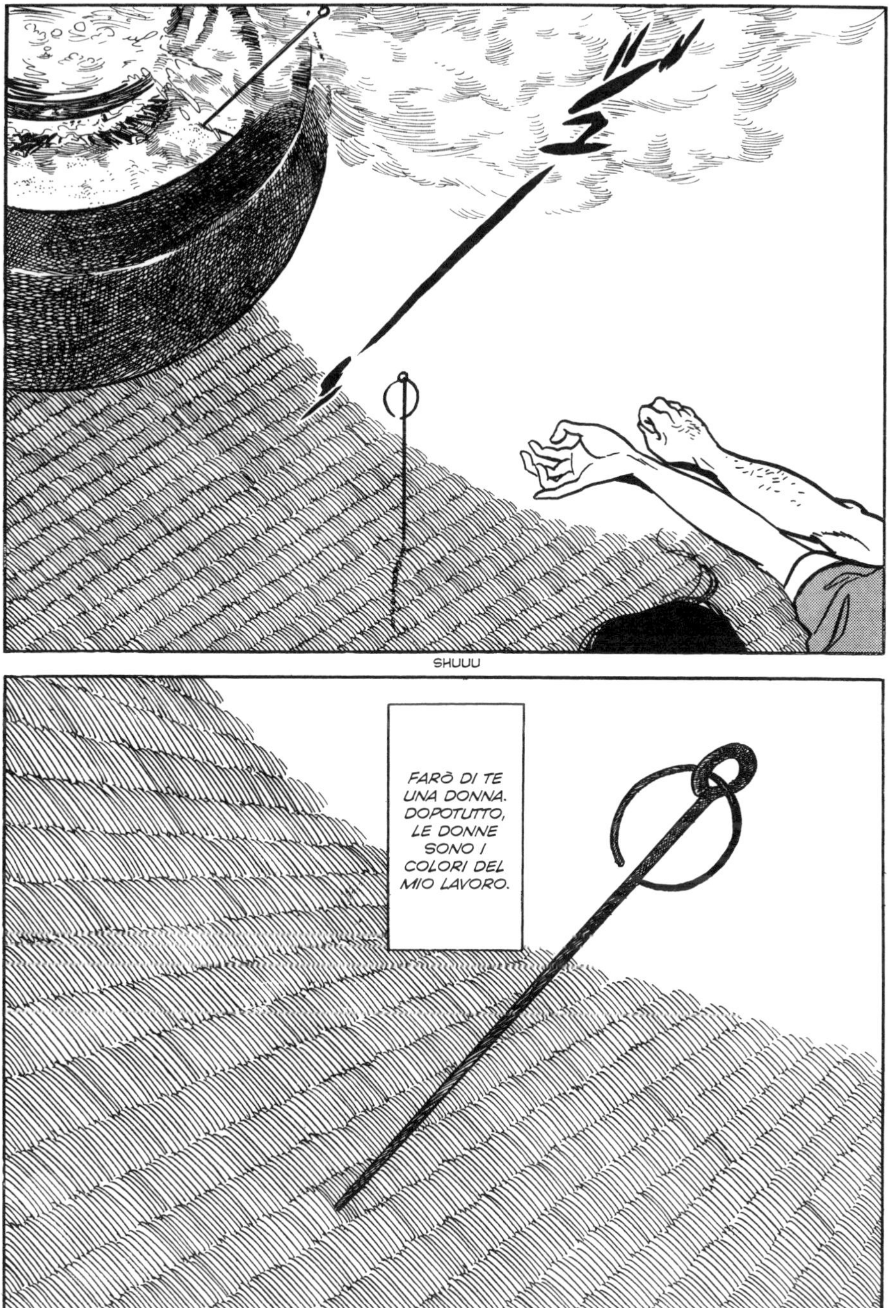
SHUUU
FARÒ DI TE UNA DONNA. DOPOTUTTO, LE DONNE SONO I COLORI DEL MIO LAVORO.

CAPITOLO 6

▲ UTAGAWA HIROSHIGE, *LUNA SERALE SUL PONTE RYŌGOKU* (*RYŌGOKU NO YOITSUKI*) DALLA SERIE *LUOGHI FAMOSI DELLA CAPITALE ORIENTALE* (*TŌTO MEISHO*, 1831 CIRCA); N.D.T.

FSHHH

ザァァー

SUTEHACHI! QUELL'UOMO VUOLE GETTARSI DAL PONTE!
EH?

E PENSI CHE TI STIA AD ASCOLTARE? NON TI LASCIO AFFATTO, STUPIDO CHE NON SEI ALTRO!
FERMATI! NON FARE STUPIDAGGINI!
LASCIATEMI! VI PREGO, LASCIATEMI!
IMBECILLE! NON TI LASCIO PROPRIO PERCHÉ VOGLIO AIUTARTI!
VI PREGO! SE VOLETE AIUTARMI, ALLORA LASCIATEMI!
MAESTRO! NON È IL MOMENTO DI METTERSI A RIDERE! NON SO SE VUOLE ESSERE SALVATO O SE VUOLE MORIRE. SO SOLO CHE È UNO STUPIDO CHE DICE COSE SENZA SENSO.

LASCIALO PERDERE, SUTEHACHI! CON LA FACCIA CHE STAI FACENDO IN QUESTO MOMENTO, POTRESTI PARTECIPARE ANCHE TU AI SUOI SPET-TACOLI.
SE DAVVERO PENSI DI SALVARTI TOGLIENDOTI LA VITA, FARESTI BENE A DIVENTARE UN MAGO E A ESIBIRTI CON I TUOI SPETTACOLI!
MAESTRO!
!
EH EH!
COSA CI TROVI DI COSÌ DIVERTENTE? IDIOTA!
AHI!

PERCHÉ VOLEVI TOGLIERTI LA VITA?
VUOI DIRMELO?
MEGLIO LASCIARLO PERDERE! È UNA PERSONA ODIOSA.
SEI COSÌ GIOVANE... HANNO APPENA TOLTO LE DECORAZIONI DEL CAPODANNO. FORSE CAMBIERESTI IDEA SE ANDASSI A VEDERE UNO SPETTACOLO TEATRALE DI INIZIO ANNO.
...
SE NON PARLI, NON POSSO AIUTARTI.
QUAL È IL TUO COGNOME?
MI CHIAMO... ANDÔ.
COSA?

HIRO-SHIGE...
E IL TUO NOME?
TSÈ... ANDÔ... CHE NOME BANALE!
AH!
ANDÔ HIROSHIGE?
FLAP
SHH!

▲ SHIRUYOSHI.

* GIOCO DI PAROLE TRA IL COGNOME HIROSHIGE E L'AGGETTIVO *HIROI* (LARGO, AMPIO); N.D.T.

NON È QUESTO IL MOTIVO. È QUALCOSA DI PIÙ PROFONDO.
PIÙ PROFONDO? MA FAMMI IL PIACERE! SEMBRI UN MAIALE CON L'INFLUENZA!
QUINDI NON SI TRATTA DI LARGHEZZA, MA DI PROFONDITÀ!
EH EH EH!
ALLORA NON CI SONO DUBBI! HAI IL PISELLO PICCOLO! ECCO QUAL È IL TUO PROBLEMA!
ROLL

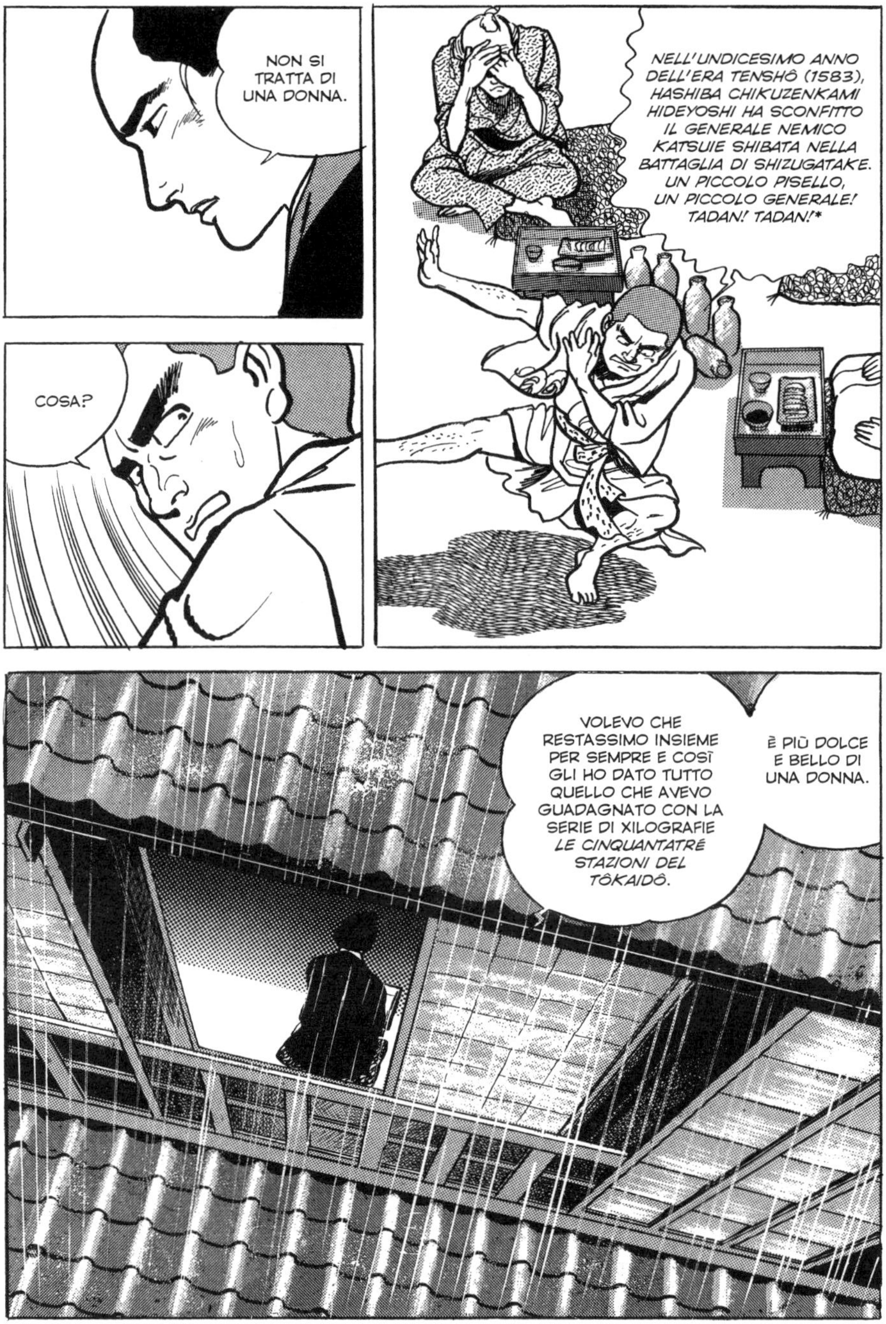

* NEL TESTO ORIGINALE, KAMIMURA GIOCA CON LE SOMIGLIANZE TRA ALCUNI TERMINI, STORPIANDOLI LEGGERMENTE PER CREARE DEI DIVERTENTI GIOCHI DI PAROLE. AD ESEMPIO, "*TANSHÔ*" (CORTO E PICCOLO), "*TENSHÔ*" (NOME DI UN'ERA) E "*TAISHÔ*" (GENERALE); N.D.T.

* TERMINE CHE IN EPOCA EDO INDICAVA GIOVANI PROSTITUTI CHE, SPESSO, SI SPACCIAVANO PER ASPIRANTI ATTORI DEL TEATRO *KABUKI*; N.D.T.

...
DIMMI UN PO', ANDÔ... FINO A OGGI NON HAI MAI AVUTO ESPERIENZE CON DONNE?
NON PUOI FARCI NULLA! ORMAI È FATTA!
BENE! FALLO VENIRE QUI COSÌ GLI DAREMO UNA BELLA LEZIONE! COME HA OSATO PRENDERSI GIOCO DI UN UOMO PURO COME TE?
AH AH AH!
NON SIETE D'ACCORDO, MAESTRO?

OCHÔ... SI SPACCIA PER LA FIGLIA DEL PROPRIETARIO DI UN NEGOZIO DI CASALINGHI A HONMACHI-YOSHIDACHÔ. IN REALTÀ SI CHIAMA YOSHIZÔ IL PAGGETTO E VIVE A KOBIKICHÔ, IL QUARTIERE DEI PROSTITUTI.
QUAL È IL SUO NOME?
UHM... YOSHIZÔ IL PAGGETTO...

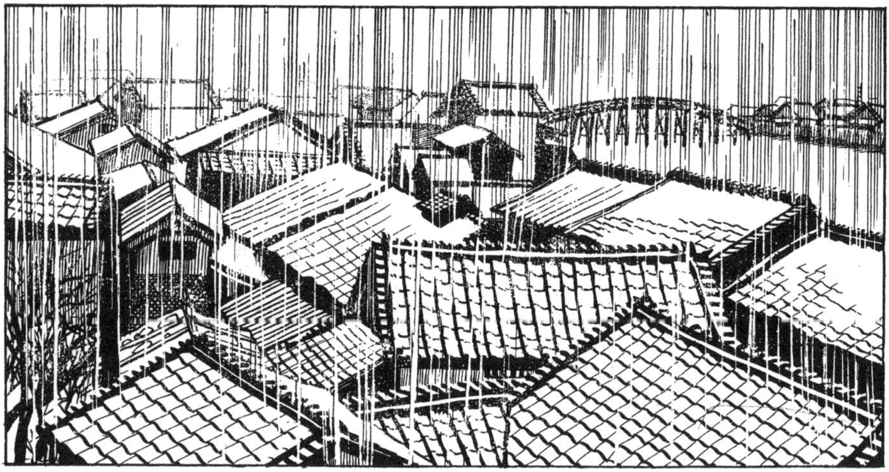

OCHÔ...
SUTEHACHI, È TUTTO TUO!
PERCHÉ MI AVETE FATTO VENIRE FIN QUI?
SIETE UNA DONNA STUPENDA!

MA... È UN UOMO!
COSA TE NE IMPORTA! METTETEVI INSIEME.
HIROSHIGE... È MERAVIGLIOSA! NON C'È NULLA DI CUI VERGOGNARSI.
...
SEI UN IMBECILLE! UOMO, DONNA... CHE IMPORTANZA HA? LA BELLEZZA RESTA PUR SEMPRE TALE. SONO COSE DIVERSE, UN PO' COME L'ESTATE E L'INVERNO.
CHE NE PENSI, YOSHIZÔ?
SE TU NON LA VUOI, ME LA PRENDO IO.
EH EH EH!

MALEDIZIONE! NE HO ABBASTANZA DI ESSERE PRESO IN GIRO DA TUTTI!
MI AMMAZZO!

FAI PURE! TANTO QUESTA VOLTA NON TI FERMERÒ. ANZI, ASSISTERÒ ALLA SCENA DA QUI.

DANNA-
ZIONE!
TAP
FERMATI, HIROSHIGE! SONO KATSUSHIKA HOKUSAI.
!!

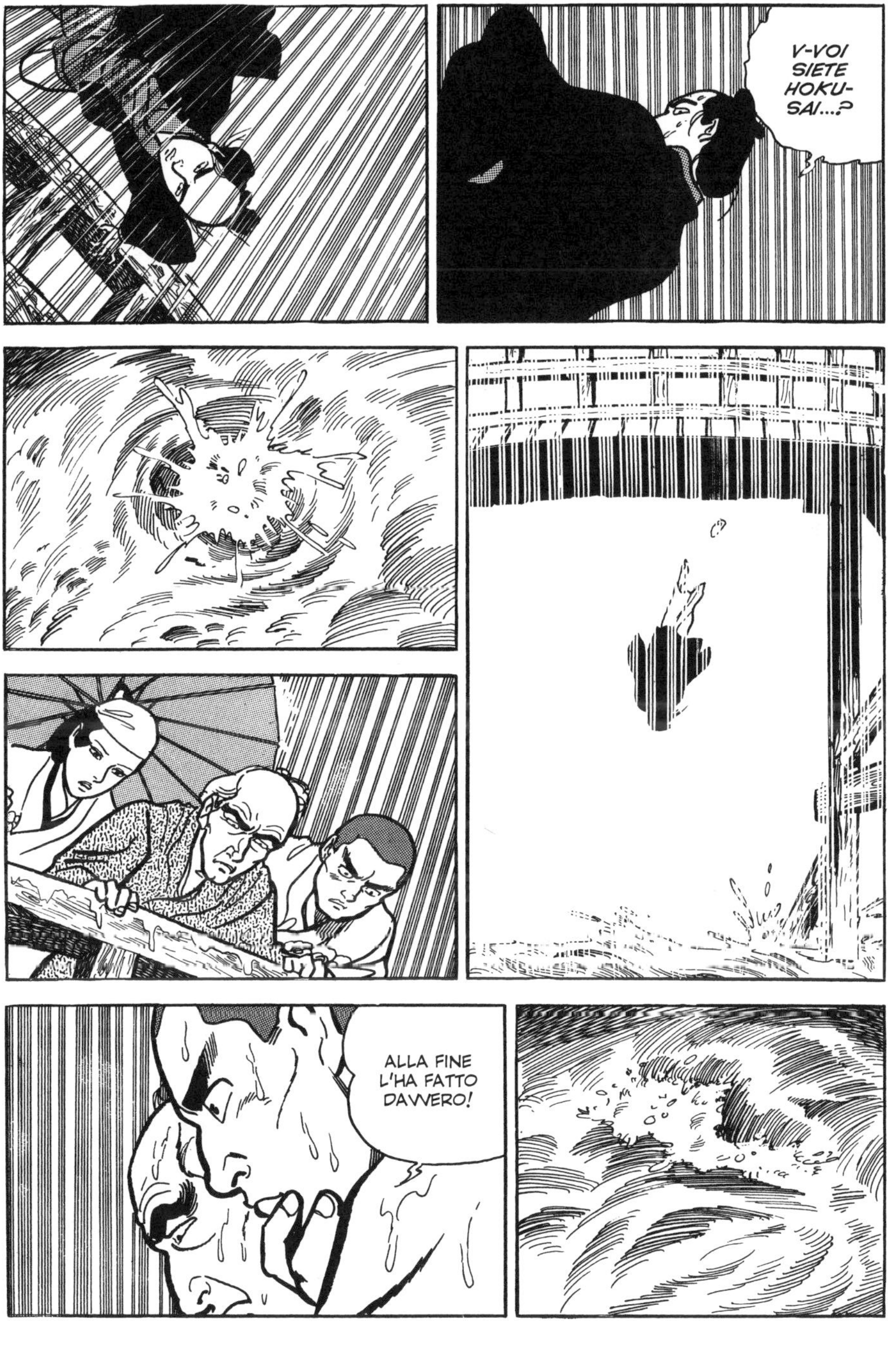
V-VOI SIETE HOKU-SAI...?
ALLA FINE L'HA FATTO DAVVERO!

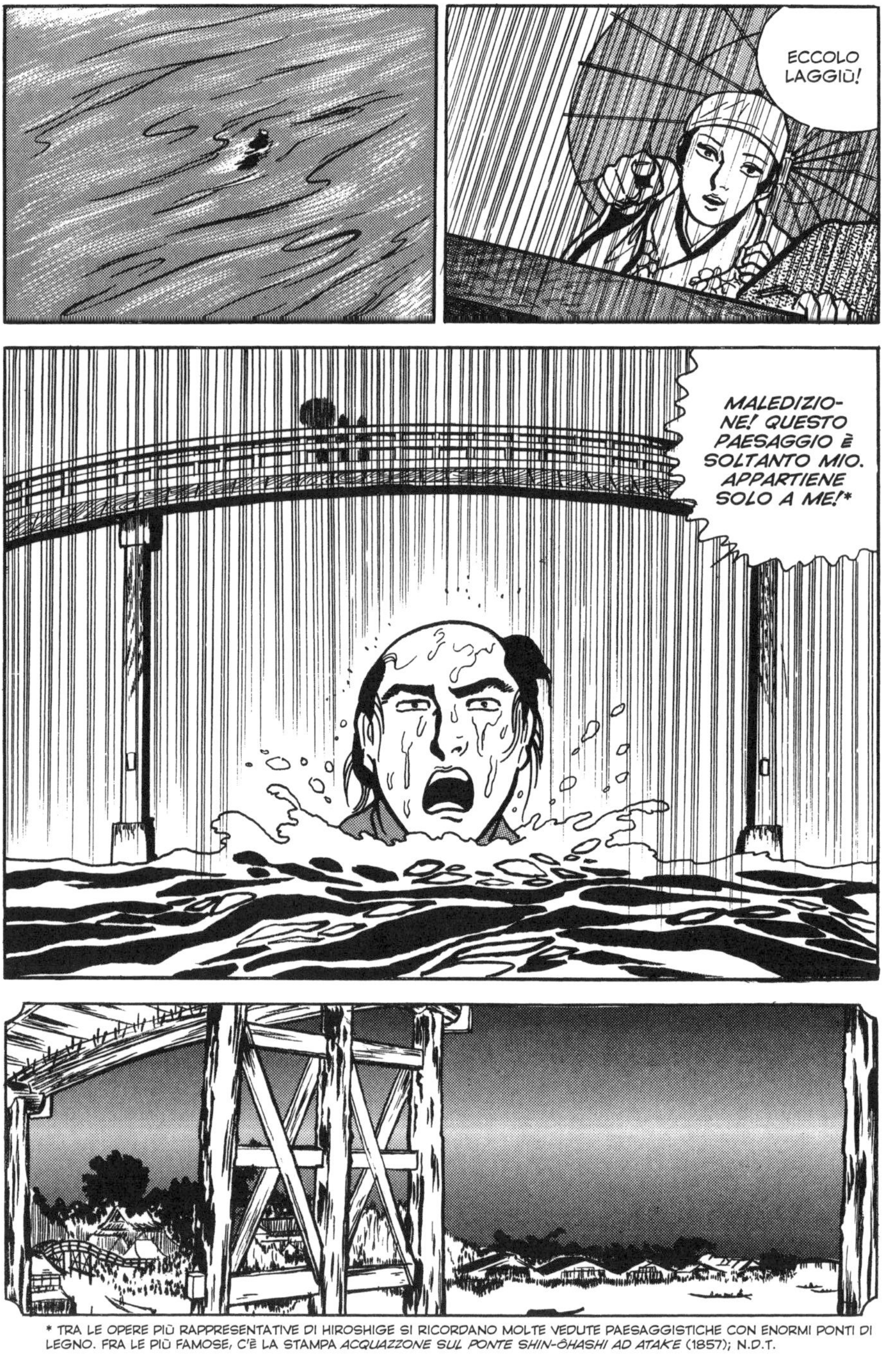

* TRA LE OPERE PIÙ RAPPRESENTATIVE DI HIROSHIGE SI RICORDANO MOLTE VEDUTE PAESAGGISTICHE CON ENORMI PONTI DI LEGNO. FRA LE PIÙ FAMOSE, C'È LA STAMPA *ACQUAZZONE SUL PONTE SHIN-ÔHASHI AD ATAKE* (1857); N.D.T.

FOLLI PASSIONI - CAPITOLO 7

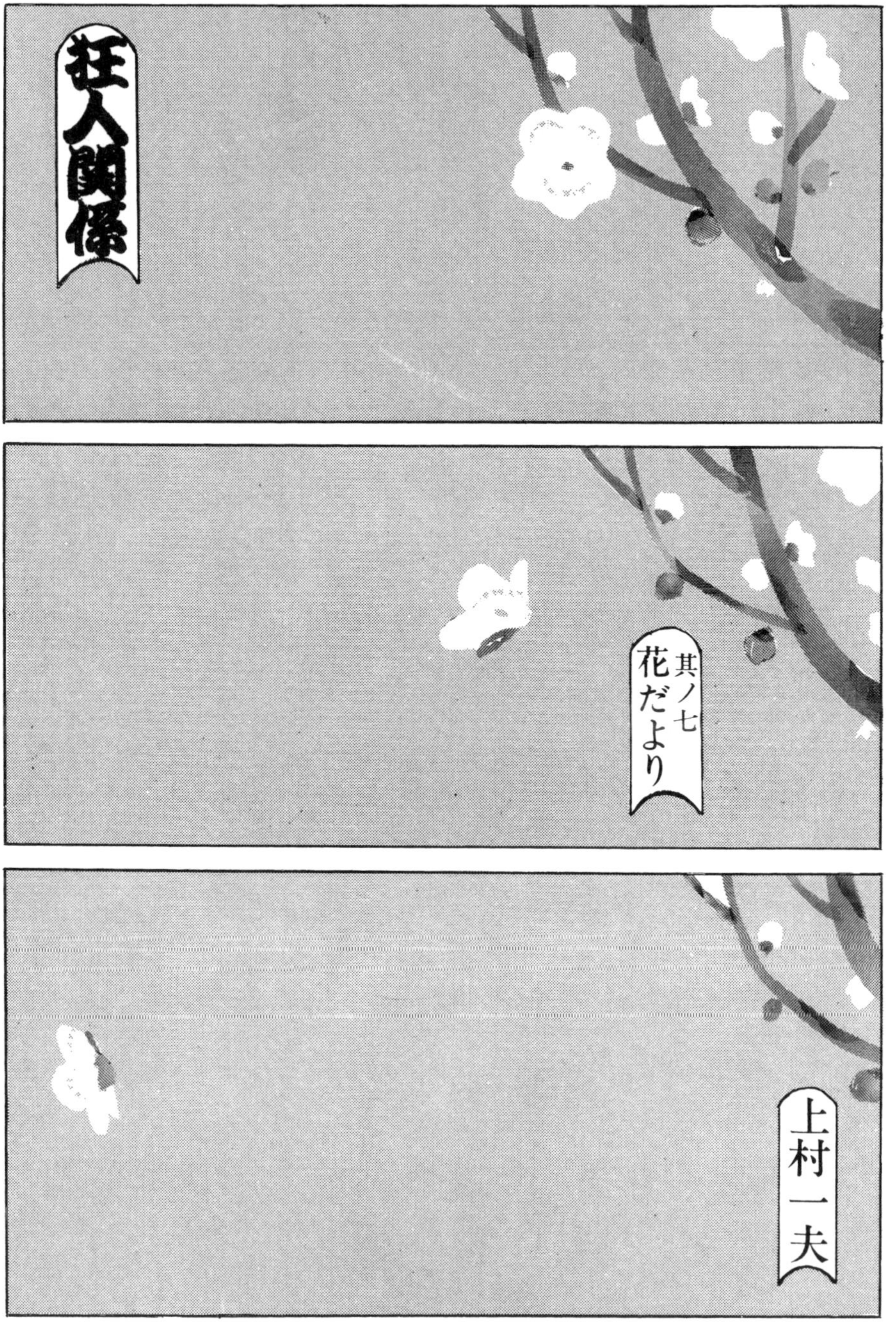

I FIORI SONO SBOCCIATI

IL CAPODANNO ERA PASSATO. A EDO, LA PRIMAVERA ERA ORMAI ALLE PORTE.

QUI E LÀ, UN PO' DAPPERTUTTO, I SUSINI MOSTRAVANO I LORO RAMI FIORITI.

AL VILLAGGIO SUGITA LUNGO LE STRADE DEL TÔKAIDÔ. AL GIARDINO UMEYASHIKI A SUMIDAGAWA TERASHIMAMURA. AL JÛSUKE BAIRIN, IL GIARDINO A ZÔSHIGAYA-HATAKECHÔ.

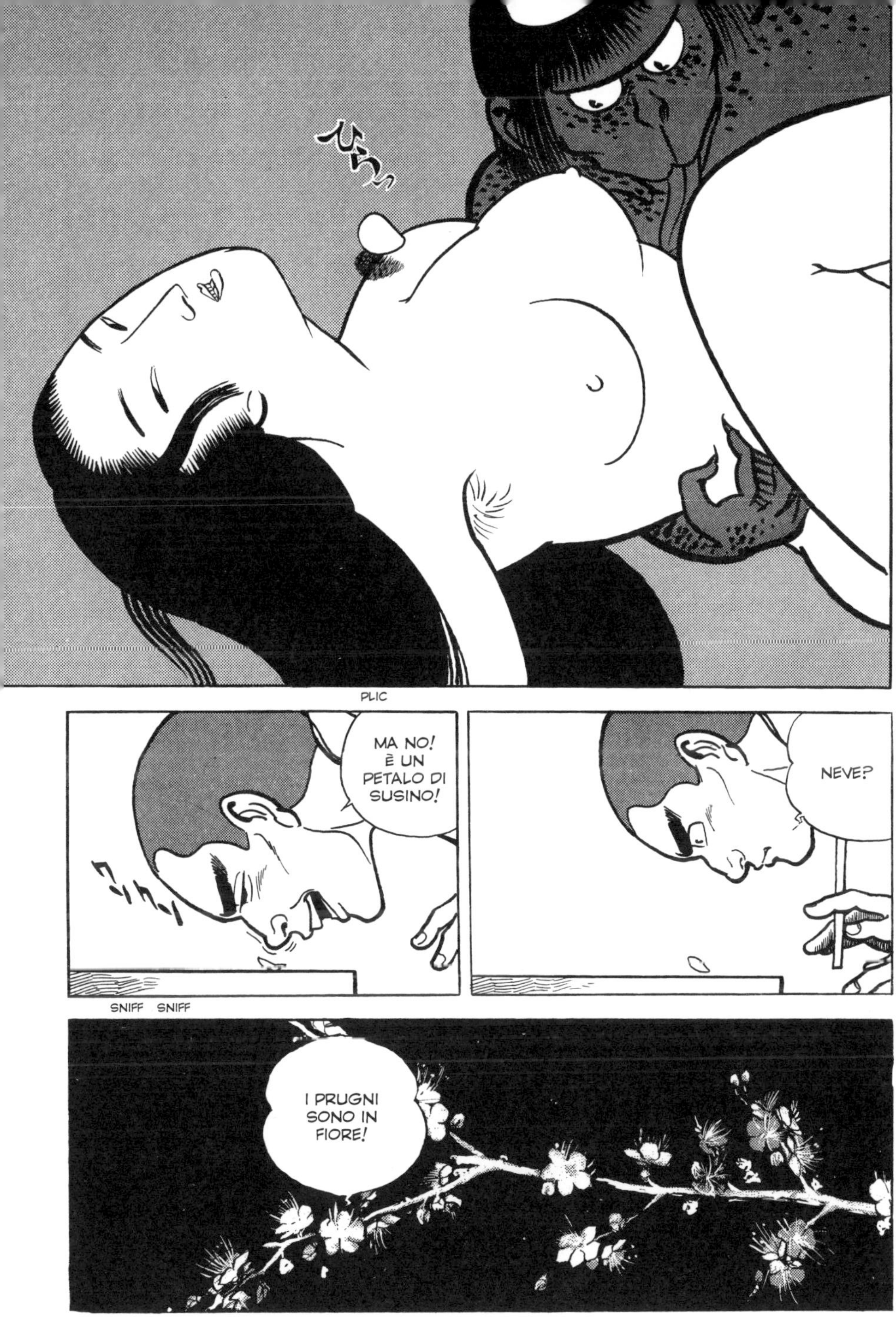
PLIC
NEVE?
MA NO! È UN PETALO DI SUSINO!
SNIFF SNIFF
I PRUGNI SONO IN FIORE!

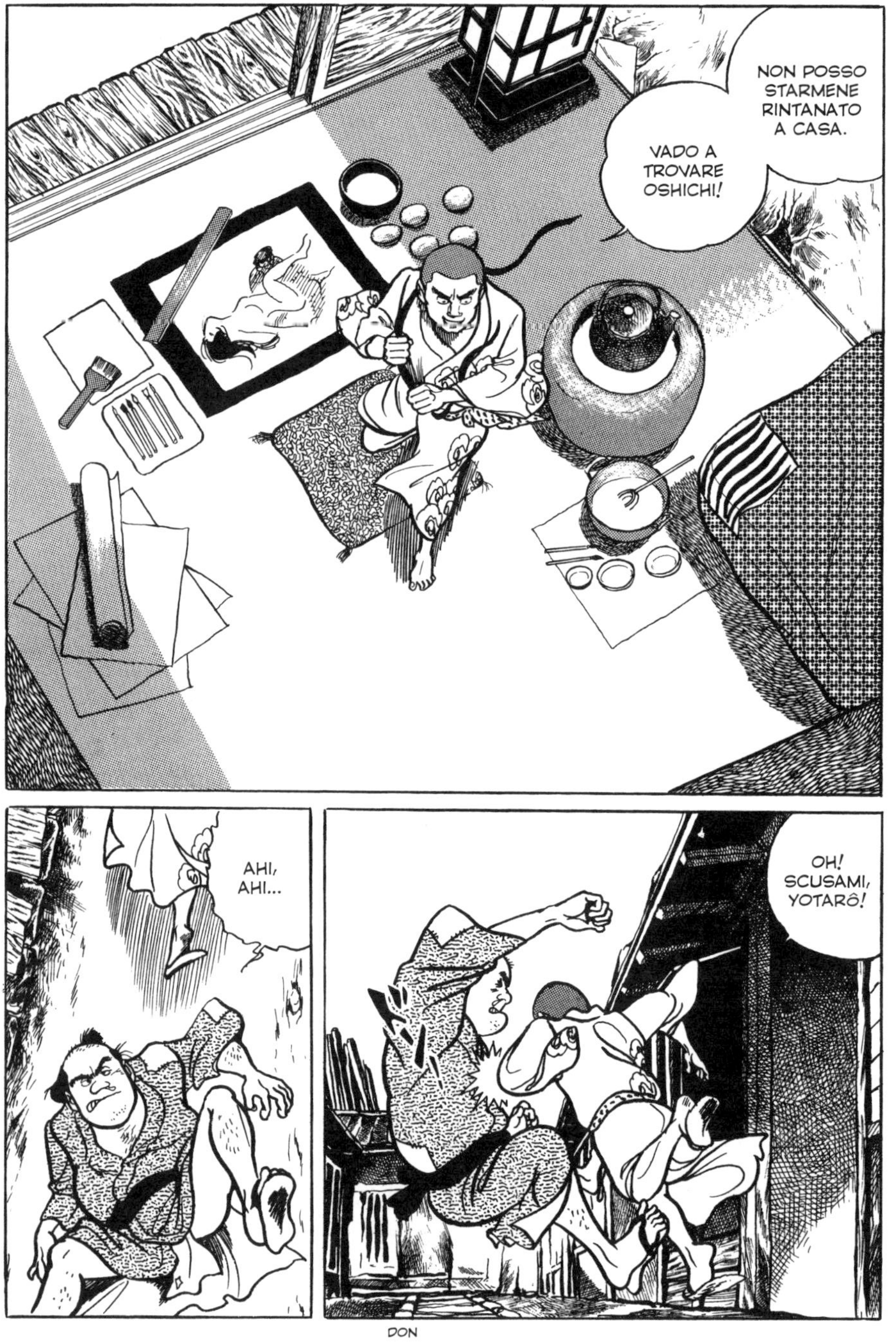
NON POSSO STARMENE RINTANATO A CASA.
VADO A TROVARE OSHICHI!
AHI, AHI...
OH! SCUSAMI, YOTARÔ!
DON

▲ YAOKYŪ.

CHE STRANO... NON C'È NESSUNO IN NEGOZIO.
NON PENSO SIA USCITA...

ECCOLA! SI È ACCONCIATA I CAPELLI PROPRIO COME OKON!
QUINDI, PAPÀ, MI STAI DICENDO CHE NON TI DÀ FASTIDIO QUESTA SITUAZIONE?
CAMBIEREBBE QUALCOSA SE GLIELO DICESSI? LE COSE STANNO COME STANNO E IO SONO QUELLO CHE SONO.
INOLTRE, SONO STATO ADOTTATO DALLA SUA FAMIGLIA COME "GENERO". LA MIA POSIZIONE ERA DEBOLE BEN PRIMA DELLA TUA NASCITA.
CERTO CHE MI DÀ FASTIDIO! CHE TI CREDI, SONO UN UOMO ANCHE IO! MA NON POSSO FARCI NULLA.
ALLORA PERCHÉ NON LO DICI ALLA MAMMA? IO NON CE LA FACCIO PIÙ A GUARDARE E STARE ZITTA. È FRUSTRANTE!

DOVERE O NON DOVERE, NON M'IMPORTA, MA ALLORA QUAL È IL DOVERE DI MAMMA, EH?
CON I SOLDI CHE TU GUADAGNI, SI DIVERTE CON GLI ATTORI.
DOPOTUTTO SEI STATO TU A LAVORARE SODO E A FAR PROSPERARE IL NEGOZIO. O MI SBAGLIO?
CHE C'ENTRA IL FATTO DI ESSERE UN GENERO ADOTTIVO? NON CAMBIA NULLA!
SÌ, HAI RAGIONE... MA HO FATTO SOLO IL MIO DOVERE.
NON POSSO FARCI NULLA. LEI HA UN CORPO SPECIALE E NON PUÒ CHE DESIDERARE UOMINI COME LEI, CON CORPI SPECIALI...
SAI DOV'È ANDATA OGGI?
PAPÀ... NON C'È NIENTE DA RIDERE...
EH EH EH!
PAPÀ... NON TI STO DICENDO CHE LA SITUAZIONE DEVE PER FORZA DARTI FASTIDIO... COME FIGLIA, PERÒ, HO IL DIRITTO DI CHIEDERTELO...

SEMBRA CHE STIANO LITIGANDO...
A PIANGERE, PERÒ, È SUO PADRE...
DEVO FARE QUALCOSA...
FIGLIA MIA, PERDONAMI... SONO UN MISERABILE...
PAPÀ... NON PIANGERE...
KUII KUII
KUUUII!

ニカッ
EH EH!
SUTE-HACHI...
VAI PURE... IO SONO STANCO.
DEVO USCIRE UN ATTIMO.
PAPÀ... CERCA DI FARTI FORZA.
AH, GLI USIGNOLI! IN VENT'ANNI NON SONO MAI RIUSCITO AD ASCOLTARE IL LORO CANTO IN TRANQUILLITÀ E CON ANIMO SERENO.

MANGIARE *MOCHI* OSSERVANDO I SUSINI, LI RENDE ANCORA PIÙ SQUISITI!
AH AH AH! MA COSA DICO!
...
OSHICHI...
SONO TRISTE...
GLUG
LA MIA FAMIGLIA STA ANDANDO IN PEZZI...
PERCHÉ?

TI HO VISTA PRIMA... SEMBRAVA CHE STESSI TORMENTANDO TUO PADRE...
NIENT'AFFATTO. PROVO TANTA PENA PER LUI.
SUTEHACHI... MI SENTO SOLA...
OSHICHI... NON POSSIAMO FARLO QUI...
ALLORA PORTAMI VIA CON TE...
AH...

OSHICHI!
SUTEHACHI!
OH SÌ... PROPRIO LÌ...
PIÙ PIANO... ANCORA PIÙ PIANO...
OSHICHI... SEI MERAVIGLIOSA! STAI FACENDO PROGRESSI!

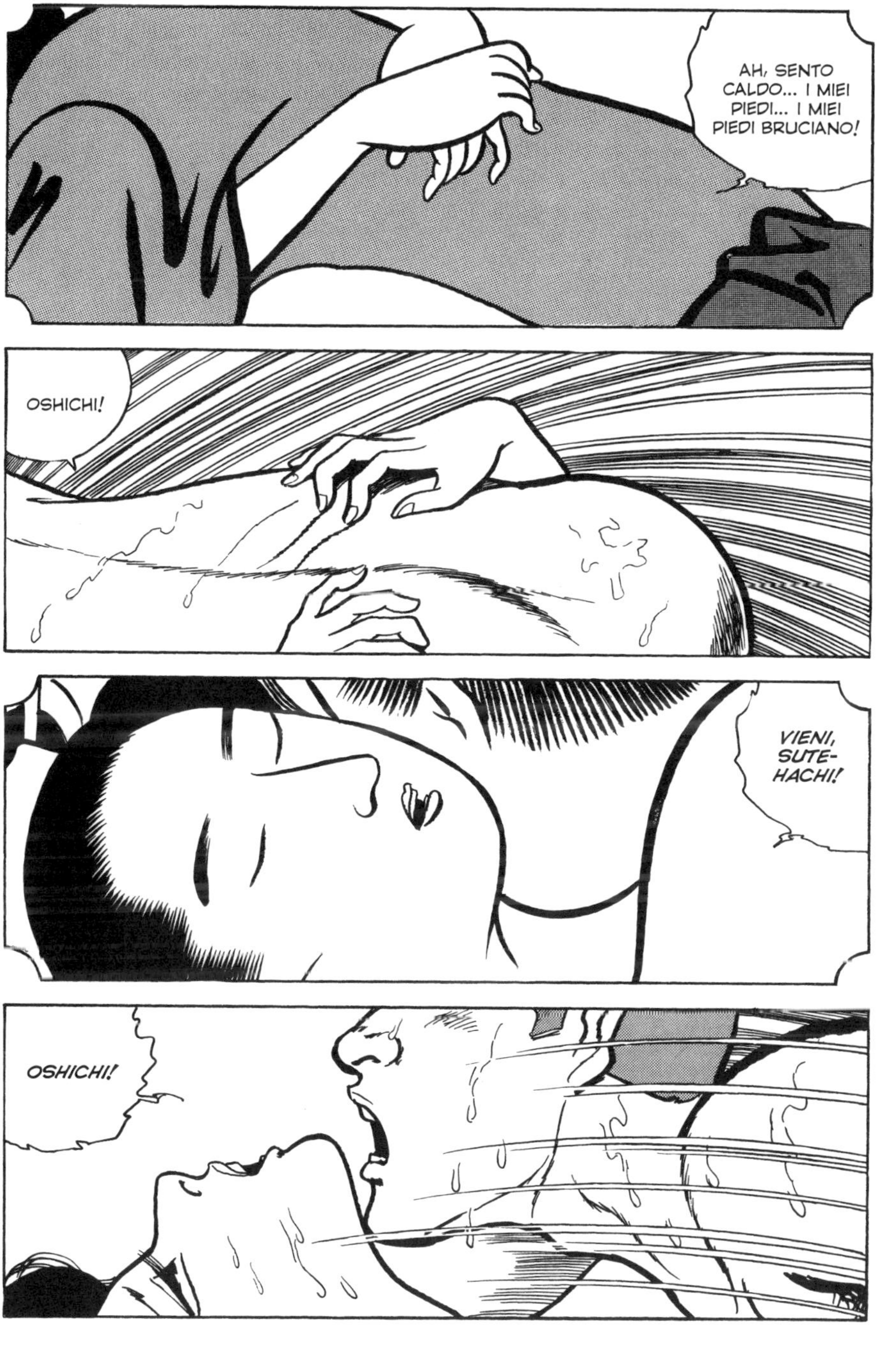
AH, SENTO CALDO... I MIEI PIEDI... I MIEI PIEDI BRUCIANO!
OSHICHI!
VIENI, SUTE-HACHI!
OSHICHI!

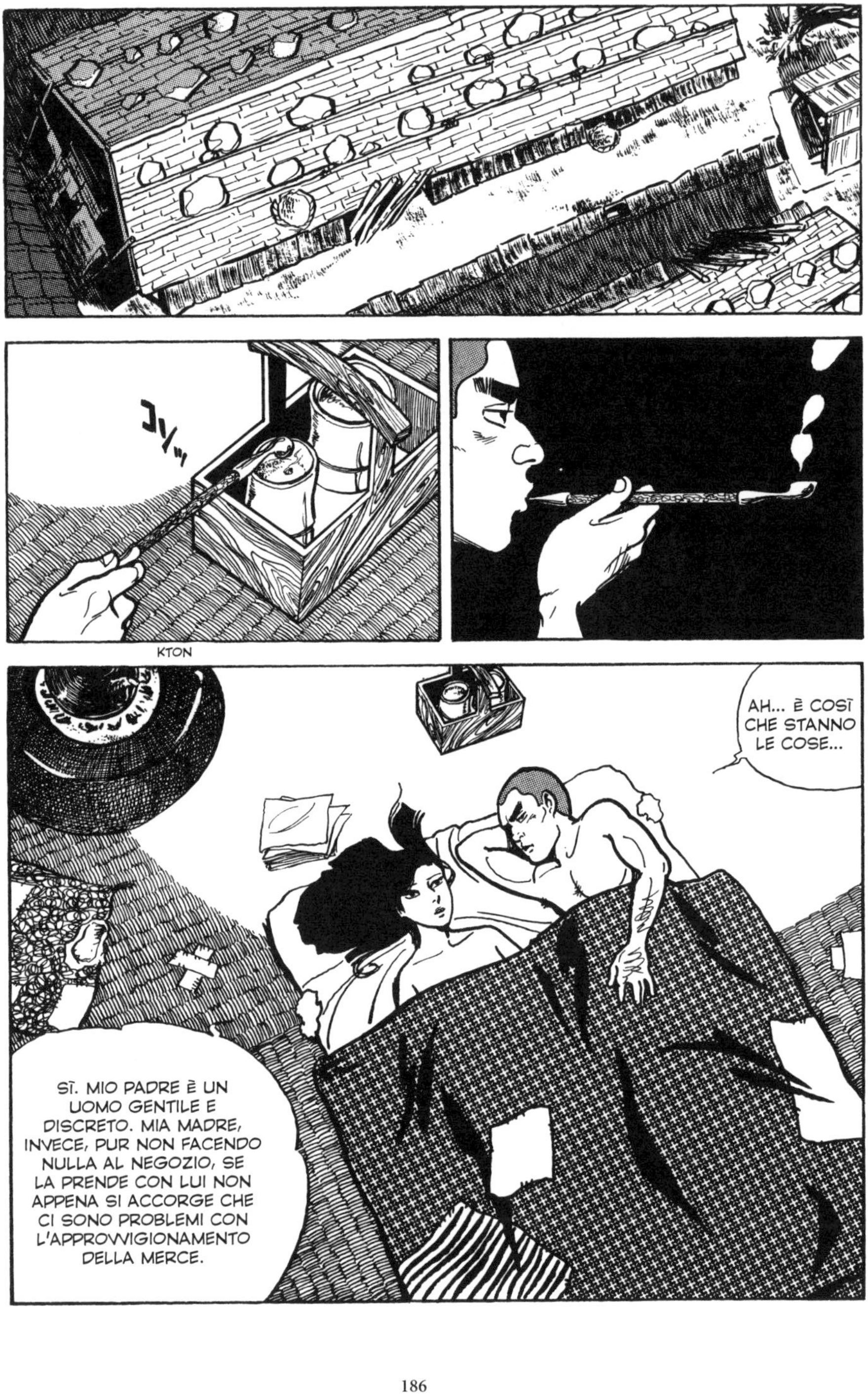
コツ
KTON
AH... È COSÌ CHE STANNO LE COSE...
SÌ. MIO PADRE È UN UOMO GENTILE E DISCRETO. MIA MADRE, INVECE, PUR NON FACENDO NULLA AL NEGOZIO, SE LA PRENDE CON LUI NON APPENA SI ACCORGE CHE CI SONO PROBLEMI CON L'APPROVVIGIONAMENTO DELLA MERCE.

SONO I MIEI GENITORI E NON HO VOGLIA DI METTERMI IN MEZZO ALLE LORO DISCUSSIONI. MI SENTO DAVVERO MOLTO SOLA...
UHM...
SUTEHACHI...
AVERE A CHE FARE CON LA PROPRIA FAMIGLIA NON È SEMPRE FACILE...
TANTE VOLTE...
LO RIFACCIAMO?
DEVI DARMI TUTTA LA TUA ENERGIA, SUTEHACHI!
CERCA DI TIRARTI SU, OSHICHI...

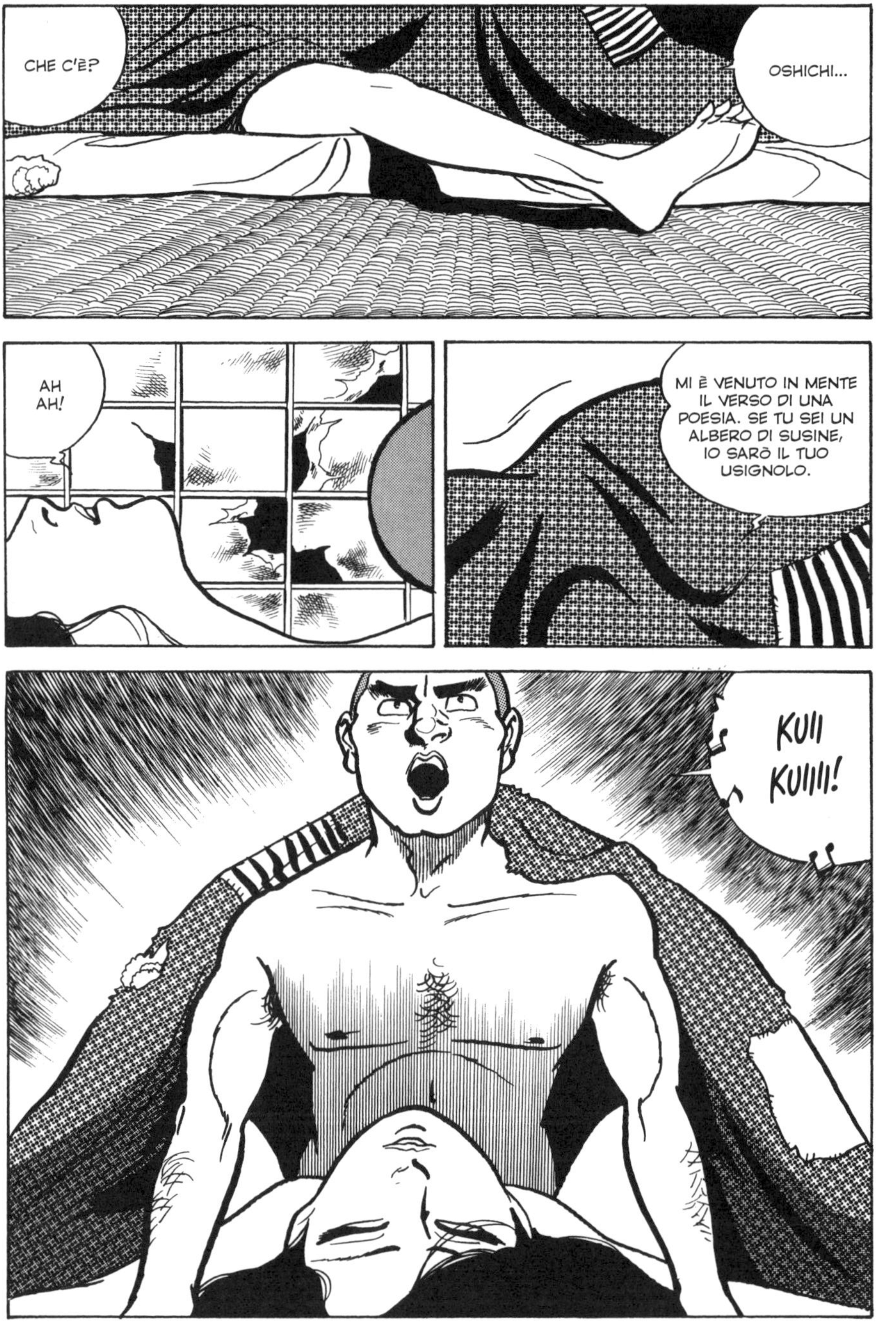
OSHICHI...
CHE C'È?
MI È VENUTO IN MENTE IL VERSO DI UNA POESIA. SE TU SEI UN ALBERO DI SUSINE, IO SARÒ IL TUO USIGNOLO.
AH AH!
KUII KUIIII!

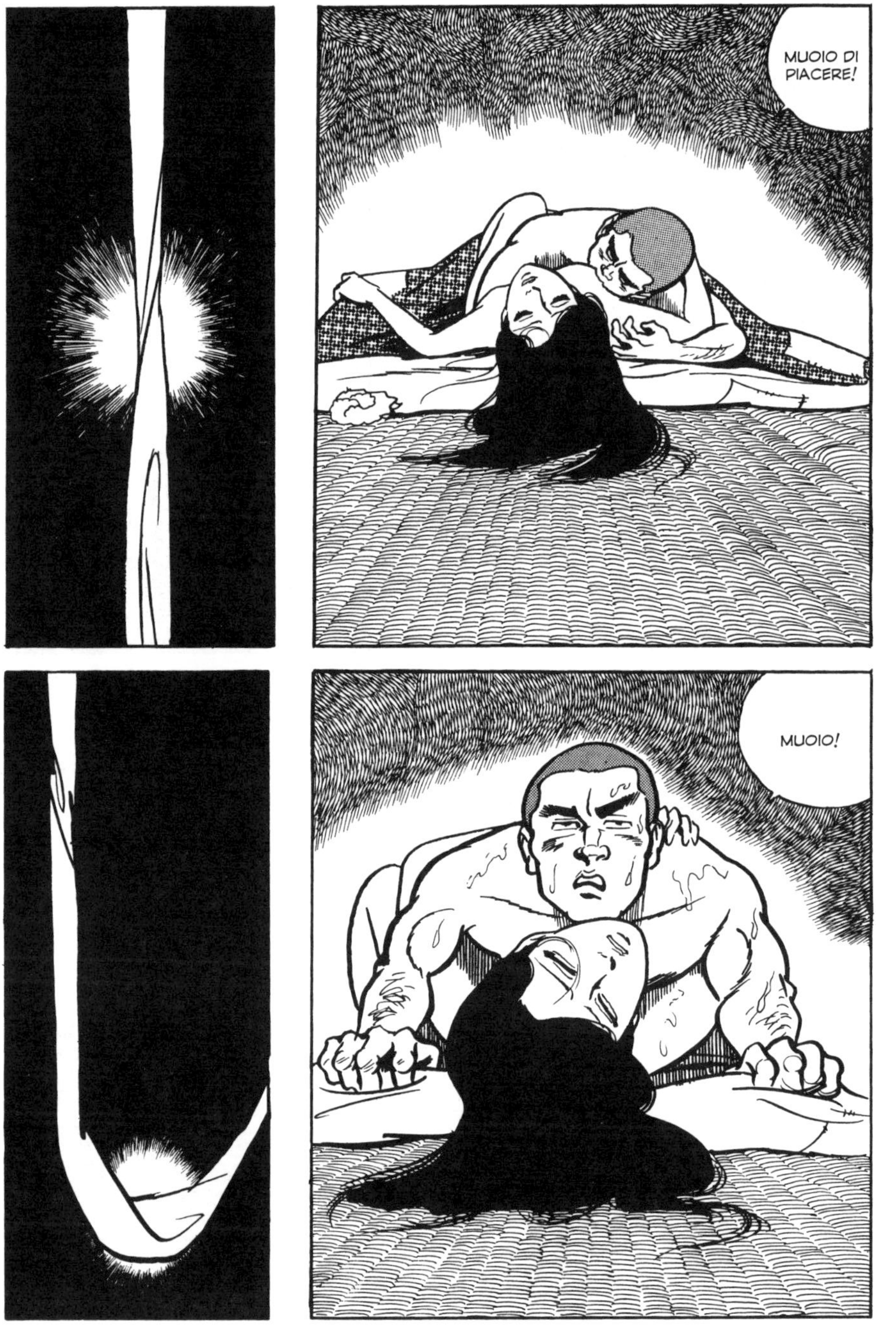
MUOIO DI PIACERE!
MUOIO!

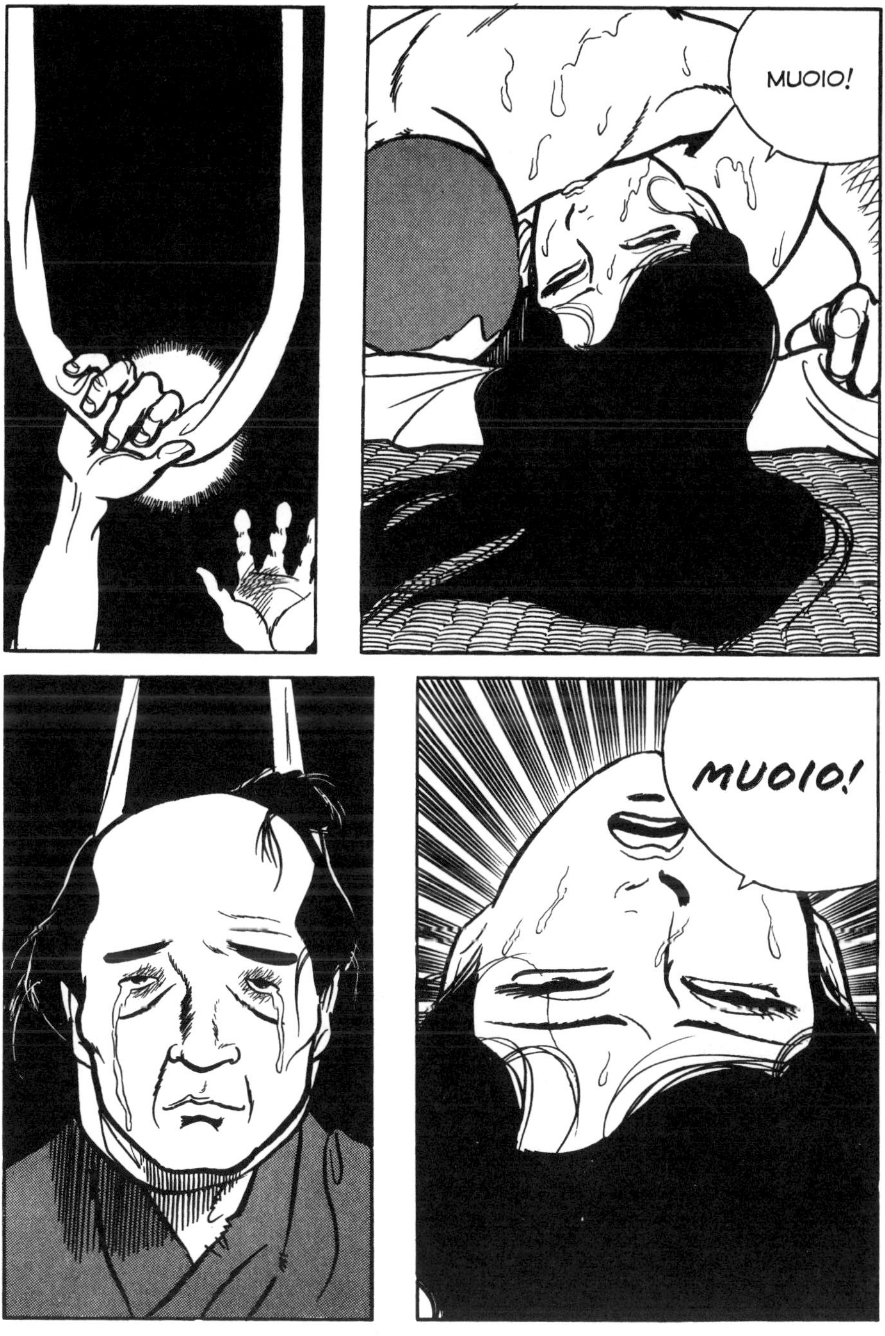
MUOIO!
MUOIO!

NELLO STESSO MOMENTO, IL PADRE DI OSHICHI, STANCO DI QUEL BRUTTO SCHERZO CHE È LA VITA, SCEGLIEVA LA MORTE. LASCIAVA QUESTO MONDO SENZA AVER MAI POTUTO ASCOLTARE CON SERENITÀ IL CANTO DEGLI USIGNOLI.

CAPITOLO 8

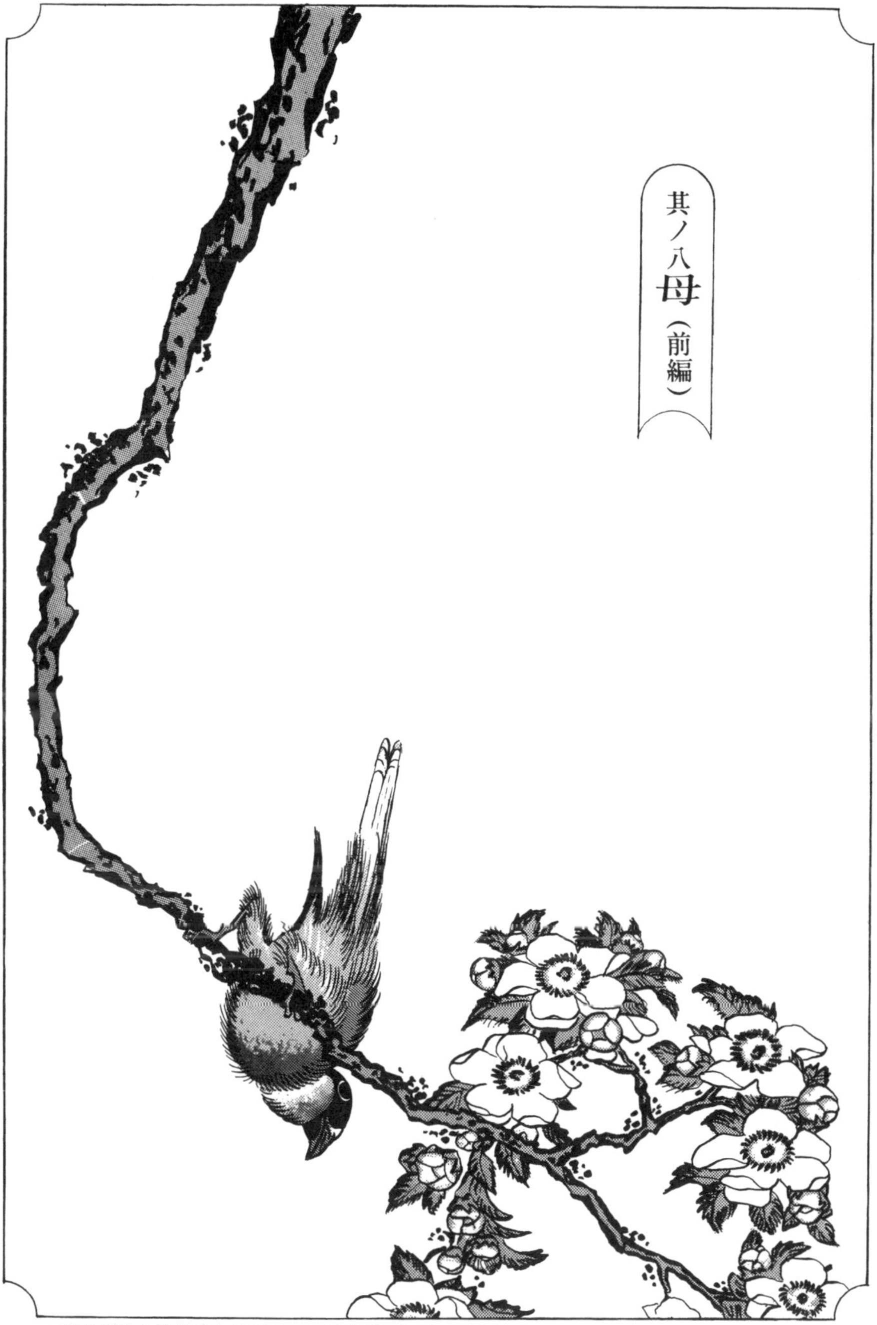

▲ KATSUSHIKA HOKUSAI, *FRINGUELLO E CILIEGIO PIANGENTE* (*USO SHIDAREZAKURA*, 1832 CIRCA); N.D.T.

MIA MADRE (PRIMA PARTE)

▲ YAOKYŪ.

▲ IN LUTTO.

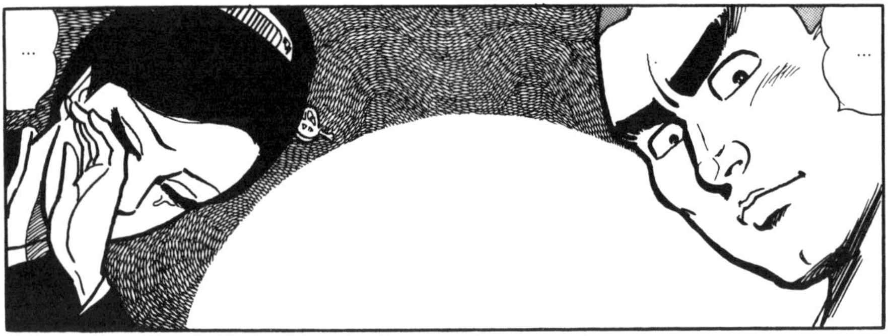

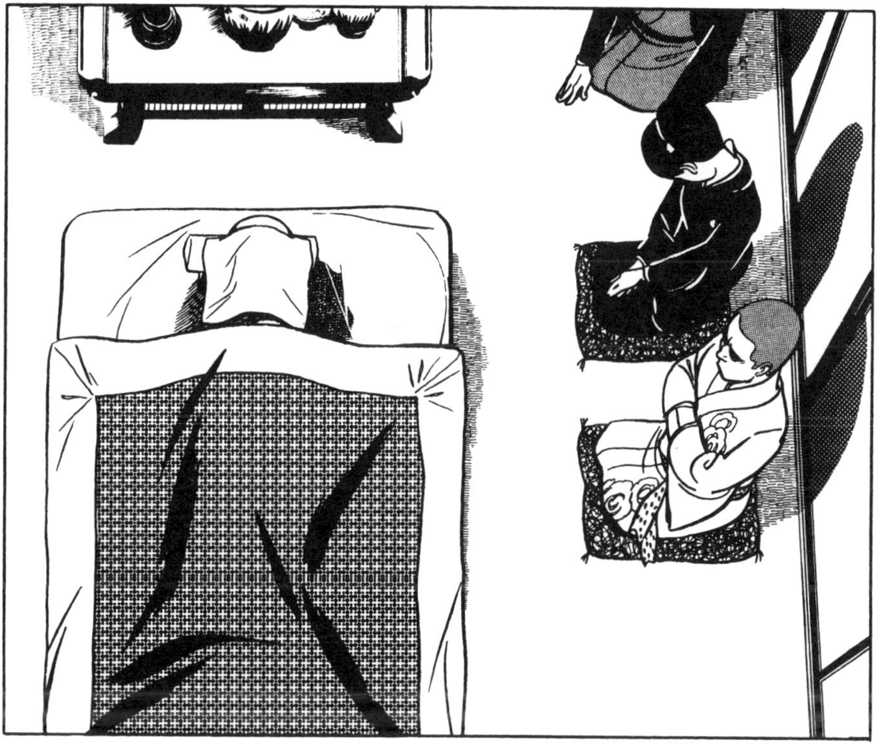

ANCHE SUL LETTO DI MORTE, ARRIVA LA PRIMAVERA

GLI ESSERI UMANI VIVONO PREOCCUPANDOSI DELLE STAGIONI, MA LE STAGIONI NON SI PREOCCUPANO AFFATTO DEGLI ESSERI UMANI.
SUKEDON.
DITEMI PURE.
MIA MADRE NON È ANCORA RIENTRATA?
MI DISPIACE. LA STIAMO CERCANDO OVUNQUE, MA NON L'ABBIAMO ANCORA TROVATA.

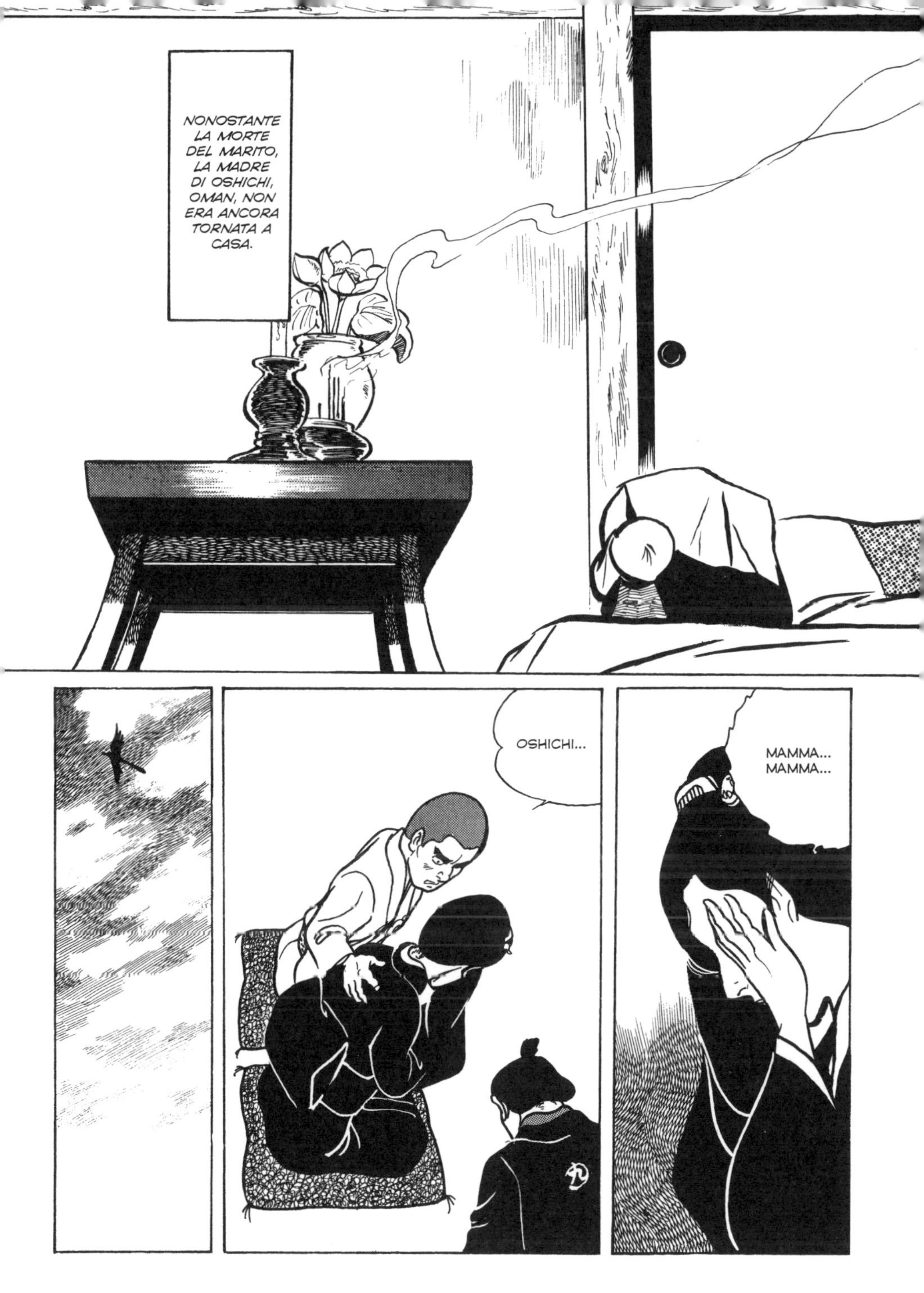
NONOSTANTE LA MORTE DEL MARITO, LA MADRE DI OSHICHI, OMAN, NON ERA ANCORA TORNATA A CASA.
OSHICHI...
MAMMA... MAMMA...

MIO PADRE È MORTO. I SUSINI D'INVERNO PERDONO I LORO FIORI.*
* (1890-1933): HASHI RABOKU, POETA; N.D.T.

* TERMINE USATO PER INDICARE NEL TEATRO *NÔ* E *KABUKI* GLI INTERPRETI DI RANGO PIÙ ELEVATO, QUELLI DI ALTO LIVELLO; N.D.T.

* CERIMONIA IN CUI SI ANNUNCIA DI AVER EREDITATO IL NOME DEL PROPRIO MAESTRO, DIFFONDENDONE IL NOME E L'ARTE; N.D.T.

NON EREDITERÒ UN NOME COSÌ PRESTIGIOSO... PER DI PIÙ, ESISTE SOLO DA VENT'ANNI. DIVENTEREI NAKAMURA SENNOSUKE IV.
NON DIREI PROPRIO...
COSA? MA SI TRATTA DI UNA CERIMONIA MOLTO IMPORTANTE...
IL MIO PADRONE VUOLE VANTARSI DELLE SUE BUONE AZIONI ASSEGNANDOMI IL NOME DI SENNOSUKE, MA CIÒ CHE CONTA PER LUI È SOLO IL DENARO.
IMMAGINO TI SERVANO TANTI SOLDI...
IN ALTRE PAROLE, O ACCETTO IL NOME DI SENNOSUKE O DEVO RINUNCIARE ALLA MIA CARRIERA DI ATTORE.
SA BENISSIMO CHE SONO POVERO, ED È PER QUESTO CHE SI COMPORTA COSÌ...

PER UN ATTORE SQUATTRINATO COME ME NON C'È ALTRA SCELTA.
CHE COSA? NON PUOI SMETTERE DI RECITARE!
SIGNORA...
NO, NON PUOI FARLO. SE TU SMETTESSI DI RECITARE, IO... IO...
CHE COSA?
VOI SIETE INNAMORATA DI ME, ROKYÛZÔ, COME ATTORE, NON È VERO?
NON SIETE INNAMORATA DI ME IN QUANTO UOMO, MA DEI PERSONAGGI CHE PORTO IN SCENA.

E INVECE SÌ. QUEL ROKYÛZÔ È IL VOSTRO AMANTE... DOPOTUTTO, NON PRENDETE NEANCHE IN CONSIDERAZIONE CHI NON FA L'ATTORE.
NON È COSÌ... TI SBAGLI!
PER LE DONNE COME VOI, L'IMPORTANTE È SBANDIERARE ALLE PROPRIE AMICHE DI AVERE UN ATTORE COME AMANTE.
NO... NON È VERO...
NON DOVEVO PARLARTI IN QUEL MODO! È TUTTA COLPA MIA! PERDONAMI! AMO SOLTANTO TE E NESSUN ALTRO.

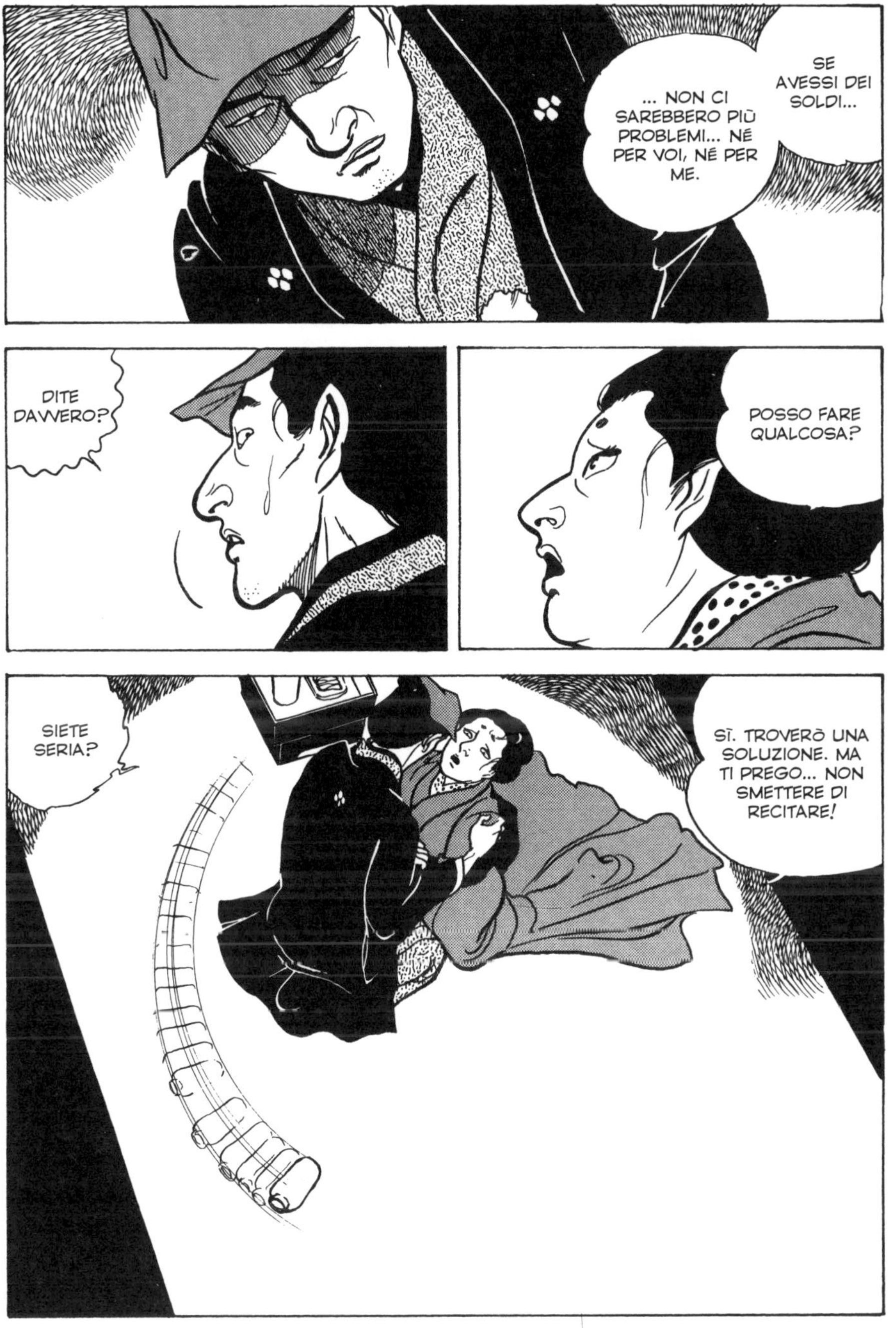
SE AVESSI DEI SOLDI...
... NON CI SAREBBERO PIÙ PROBLEMI... NÉ PER VOI, NÉ PER ME.
DITE DAVVERO?
POSSO FARE QUALCOSA?
SIETE SERIA?
SÌ. TROVERÒ UNA SOLUZIONE. MA TI PREGO... NON SMETTERE DI RECITARE!

SO CHE AMI RECITARE DAL PROFONDO DEL TUO CUORE E CHE, MALGRADO TUTTO, SOPPORTI IL TUO MAESTRO. DICO BENE?
SÌ! NON TI AMO SOLO PERCHÉ SEI UN ATTORE...
SIGNORA!
TI HO DETTO DI CHIAMARMI OMAN!
MA IO...
LASCIA FARE A ME! NON TE NE PENTIRAI.
AMORE MIO!
OMAN!

GNIIK

忌中
▲ IN LUTTO.

OSHICHI... SI È FATTO TARDI. CHE NE DICI DI RIPOSARTI UN PO'? STARÒ SVEGLIO IO, NON TI PREOCCUPARE.
NO. RESTERÒ SVEGLIA FINO A QUANDO NON TORNERÀ MIA MADRE.

CERTO CHE TUA MADRE SI FA ATTENDERE...
CHISSÀ... MAGARI SI È PERSA... AH AH AH...
...
CHOOON!

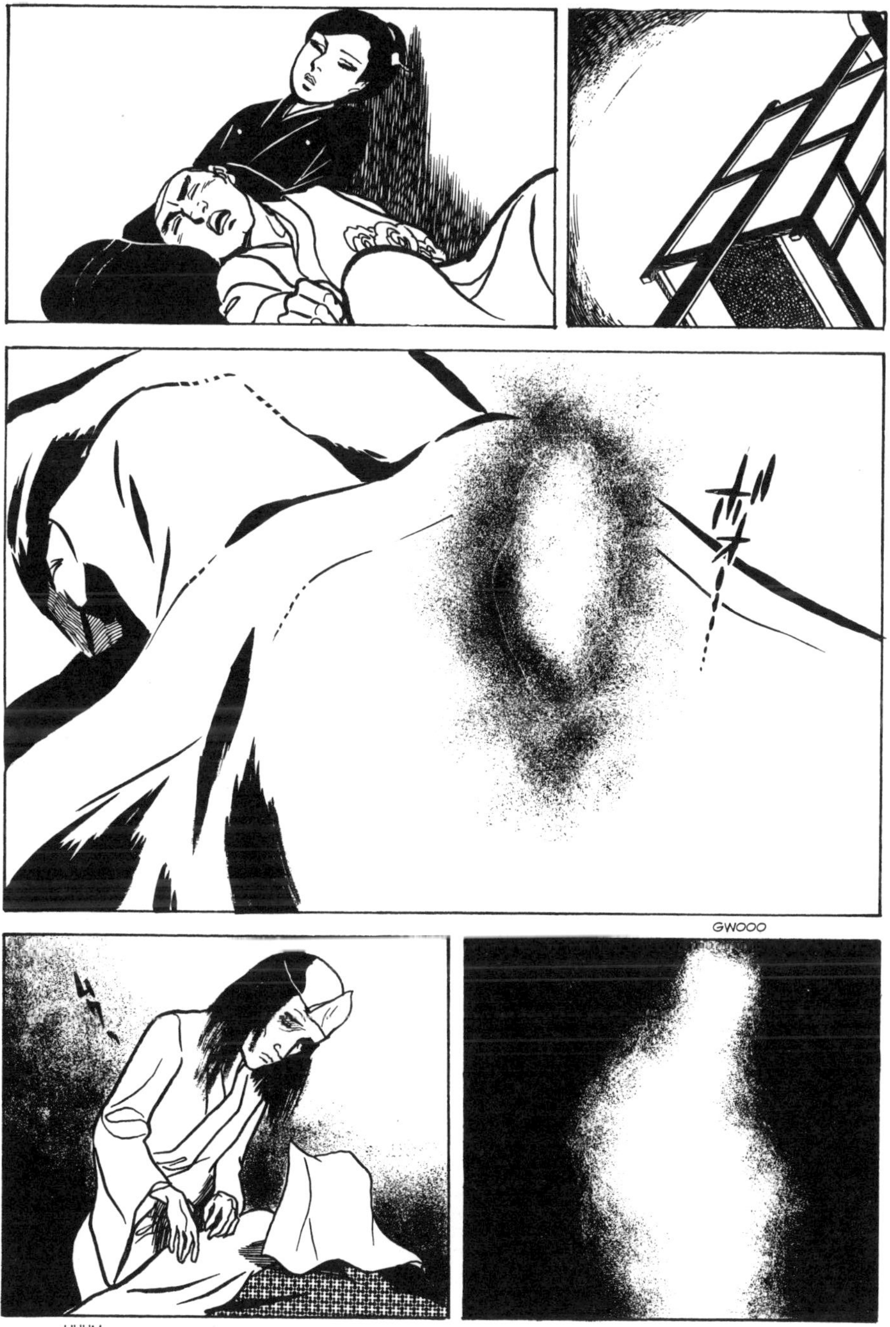
GWOOO
UHHM

AHHH!
OSHICHI...
OSHI-
CHI...
PAPÀ!
NO, TI
PREGO.
BASTA...
SONO
SAZIO.
TUA MADRE
OMAN NON
È ANCORA
RIENTRATA?
PAPÀ... VUOI
FORSE DIRMI
QUALCOSA?
COSA C'È?

NON SEI TU A DOVERMI CHIEDERE SCUSA.
NO, PAPÀ... SONO DESOLATA...
NON È ANCORA TORNATA A CASA...
?
C'È POCO DA FARE...
AH!
PAPÀ... VUOI DIRMI QUALCOS'AL-TRO?

PARLERÒ QUANDO QUELLA DONNACCIA SARÀ TORNATA A CASA.
ヒョイッ
FLUP
EH EH!
OSHICHI... QUELLO CHE HO VISTO... ERA...
PADRE MIO... QUANTO MI DISPIACE... COMPRENDO BENISSIMO QUELLO CHE STAI PROVANDO...
SÌ, ERA MIO PADRE. IL PRECEDENTE PROPRIETARIO DEL NEGOZIO, MIO NONNO, L'AVEVA ACCOLTO NELLA SUA FAMIGLIA AFFINCHÉ GLI SUCCEDESSE. HA LAVORATO SODO PER TUTTA LA SUA VITA.

POVERINO...
MENTRE MIA MADRE PASSAVA IL SUO TEMPO A DIVERTIRSI, MIO PADRE LAVORAVA COME UN PAZZO. ANCHE DOPO LA MORTE, LA SUA ANIMA NON TROVERÀ PACE SE PRIMA NON TRASMETTERÀ IL SUO RANCORE A MIA MADRE.
OH...
MA... MI È PRESO UN COLPO...
DEVO METTERE I *TAKUWAN* IN SALAMOIA!
PAPÀ!
AH!
AH, DIMENTICAVO!

PAPÀ... CHE STAI FACENDO?
STO CERCANDO I *TAKUWAN*...
MA PAPÀ... TU SEI MORTO... NON C'È BISOGNO DI PREOCCUPARSI DI QUESTE COSE...
SE NON LO FACCIO, I VECCHI *DAIKON* MARCIRANNO E TUA MADRE ANDRÀ SU TUTTE LE FURIE QUANDO TORNERÀ A CASA.
NON DEVI DARTI PIÙ PENA PER QUESTE COSE...
NE SEI SICURA?

SÌ... C'È UNA COSA CHE VORREI DIRLE. UNA COSA CHE NON LE HO MAI DETTO...
SÌ. POCO FA MI HAI DETTO CHE AVEVI QUALCOSA DA DIRE A MIA MADRE, NO?
VA BENE. DEVI DIRGLIELA. ADESSO, PERÒ, RIPOSATI E ASPETTA IL SUO RIENTRO.
VA BENE...
MI SCUSI... VUOLE UN PO' DI TÈ?
EH EH EH! IO SONO MORTO. NON POSSO PIÙ BERE TÈ...

EH EH EH! ALLORA VI DICO "ADDIO"!

CAPITOLO 9

MIA MADRE (SECONDA PARTE)

* (1793-1853): DODICESIMO SHÔGUN, SECONDOGENITO DI TOKUGAWA IENARI; N.D.T.

NONNO, TUTTE LE SETTIMANE VEDO CORRERE QUELL'UOMO ORRENDO. CHI È?
EH EH! SARÀ DI SICURO UN TIPO IMPEGNATO...
UN UOMO PIENO D'IMPEGNI... FARÀ DI CERTO UN LAVORO INTERESSANTE.
PER NOIALTRI, QUESTA CITTÀ È COME UN CAMPO DI ALLENAMENTO. IO STESSO NON FACCIO ALTRO CHE CORRERE DA UNA PARTE ALL'ALTRA...

* FRASE DI DAZAI OSAMU (1909-1948), SCRITTORE TRA I PIÙ RAPPRESENTATIVI DELLA LETTERATURA GIAPPONESE DEL NOVECENTO. KAMIMURA GLI RENDE OMAGGIO NELLA PAGINA A FIANCO, IMMORTALANDOLO IN UNA VIGNETTA CHE RIPRODUCE UNA SUA CELEBRE FOTOGRAFIA; N.D.T.

UHM... UHM...
?
MAESTRO! MAESTRO HOKUSAI!

MA PERCHÉ DEVI SEMPRE STRILLARE A QUEL MODO?
IO HO... V-VI... VISTO...
CHE COSA? LA VECCHIA VENDITRICE DI ALGHE CHE FA PIPÌ ACCOVACCIATA?
MA NO! HO VISTO UN FANTASMA!
UN FANTASMA? E ALLORA? CHE VUOI CHE SIA... L'ALTRO GIORNO NE HO VISTI TRE CHE GIOCAVANO A MORRA!

IO HO VISTO UN FANTASMA CHE VOLEVA METTERE I TAKUWAN IN SALAMOIA!
IL PADRE DI OSHICHI?
AH... IL FANTASMA DEL VERDURAIO!
SÌ. IL PADRE DI OSHICHI SI È IMPICCATO LA SCORSA NOTTE.
OSHICHI!
SDRAA
SUTE-HACHI!

VIENI CON ME, TI PREGO. MIA MADRE È RIENTRATA E VUOLE APPROPRIARSI DI TUTTE LE OFFERTE RICEVUTE PER IL FUNERALE!
COSA?
TI SCONGIURO! SOLO TU PUOI AIUTARMI.
FORZA, ANDIAMO!
UHM!

▲ CONDOGLIANZE.

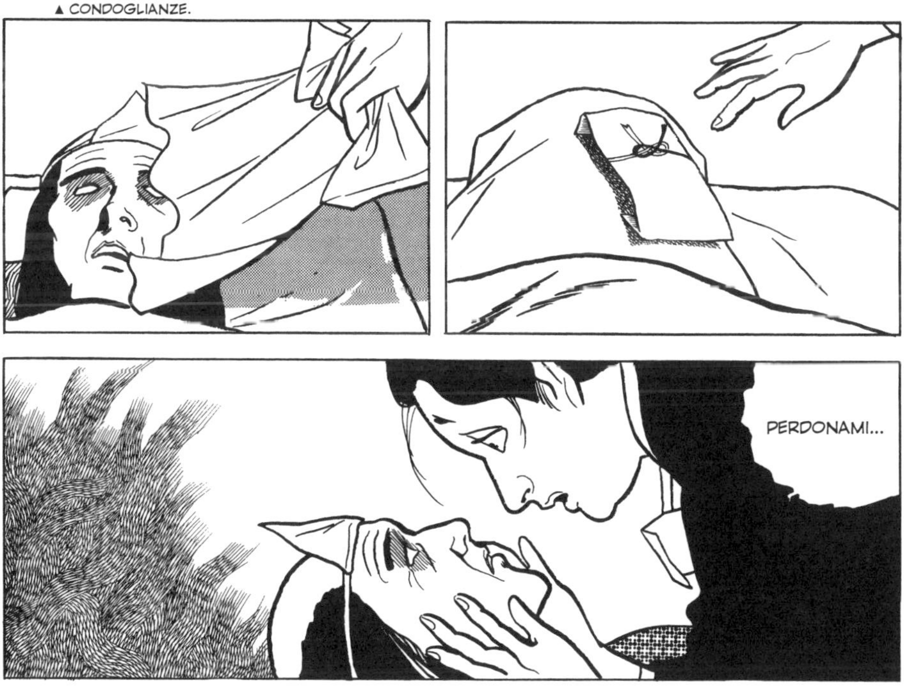

AH!
MAMMA!
NON SE NE PARLA.
TI PREGO, LASCIAMI ANDARE.
DOVRAI PASSARE SUL MIO CADAVERE...
DEVO ANDARMENE... NON POSSO RESTARE...

!
OSHICHI... PERDONAMI.
MA COSA VOLETE FARE?
MAMMA!
NON ESSERE STUPIDA...
SE VUOI UCCIDERMI, FALLO PURE. COSÌ ME NE ANDRÒ ALL'ALTRO MONDO CON MIO PADRE!

TAP
FLAP
SEI SENZA CUORE! SEI UN'AS-SASSINA!

▲ NAGASAKIYA.

IMBECILLE!

COSA DOVREI FARCI CON QUESTI QUATTRO SPICCIOLI? CREDI CHE BASTINO PER COMPRARMI UN NOME D'ATTORE?
SCRATCH
MA IO... HO PRESO TUTTI I SOLDI CHE AVEVAMO IN CASA. HO RISCHIATO LA MIA VITA PER TE.
FLAP
DOPOTUTTO, SEI SOLTANTO LA MOGLIE DI UN VERDURAIO.
ROKYÛ!

MI SERVONO 250 RYÔ! SE NON ME LI DARAI, POTREI ANCHE MORIRE...
MORIRE? MI AVEVI DETTO CHE I SOLDI TI SERVIVANO PER COMPRARE IL TUO NOME D'ATTORE...
MI FAI VENIRE IL VOLTASTOMACO... ALLORA TI DIRÒ TUTTO.
APRI BENE LE ORECCHIE! ADESSO TI RIVELERÒ CHI SONO DAVVERO...

LA CERIMONIA DI *SHÛMEI* ERA UNA SCUSA PER SPILLARTI I SOLDI.
AVEVO RACIMOLATO 250 *RYÔ* GIOCANDO CON I MIEI COLLEGHI ATTORI... POI, NONOSTANTE FOSSI CONSAPEVOLE DEI RISCHI, HO PERSO TUTTO AL GIOCO D'AZZARDO.
PER MIA GRANDE FORTUNA, TI SEI INNAMORATA DI ME E COSÌ HO INIZIATO A CHIEDERTI SOLDI. ADESSO, PERÒ, MI HAI SMASCHERATO E QUESTO TI COSTERÀ LA VITA. COME BEN SAPRAI, NAKAMURA ROKYÛZÔ FA PIANGERE LE SUE DONNE...
L'ASSASSINO DELLA VEDOVA SONO IO! ROKYÛZÔ!

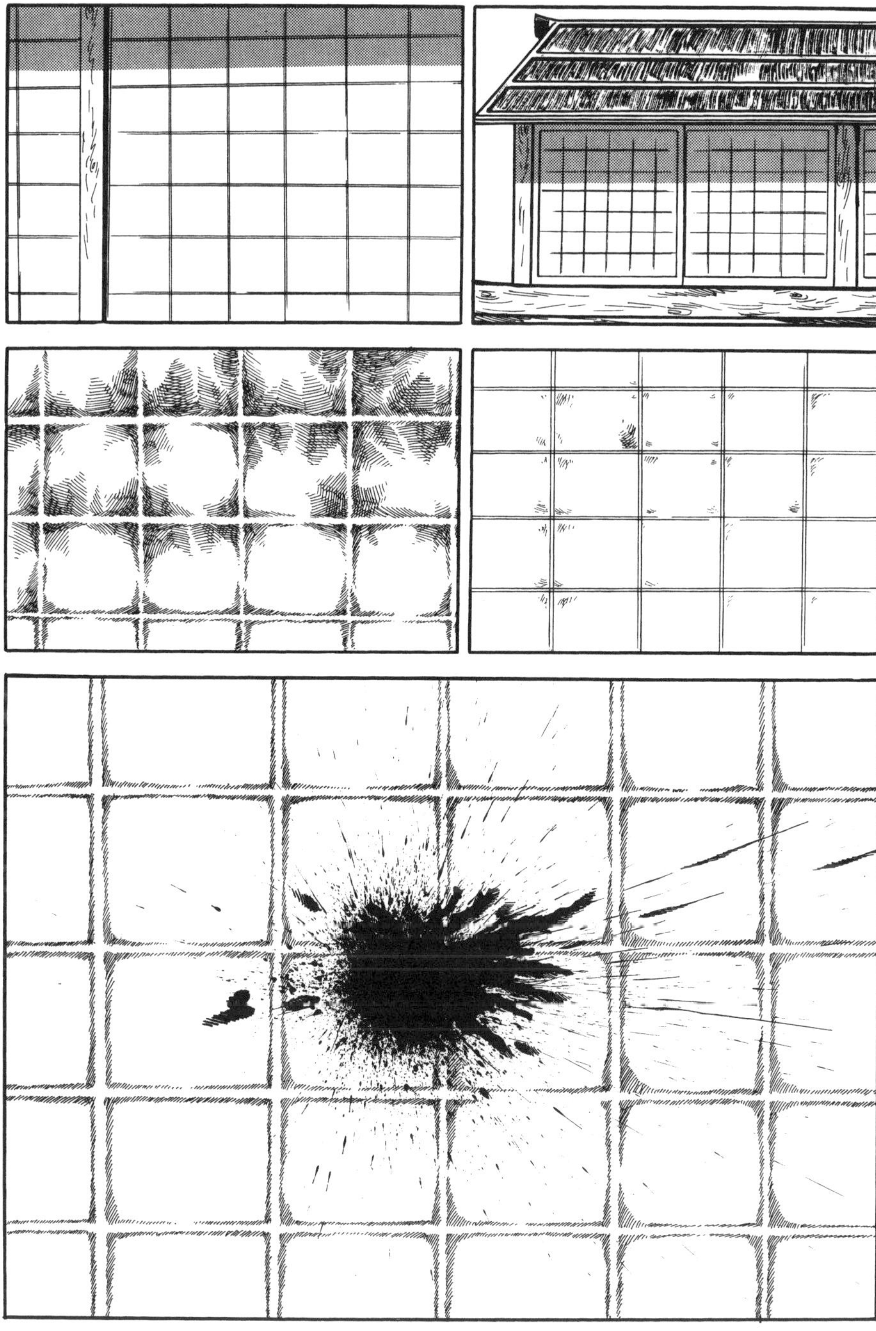

CRASH
SPLOSH
AH!

PLOC PLOC PLOC

AH!
MERDA! NOOO!
MALEDIZIONE! LA MIA PREZIOSA BARCA STA ANDANDO A FUOCO!

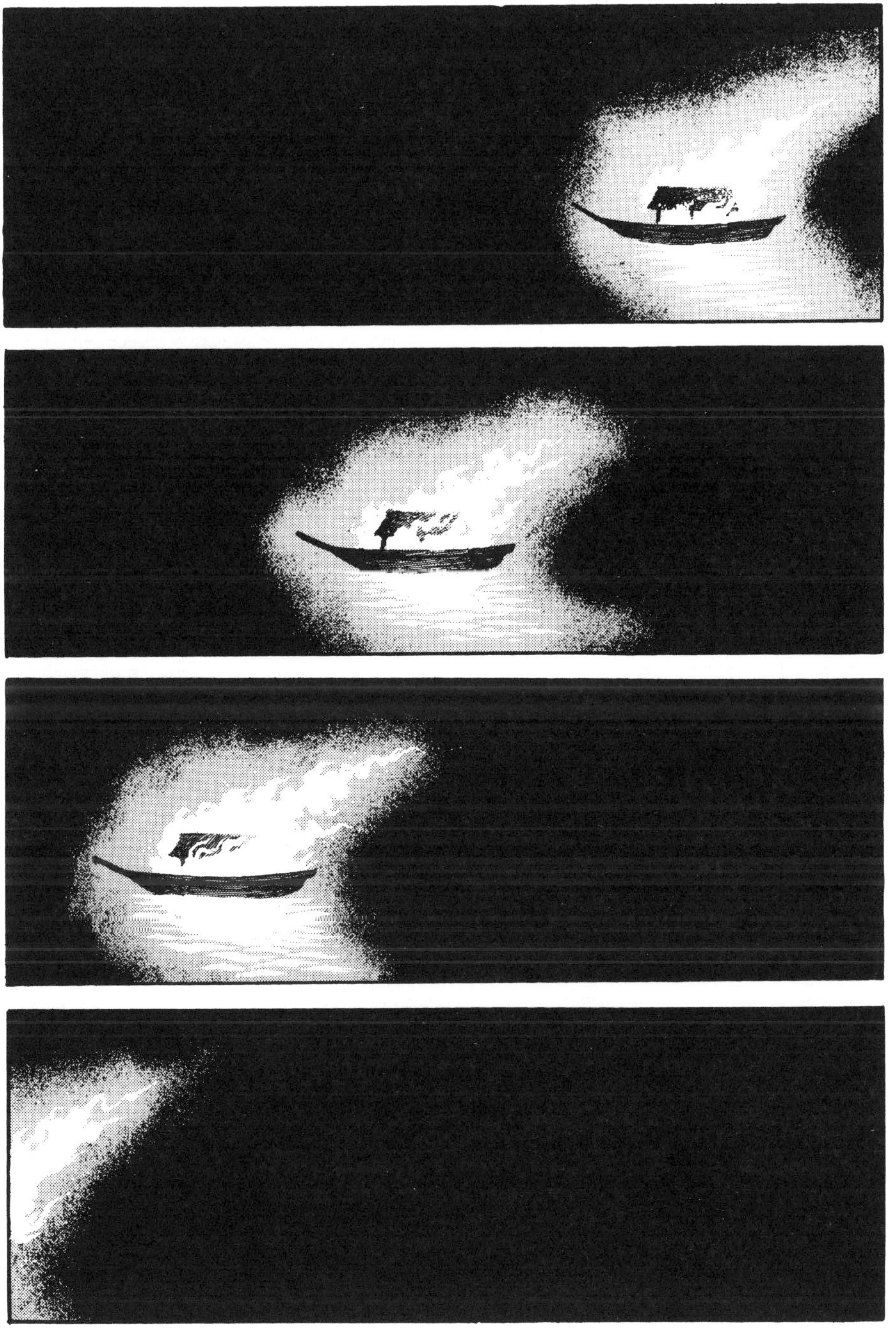

CAPITOLO 10
A PROPOSITO DI OEI

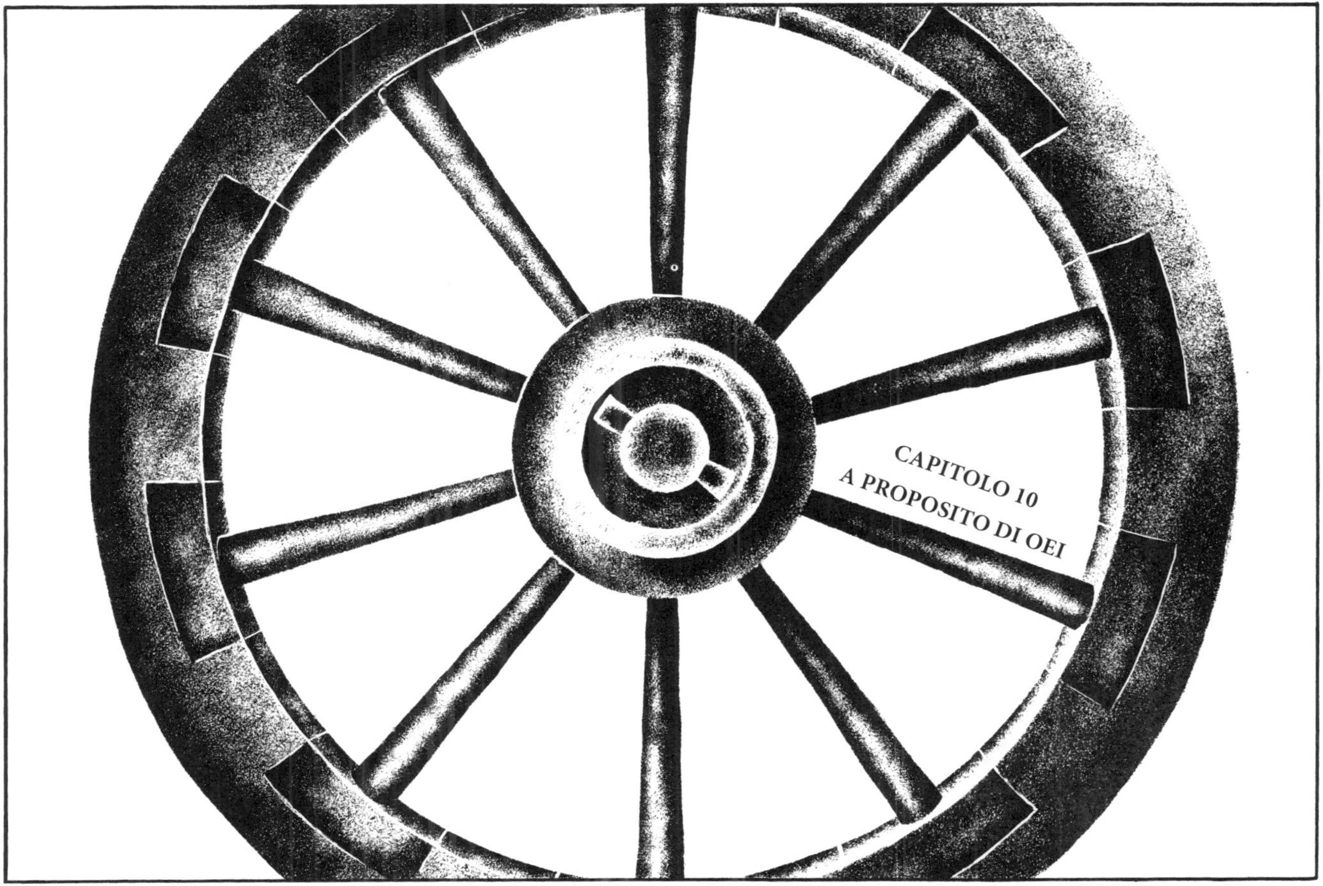

A 75 ANNI, KATSUSHIKA HOKUSAI AVEVA CAMBIATO ABITAZIONE CINQUANTASEI VOLTE. IN NOVANT'ANNI DI VITA, CAMBIERÀ CASA NOVANTATRÉ VOLTE. SCOPRIREMO FINALMENTE IL MOTIVO...

MAESTRO HOKUSAI!
ROLL ROLL ROLL ROLL

SUTEHACHI.
ROLL ROLL
ROLL ROLL

QUELLA MATTINA HOKUSAI ERA IMPEGNATO CON IL SUO OTTANTASETTESIMO TRASLOCO. QUELLO STESSO GIORNO ANCHE OSHICHI, CHE ERA RIMASTA SOLA DOPO LA MORTE DEL PADRE, INIZIAVA UNA NUOVA VITA IN COMPAGNIA DI SUTEHACHI.

KRIT

SUTEHACHI...
HOKUSAI AVEVA DUE FIGLI E TRE FIGLIE. IL FIGLIO MAGGIORE, TOMINOSUKE, ERA MORTO GIOVANE. LA FIGLIA MAGGIORE, OMIYO, ERA MORTA DI MALATTIA DOPO AVER DIVORZIATO. LA SECONDA FIGLIA, OTETSU, ERA MORTA IN GIOVANE ETÀ SUBITO DOPO ESSERSI SPOSATA. IL SECONDOGENITO MASCHIO, SAKIJÛRÔ, SCRIVEVA HAIKU CON IL NOME DI CHINGAKU MOKUGA.

* PERIODO DAL 1818-1830; N.D.T.

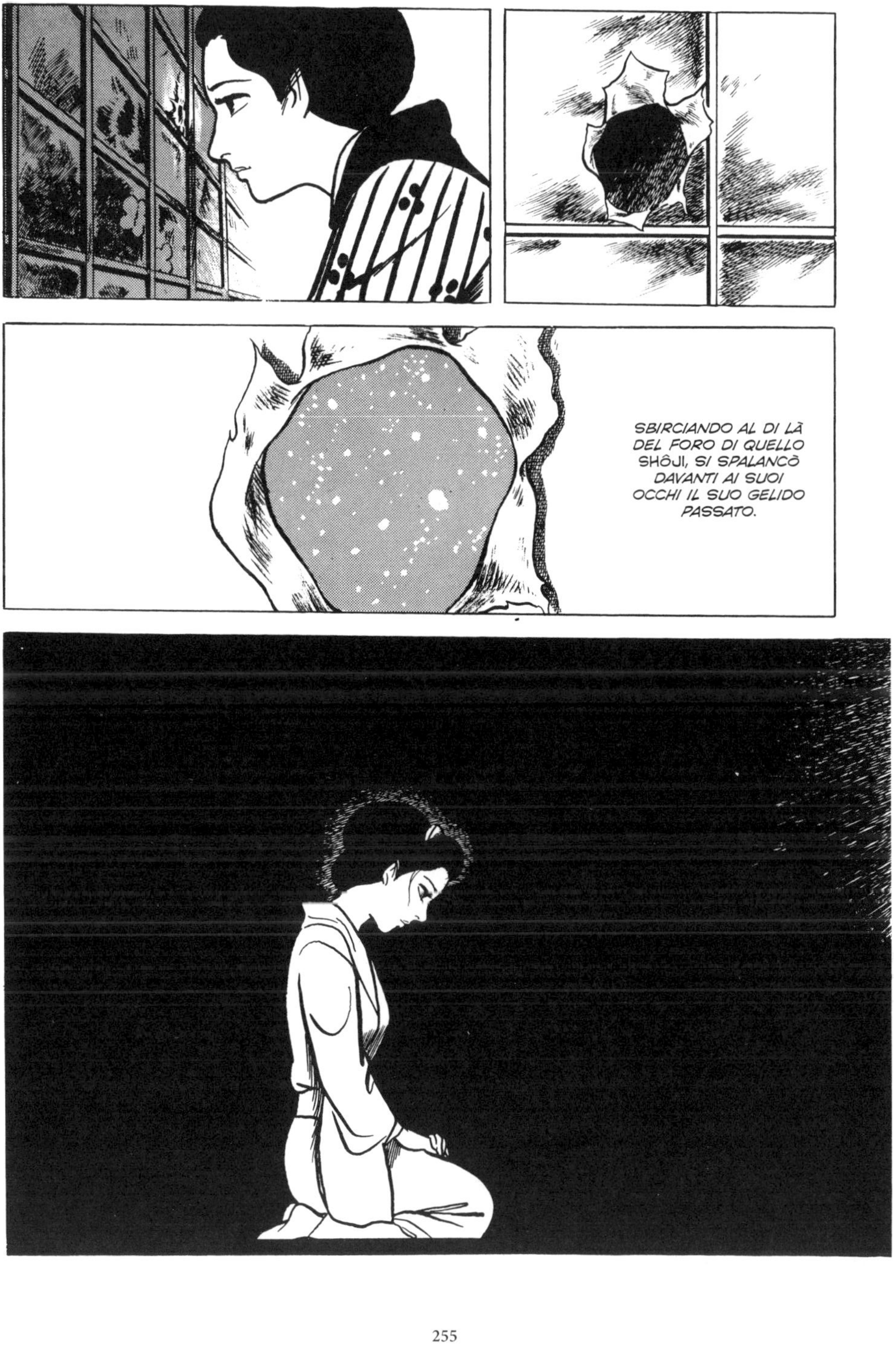
SBIRCIANDO AL DI LÀ DEL FORO DI QUELLO SHÔJI, SI SPALANCÒ DAVANTI AI SUOI OCCHI IL SUO GELIDO PASSATO.

DEVI PARLARE SE VUOI CHE TI CAPISCA! NON HAI UNA BOCCA?
TI COMPORTI SEMPRE COSÌ QUANDO TI SGRIDO! TI AZZITTISCI E TI CHIUDI COME SE FOSSI UN'OSTRICA. DI' LA VERITÀ... TI PIACE VEDERMI INCAZZATO?
SE NON VUOI PRENDERLE, DEVI DIRMELO! DEVI DIRMI "MAESTRO, TI AMO! TI SONO COMPLETAMENTE DEVOTA!".
"DETESTO HOKUSAI, MIO PADRE". FORZA, DILLO! DEVI DIRMI CHE LO ODI!
DILLO, OEI!

NON SAI QUANTO QUESTE PAROLE CONTINO PER ME... PER FAVORE, DILLO!
TI PREGO, OEI... DEVI DIRMELO. DIMMI CHE MI AMI... DIMMI CHE SEI MIA...
MALEDIZIONE!
...

SEI TESTARDA... SEI UNA LURIDA SCHIFOSA. SEI ANDATA A LETTO CON TUO PADRE, NON È VERO? SIETE DUE ESSERI RIPUGNANTI E INCESTUOSI!
PROVA A NEGARLO! LA PRIMA NOTTE DI NOZZE NON HAI SANGUINATO. E POI... PERCHÉ, DOPO NEANCHE TRE GIORNI DAL MATRIMONIO, SEI ANDATA A TROVARE TUO PADRE?
ANCORA OGGI SIETE MOLTO UNITI. LURIDA PUTTANA!
NON È VERO...
E ALLORA DIMMI CHE ODI HOKUSAI! DIMMI CHE AMI SOLTANTO ME, MINAMIZAWA TÔMEI!

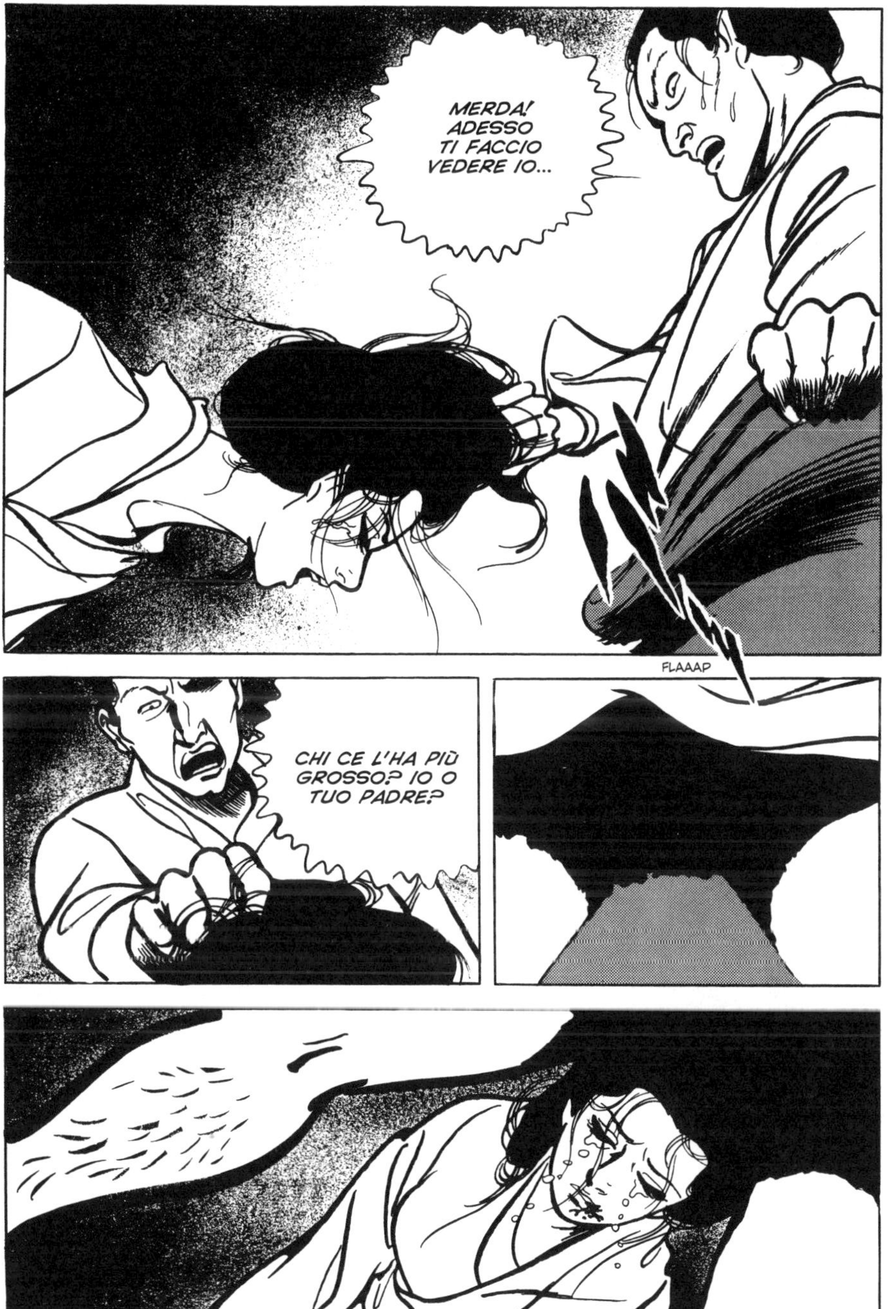
MERDA! ADESSO TI FACCIO VEDERE IO...
FLAAAP
CHI CE L'HA PIÙ GROSSO? IO O TUO PADRE?

MINAMIZAWA TÔMEI COVAVA UNA PROFONDA GELOSIA NEI CONFRONTI DI HOKUSAI. CIÒ DI CUI ERA ALLA RICERCA ERANO SOLTANTO "PAROLE".
DESIDERAVA ARDENTE-MENTE IL VELENO DI PAROLE COME "AMORE" E "ODIO", COME SE FOSSERO UNA DROGA.

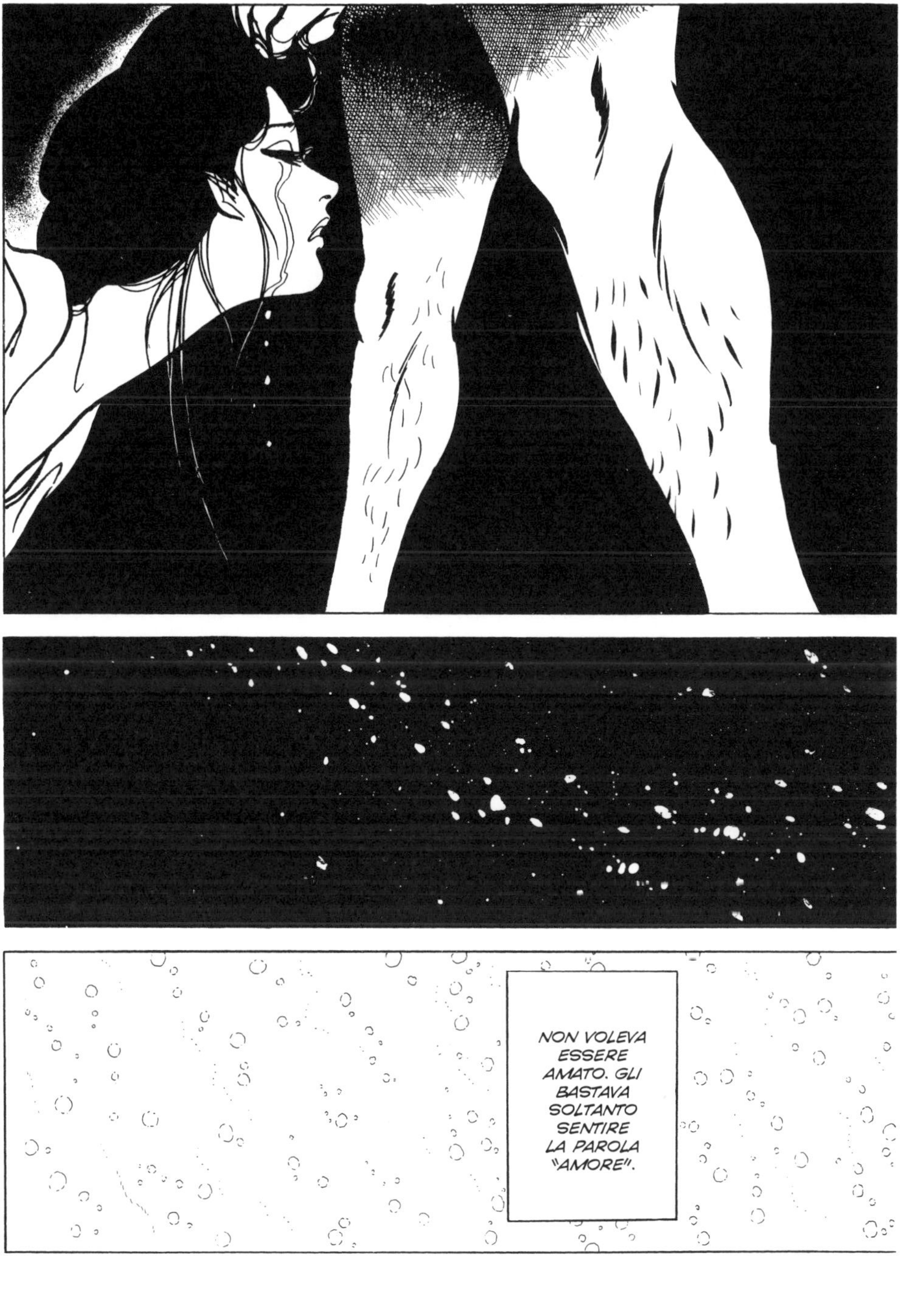
NON VOLEVA ESSERE AMATO. GLI BASTAVA SOLTANTO SENTIRE LA PAROLA "AMORE".

DODICESIMO ANNO DELL'ERA BUNSEI. INVERNO.
MINAMIZAWA TÔMEI ERA POSSEDUTO DAL POTERE MAGICO DELLE PAROLE.

TI VEDO SCIUPA-TA...
...!
PADRE...

OEI ATTACCÒ UN FIORE DI CARTA SU QUEL PICCOLO FORO OSCURO CHE COMUNICAVA CON IL SUO PASSATO.
SUTEHA-CHI...

DAN-
NAZIONE!
MALEDETTO
PROPRIE-
TARIO!
COSA C'È CHE
NON VA?
DEVI LEVAR-
MI DI TOR-
NO QUEL
CASTELLO!
COSA?!

POTETE FARLO O NO?
LEVARVELO DI TORNO? VI PIACE SCHERZARE?
MI STATE DICENDO CHE NON POTETE FARE NULLA?
OVVIO CHE NO! NON STIAMO MICA PARLANDO DI UN ARMADIO! QUELLO È IL CASTELLO DELLO SHÔGUN...
E VA BENE, HO CAPITO. VORRÀ DIRE CHE NON VERRÒ A VIVERE QUI.
PROPRIO COSÌ... ANCHE SE CHIEDESSI UN'INDENNITÀ DI ESPROPRIO!
CI RINUNCIO!
OEI! OEI!

CHE C'È, PADRE?
TRASLOCHIAMO.
DI NUOVO? MA SE CI SIAMO TRASFERITI QUI STAMATTINA!
NE PARLEREMO DOPO. QUEL CASTELLO MI IMPEDISCE DI OSSERVARE IL MONTE FUJI.

IL CORVO, IL CORVO! IL CORVO KANZAEMON! SE NON TORNI SUBITO A CASA, TE LA BRUCERÀ! GETTACI SOPRA DELL'ACQUA.
SE NON HAI L'ACQUA, USA IL TÈ! SE NON HAI IL TÈ, USA LA TUA PIPÌ!

ROLL ROLL

SONO IL PROPRIETARIO DI QUESTA CASA DA ANNI E NON MI È MAI SUCCESSA UNA COSA SIMILE. TRASFERIRSI QUI LA MATTINA E POI ANDARSENE A MEZZOGIORNO...

OTTANTOTTESIMO TRASLOCO DI HOKUSAI.
UN ANTICO DOCUMENTO RIPORTA QUANTO SEGUE: "HOKUSAI, INSTANCABILE, RIFLETTE AL MATTINO E POI DECIDE DI TRASFERIRSI. SOPRAGGIUNTA LA SERA, PUÒ AVER CAMBIATO IDEA TRE VOLTE. A SECONDA DEL SUO UMORE, ARRIVA PERFINO A TRASLOCARE TRE VOLTE NELLO STESSO GIORNO".

CAPITOLO 11
SONNECCHIARE

CIP CIP

CHE BELLA GIORNATA CALDA!
L'ANNO SCORSO AVEVO LASCIATO AL BANCO DEI PEGNI UN MIO KIMONO ESTIVO. CHISSÀ SE È STATO VENDUTO...
VEDENDO IL PADRE CHE, DI SPALLE, SI TOCCAVA L'INGUINE, OEI PERCEPÌ TUTTA LA SUA SOLITUDINE.

CHE PUZZA!
PAN!

* (1767-1848): KYOKUTEI BAKIN, CONOSCIUTO ANCHE COME TAKIZAWA BAKIN, È STATO UNO DEI PIÙ FAMOSI SCRITTORI DEL PERIODO EDO. TRA LE SUE OPERE PRINCIPALI SI RICORDA *NANSÔ SATOMI HAKKENDEN* (*LA STORIA DEGLI OTTO CANI DEI SATOMI DI NANSÔ*, 1914-1842), EPOPEA FIUME IN 106 VOLUMI; N.D.T.

** IRONICO RIFERIMENTO ALLA FUTABASHA, CASA EDITRICE CHE PUBBLICAVA *FOLLI PASSIONI* SULLA RIVISTA *MANGA ACTION*; N.D.T.

COSA STAI SCRIVENDO IN QUESTO PERIODO?
SONO ANCORA ALLE PRESE CON *HAKKENDEN*.
TOC
ANCORA? PAZZESCO!
PERCHÉ?
PERCHÉ? È DA DIECI ANNI CHE LO SCRIVI.
MAGARI FOSSERO DIECI... SONO VENT'ANNI!

VENT'ANNI? ALLORA È ANCORA PIÙ ASSURDO!
È ARRIVATO IL MOMENTO DI METTERE LA PAROLA FINE A QUESTA STORIA. LA LUNGHEZZA NON È SINONIMO DI QUALITÀ. LO STESSO VALE PER I *FUNDOSHI*... MICA TE LI TIENI ADDOSSO PER COSÌ TANTO TEMPO!
NON PARAGONARE IL MIO ROMANZO A UN PAIO DI *FUNDOSHI*!
NON HAI IN-TENZIONE DI CONCLU-DERLO?
NON ANCORA.
POTRESTI DARCI UN TAGLIO SCRIVENDO ALLA FINE QUESTA FRASE: "E FU COSÌ CHE IL PRINCIPE E LA PRINCIPESSA VISSERO PER SEMPRE FELICI E CONTENTI". CHE NE PENSI?
MI SEMBRA UN FINALE UN PO' AFFRETTATO...

DICI? PER QUANTO TEMPO PENSI CHE NE AVRAI?
ANCORA PER CINQUE ANNI... ANZI, NO... PER DIECI.
SEI UN IDIOTA!
SOLO UN TESTARDO COME TE AVREBBE POTUTO FARE UNA COSA SIMILE!
MA DI COSA STAI PARLANDO? TU, L'IDIOTA CHE MI STA DANDO DEL TESTARDO, NON SEI NELLA POSIZIONE DI PARLARE.
AH AH!
AH AH!

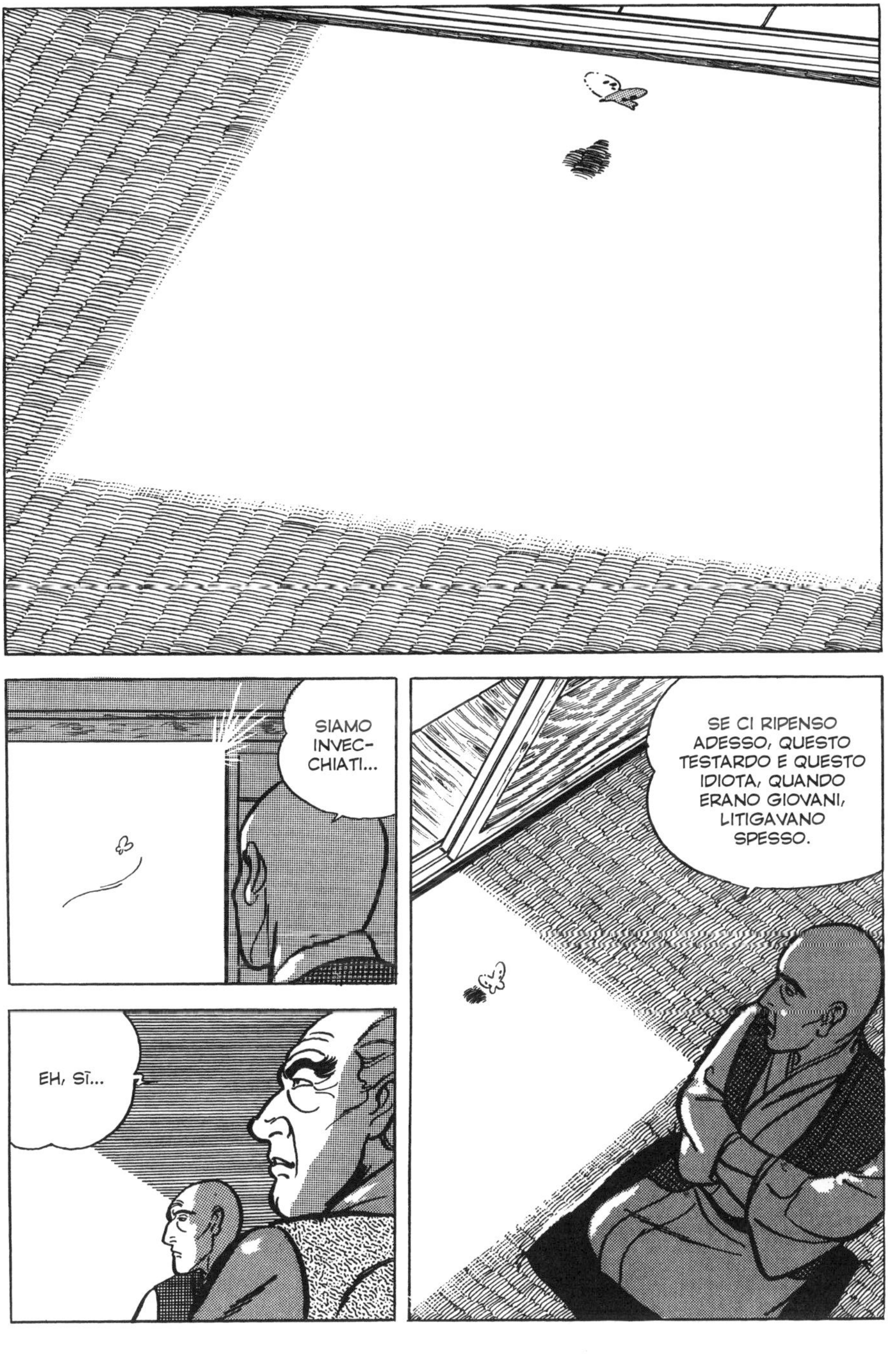
SIAMO INVECCHIATI...
EH, SÌ...
SE CI RIPENSO ADESSO, QUESTO TESTARDO E QUESTO IDIOTA, QUANDO ERANO GIOVANI, LITIGAVANO SPESSO.

ACCAREZZATI DAI RAGGI DEL SOLE PRIMAVERILE E DALL'ODORE DEL VENTO, I DUE UOMINI SEMBRAVANO OSSERVARE LE RISPETTIVE "VECCHIAIE".

* *HANASHIKA* (IL NARRATORE DI STORIE): COLUI CHE, SEDUTO SUI TALLONI SOPRA UN CUSCINO, RACCONTA UNA STORIA DAVANTI AL PUBBLICO. IL *RAKUGO* (GENERE TEATRALE GIAPPONESE) CONSISTE IN UN MONOLOGO COMICO RECITATO DA UN *RAKUGO-KA* (O *HANASHIKA*); N.D.T.

** (1777-1833): CELEBRE DECLAMATORE; N.D.T.

KITAGAWA UTAMARO, *TAKASHIMA OHISA* (1793); N.D.T. ▲

▼ KITAGAWA UTAMARO, *RIVA DEL FIUME (KASHI)* DALLA SERIE *CINQUE SFUMATURE DI INCHIOSTRO NEL QUARTIERE SETTENTRIONALE (HOKKOKU GOSHIKI-ZUMI*, 1794-95); N.D.T.

* (1765-1831): NOME D'ARTE DI SHIGETA SADAKAZU, SCRITTORE GIAPPONESE; N.D.T.

* ANTICO NOME DELLA REGIONE DOVE ADESSO SI TROVANO ÔSAKA E KYÔTO; N.D.T.
** (DATA DI NASCITA E MORTE SCONOSCIUTE): STRAORDINARIO ARTISTA DEL MONDO DELL'*UKIYO-E*. LA SUA ATTIVITÀ DI PITTORE SI COLLOCA IN APPENA DIECI MESI, TRA LA FINE DEL 1794 E L'INIZIO DEL 1795; N.D.T.
*** (1761-1816): SCRITTORE GIAPPONESE; N.D.T.

ERA BUNKA.
(1804-1818)
Nel 1806 muore Kitagawa Utamaru
(54 anni).

Nel 1807 muore Tôshûsai Sharaku
(età sconosciuta).

Nel 1816 muore Kitao Masanobu, conosciuto
anche come Santô Kyôden (56 anni).

ERA BUNSEI.
(1818-1830)

Nel 1818 muore Shiba Kôkan*
(72 anni).
Nel 1822 muoiono Shikitei Sanba**
(47 anni) e
Tatekawa Enba***
(80 anni).

* (1747-1818): PITTORE E INCISORE; N.D.T.
** (1776-1822): DISEGNATORE; N.D.T.
*** (1743-1822): SCRITTORE E DRAMMATURGO; N.D.T.

* (1749-1823): POETA E SCRITTORE; N.D.T.
** (1754-1830): POETA E SCRITTORE; N.D.T.

A COSA TI RIFERISCI? VEDI QUALCOSA?
E QUELLO COS'È?
GUARDA, BAKIN! C'È UNO STRANO OGGETTO CHE VOLA!

BAKIN?
NON VEDO NULLA...
DAMMI UN FOGLIO DI CARTA! UN FOGLIO E UN PENNELLO! BAKIN!
MA CHE COS'È? COS'È?

CHE SIGNIFICA CHE NON VEDI? NON DIRMI CHE...
SÌ, HOKUSAI... HO PERSO LA VISTA...
!

ERA TENPÔ.
Nel 1833 Kyokutei Bakin, noto anche come Takizawa, diventa cieco. Katsushika Hokusai ha 73 anni, Bakin 66.

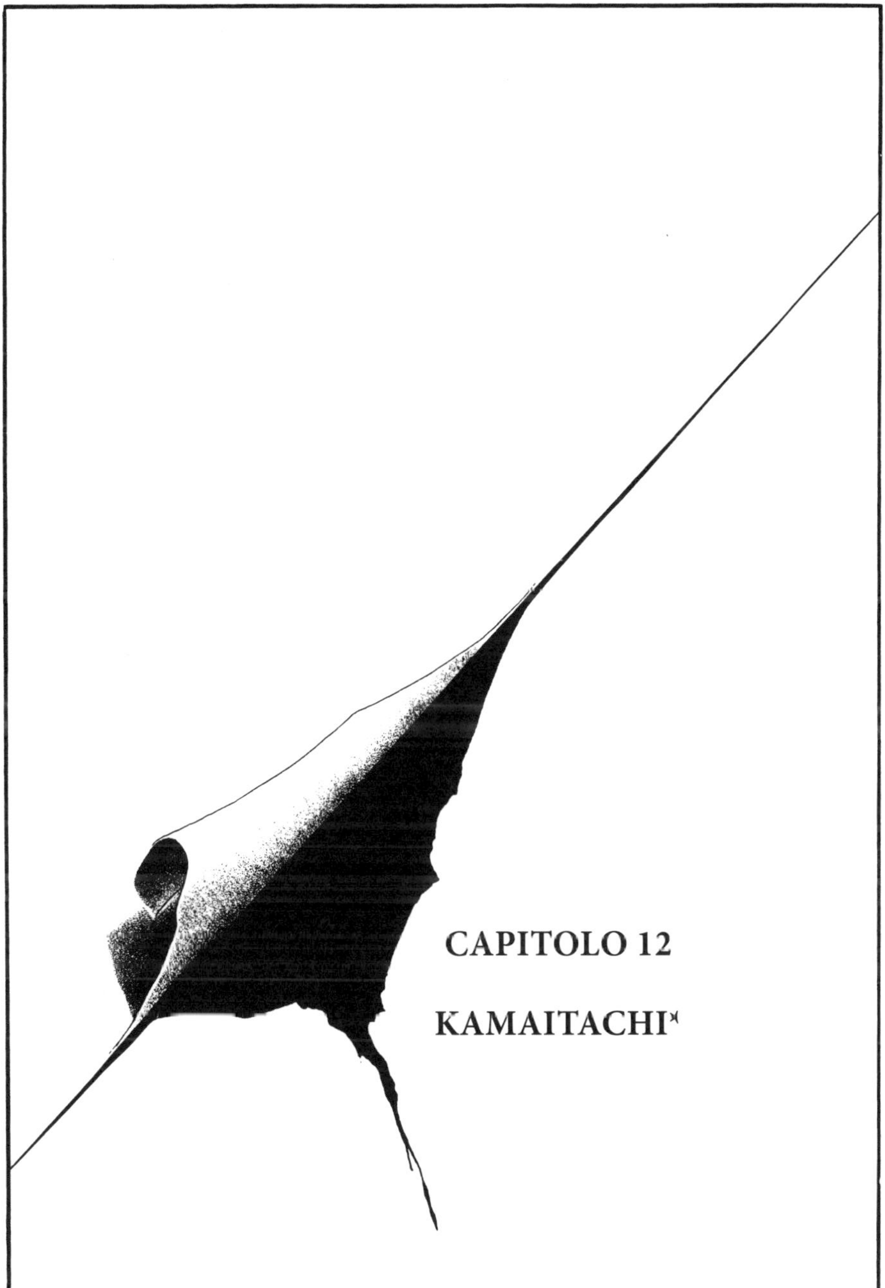

CAPITOLO 12

KAMAITACHI*

* NOME DI UNO *YŌKAI* DEL FOLKLORE GIAPPONESE ASSOCIATO AL VENTO; N.D.T.

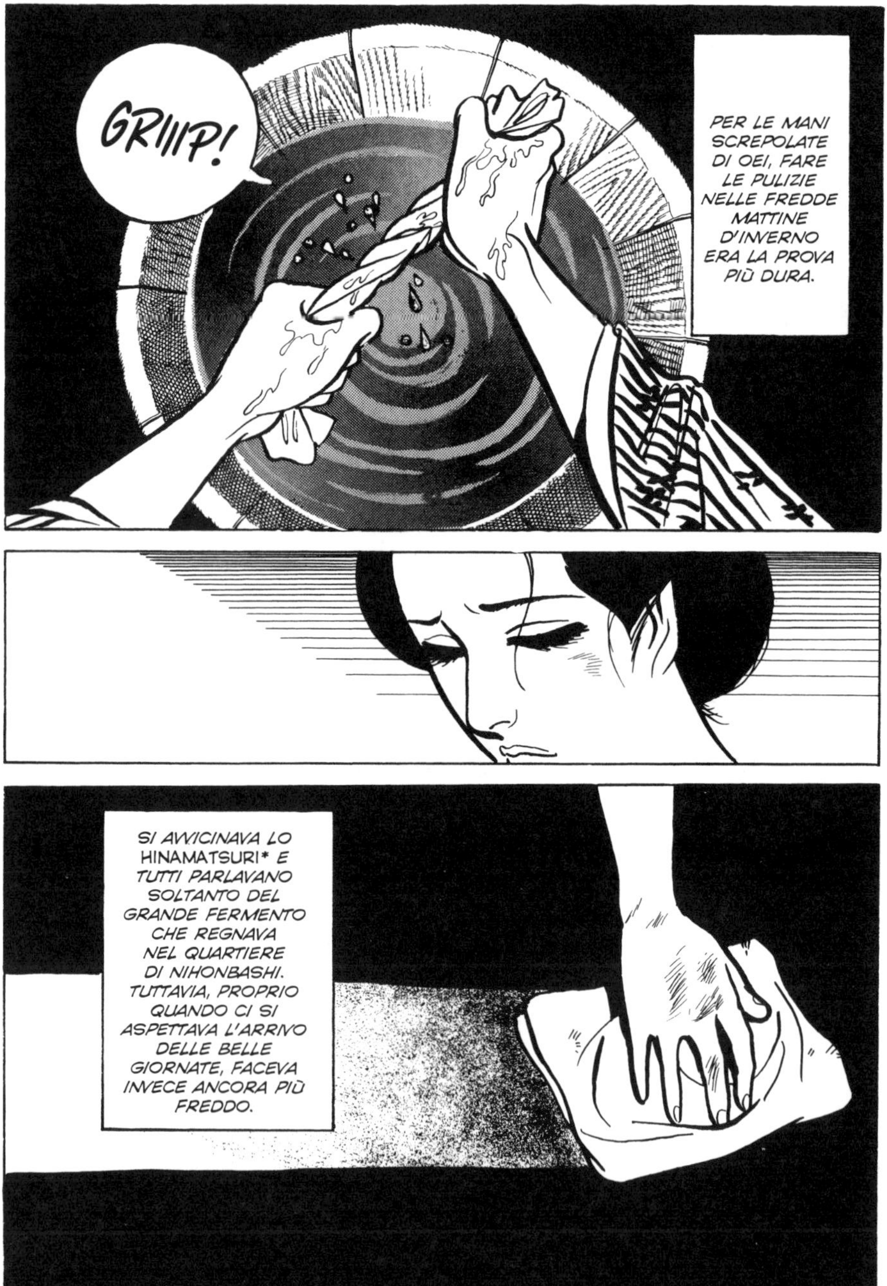

* FESTA DELLE BAMBOLE O DELLE BAMBINE: È UNA RICORRENZA CHE CADE IL 3 MARZO; N.D.T.

OPPU-
RE...
... POTEVA FORSE TRATTARSI DEL FREDDO CHE ALBERGAVA NEL CUORE SCRE-POLATO DI OEI, SEGRETAMENTE INNAMORATA DI SUTEHACHI? QUELL'UOMO LE ERA STATO ALL'IMPROVVISO PORTATO VIA DA YAOYA OSHICHI...

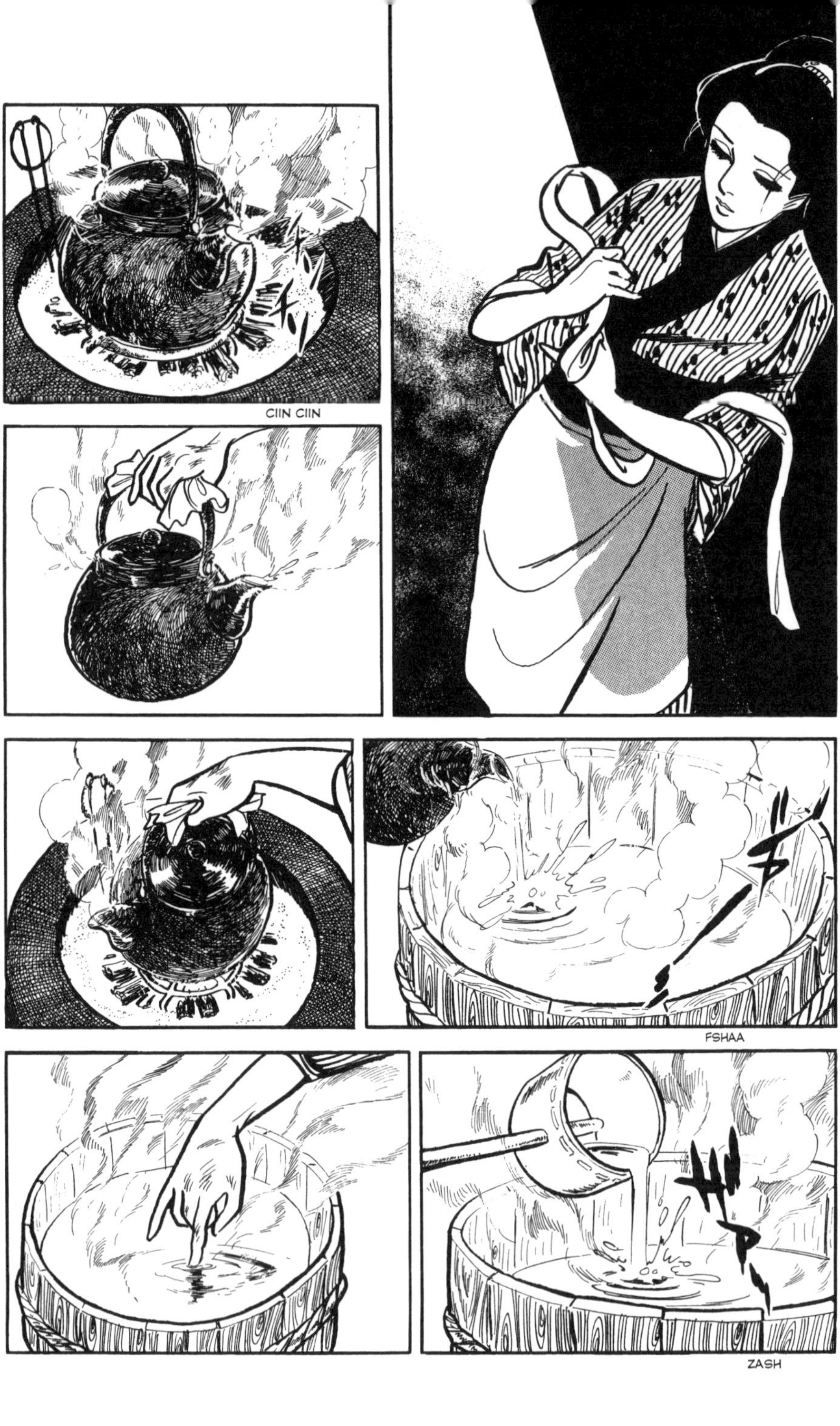
CIIN CIIN
FSHAA
ZASH

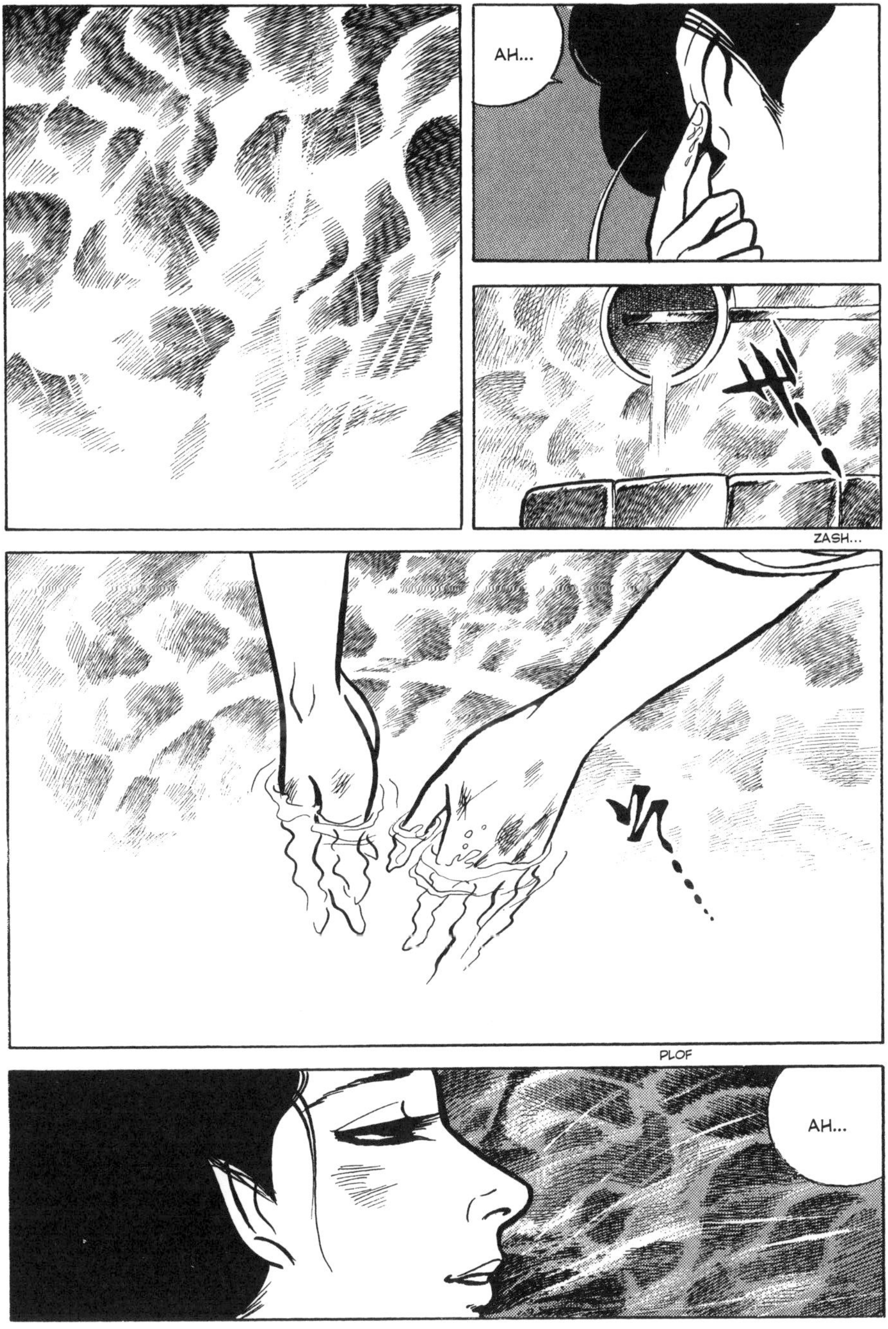
AH...
ZASH...
PLOF
AH...

AVREBBE VOLUTO COMPRARE UNA POMATA PER LE SUE MANI SCREPOLATE, MA NON AVEVA I SOLDI PER FARLO.

PRIMULE! PRIMULE!
PRIMULE! PRIMULE!

SARANNO FIORITE LE PRIMULE LUNGO LE SPONDE DEL FIUME TODA?

BUONGIORNO.
AH! OSHICHI!
UN OSPITE INDESIDERATO DI PRIMA MATTINA...
IL MIO UOMO È QUI?
!

IL TUO UOMO? TI RIFERISCI A SUTEHACHI?
MI PARE OVVIO! QUESTA MATTINA È USCITO PRESTO DI CASA PER ANDARE A VEDERE IL CORPO DI UNA RAGAZZA ANNEGATA NEI PRESSI DEL FIUME QUI VICINO. MA NON È ANCORA TORNATO...
COSÌ HO PENSATO CHE FOSSE PASSATO A TROVARVI...
AL MIO UOMO PIACE QUESTO GENERE DI COSE. LE PREFERISCE AL CIBO!
L'ALTRO GIORNO È ANDATO FINO A SENJU SOLO PER VEDERE CON I PROPRI OCCHI UN MENDICANTE MORTO CONGELATO! ERO COSÌ SCIOCCATA CHE NON SAPEVO COSA DIRGLI.
"IL MIO UOMO"... PER LEI È COME SE FOSSERO GIÀ MARITO E MOGLIE.
PERCHÉ NON TI ACCOMODI? SUTEHACHI POTREBBE PASSARE A TROVARCI...

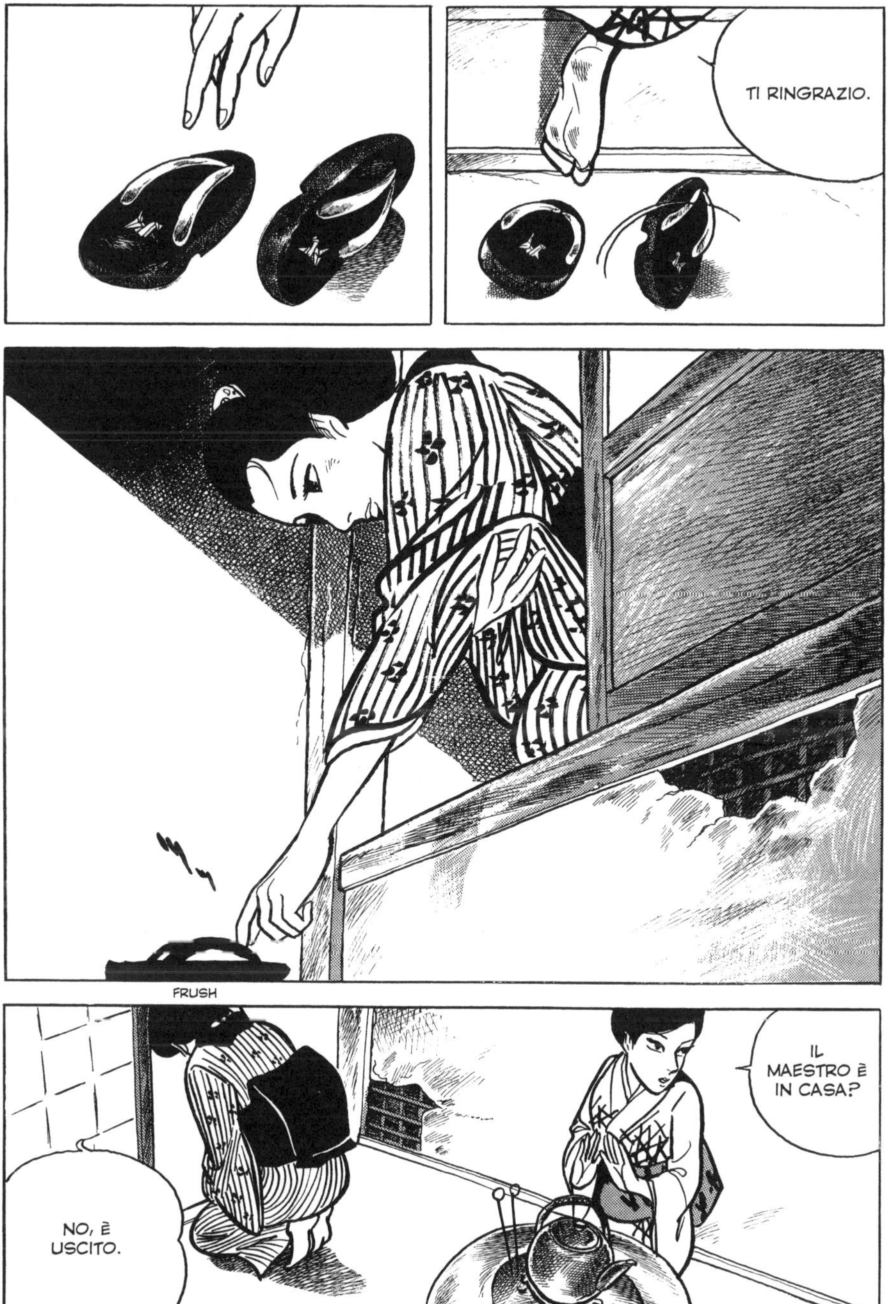
TI RINGRAZIO.
FRUSH
IL MAESTRO È IN CASA?
NO, È USCITO.

* DISEGNI A CARATTERE EROTICO; N.D.T.

DURANTE LA CARESTIA ANCHE LUI HA DISEGNATO QUEL GENERE DI OPERE. IN SEGUITO, PERÒ, HA RICORDATO QUEL PERIODO CON FORTE RAMMARICO. HA DETTO DI AVER ACCETTATO SOLTANTO PERCHÉ ERA UNA QUESTIONE DI VITA O DI MORTE. PER LUI, UN ARTISTA NON DOVREBBE MAI ABBASSARSI A DISE-GNARE QUESTE COSE.
CHISSÀ COSA DIRÀ MIO PADRE QUANDO VERRÀ A SAPERLO...
POF
SÌ. HA FATTO PICCOLI DISEGNI SUI VENTAGLI. SE SI PENSA A QUANTO HA GUADAGNATO, TI ASSICURO CHE È UN LAVORO REDDITIZIO.
HAI RAGIONE...
OLTRETUTTO IL MIO UOMO È FELICE DI FARLO PER ME.
CHE C'È DI MALE A FARE UN PO' DI SOLDI?

PREGO.
PERDONAMI... HO LE MANI SCREPOLATE...
...!
LAVORI TROPPO, OEI.
SONO SICURA CHE AVER PREPARATO IL TÈ CON QUESTE MANI, LO RENDERÀ IMBEVIBILE...
MIO PADRE FA QUEL CHE PUÒ. NON CREDO DI STRAPAZZARMI TROPPO...
IL MAESTRO DOVREBBE PENSARE UN POCO ANCHE A TE...

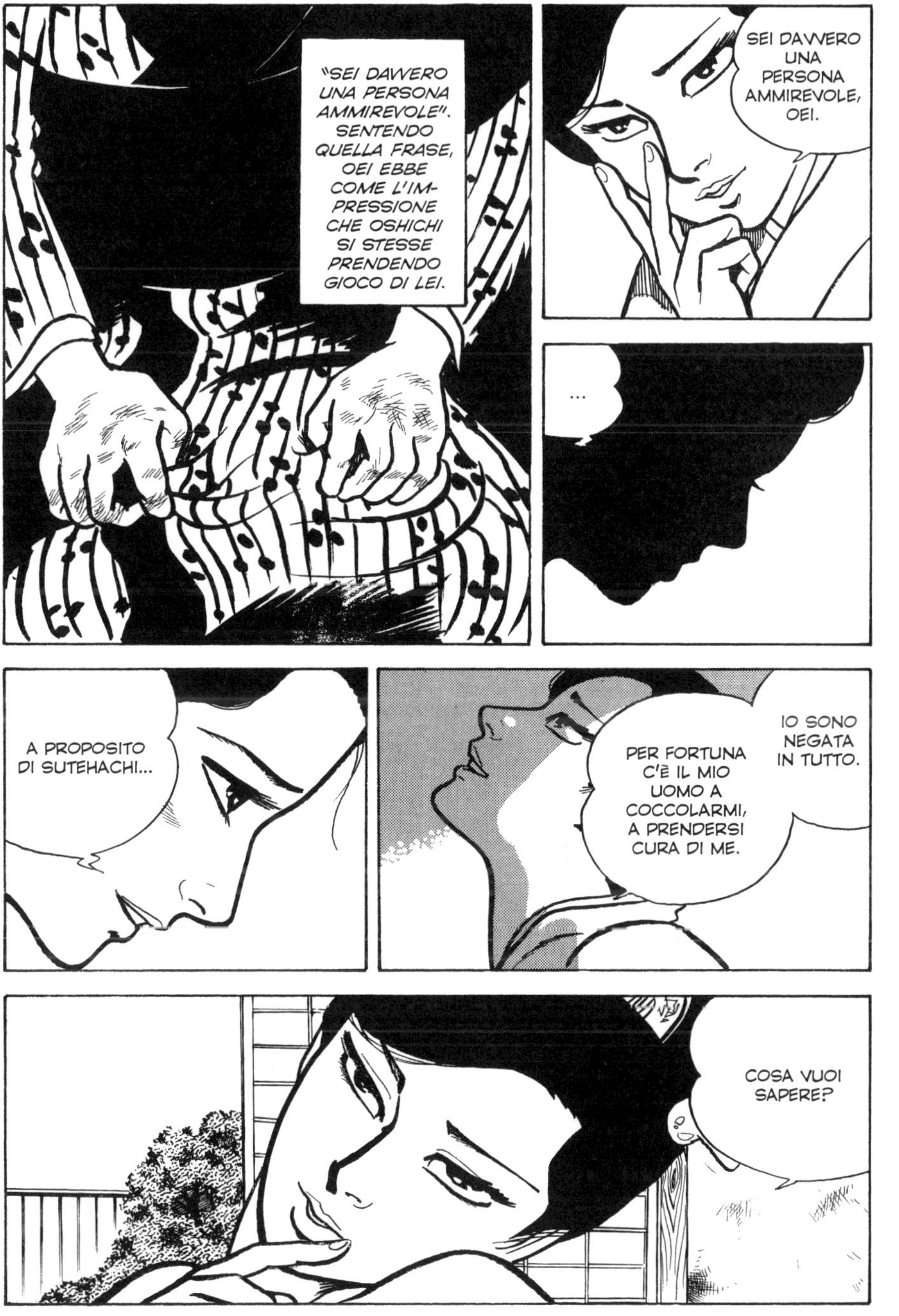
"SEI DAVVERO UNA PERSONA AMMIREVOLE". SENTENDO QUELLA FRASE, OEI EBBE COME L'IMPRESSIONE CHE OSHICHI SI STESSE PRENDENDO GIOCO DI LEI.
SEI DAVVERO UNA PERSONA AMMIREVOLE, OEI.
...
A PROPOSITO DI SUTEHACHI...
IO SONO NEGATA IN TUTTO.
PER FORTUNA C'È IL MIO UOMO A COCCOLARMI, A PRENDERSI CURA DI ME.
COSA VUOI SAPERE?

STAI FORSE INSINUANDO CHE DISEGNARE SUI VENTAGLI LO SVALUTEREBBE COME ARTISTA?
È IMPORTANTE GUADAGNARSI DA VIVERE, MA È ALTRETTANTO IMPORTANTE EVITARE DI SVALUTARE TROPPO IL PROPRIO LAVORO.
TUO PADRE È TUO PADRE. IL MIO UOMO È IL MIO UOMO. FORSE AL MAESTRO MANCA UN PO' DI MODERNITÀ...
SÌ... ANCHE MIO PADRE LA PENSA COSÌ...
SÌ, PROBABILMENTE HAI RAGIONE. PER UN ARTISTA È IMPORTANTE ESSERE AL PASSO COI TEMPI.

NON ERA MIA INTENZIONE. PERÒ, CREDO CHE SIA COMPITO TUO DIRGLIELO. NON DEVE ASSOLUTAMENTE PERDERE IL SUO ONORE COME ARTISTA.
CHI TI DÀ IL DIRITTO DI INTERFERIRE IN QUELLO CHE LUI FA PER ME?
E PERCHÉ DOVREI? LUI LO FA PER ME E PER IL MIO BENE...
LO SO, MA DEVI ESSERE TU A DIRGLIELO, OSHICHI.
SE SUTEHACHI SIGNIFICA DAVVERO QUALCOSA PER TE, ALLORA DEVI ESSERE PRONTA AD ACCETTARE QUALCHE SACRIFICIO.

CREDI FORSE CHE LO STIA USANDO PER CONDURRE UNA VITA SENZA PROBLEMI?
NON È QUELLO CHE HO DETTO. CREDO CHE PER IL BENE DI SUTEHACHI, E SOPRATTUTTO PER IL SUO FUTURO COME ARTISTA, DEVI ACCETTARE DI PRENDERTI UN PO' DI RESPONSABILITÀ...
...
ALMENO QUESTO È QUELLO CHE FAREBBE UNA DONNA PREMUROSA...
SE È PER L'UOMO CHE SI AMA, UN SACRIFICIO NON È UN SACRIFICIO.
UNA DONNA DOVREBBE FARE LO STESSO, SE NON DI PIÙ.
SONO SICURA CHE SUTEHACHI STIA ACCETTANDO TUTTO QUESTO PERCHÉ TI AMA...

NE SONO LIETA. SCUSA SE POSSO ESSERTI SEMBRATA INOPPORTUNA...
HO CAPITO TUTTO.
NON FRAINTENDERMI. QUELLO CHE HO CAPITO È TUTT'ALTRA COSA! TU SEI INNAMORATA DEL MIO UOMO!

NON SONO INNAMORATA DI SUTE-HACHI!
TI SBAGLI, OSHICHI!
CONFESSALO. SEI ANCORA INNAMORATA DI LUI.
LO AMI ANCORA ADESSO E SEI GELOSA DI ME. ECCO PERCHÉ MI HAI DETTO QUELLE COSE PRIMA.
NON MENTIRE. SEI ARRABBIATA PERCHÉ TI HO PORTATO VIA SUTEHACHI, NON È VERO?
MEGLIO METTERE LE COSE IN CHIARO CON TE. A SUTEHACHI NON INTERESSANO AFFATTO LE DONNE DIVORZIATE CHE TORNANO A VIVERE CON I GENITORI.

DONNE DIVORZIATE?
ASCOLTAMI BENE, OSHICHI...
HAI RAGIONE QUANDO DICI CHE SONO UNA DONNA DIVORZIATA. VISTO CHE VUOI SFOGARTI, LO FARÒ ANCHE IO!
SÌ, AMO SUTEHACHI. E LO AMO DIECI, ANZI CENTO VOLTE PIÙ DI TE!
SONO INNAMORATA! SONO FOLLE D'AMORE PER LUI! LO AMO DA MORIRE! MA C'È UNA COSA SU CUI TI SBAGLI: NON SONO AFFATTO GELOSA DI TE!

C'È UN'ALTRA COSA CHE VOGLIO DIRTI. VISTO CHE SEI RIUSCITA A PORTARMI VIA QUEST'UOMO, CHE PER ME SIGNIFICA PIÙ DELLA MIA STESSA VITA, ALLORA... VORREI CHE TI PRENDESSI CURA DI LUI MEGLIO DI COME AVREI POTUTO FARE IO!
TAP

ALLA FINE L'HO DETTO. L'HO CONFESSATO... IL SEGRETO CHE AVREI VOLUTO PORTARE CON ME NELLA MORTE...
FIUUU
ZAC
!
EH? UN *KAMAITACHI*...

* PROBABILE RIFERIMENTO AL *MATSUNOYA HIKKI*, OPERA IN 120 VOLUMI SCRITTA DA OYAMADA TOMOKIYO (1783-1847). RACCOGLIE STORIE, ANEDDOTI, ARTICOLI CHE COPRONO UN ARCO TEMPORALE CHE VA DAL 1818 AL 1845; N.D.T.

CAPITOLO 13

IL SOGNO INFRANTO DI UNA BAMBOLA HINA

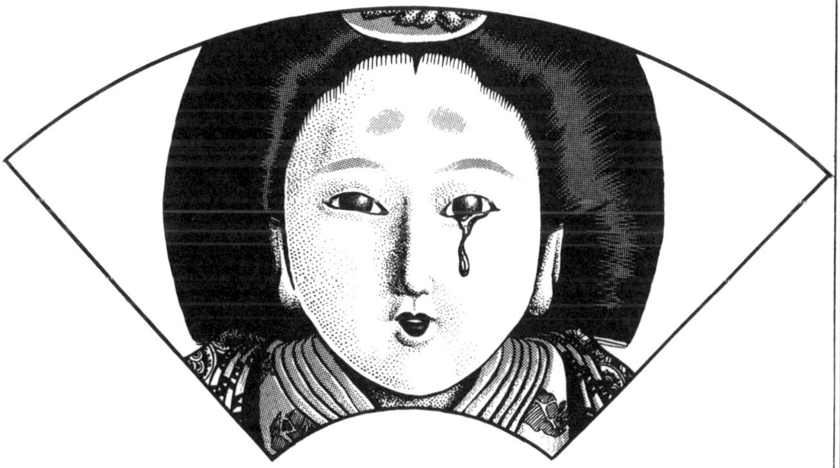

* LE *HINA NINGYŌ* (LE BAMBOLE *HINA*) SONO BAMBOLE TRADIZIONALI CHE SI ESPONGONO DURANTE LA "FESTA DELLE BAMBINE" CHE SI CELEBRA OGNI ANNO IL 3 MARZO. È UNA RICORRENZA DEDICATA ALLA CRESCITA E ALLA FELICITÀ DELLE BAMBINE. LE BAMBOLE ESPOSTE RAPPRESENTANO LA CORTE IMPERIALE GIAPPONESE; N.D.T.

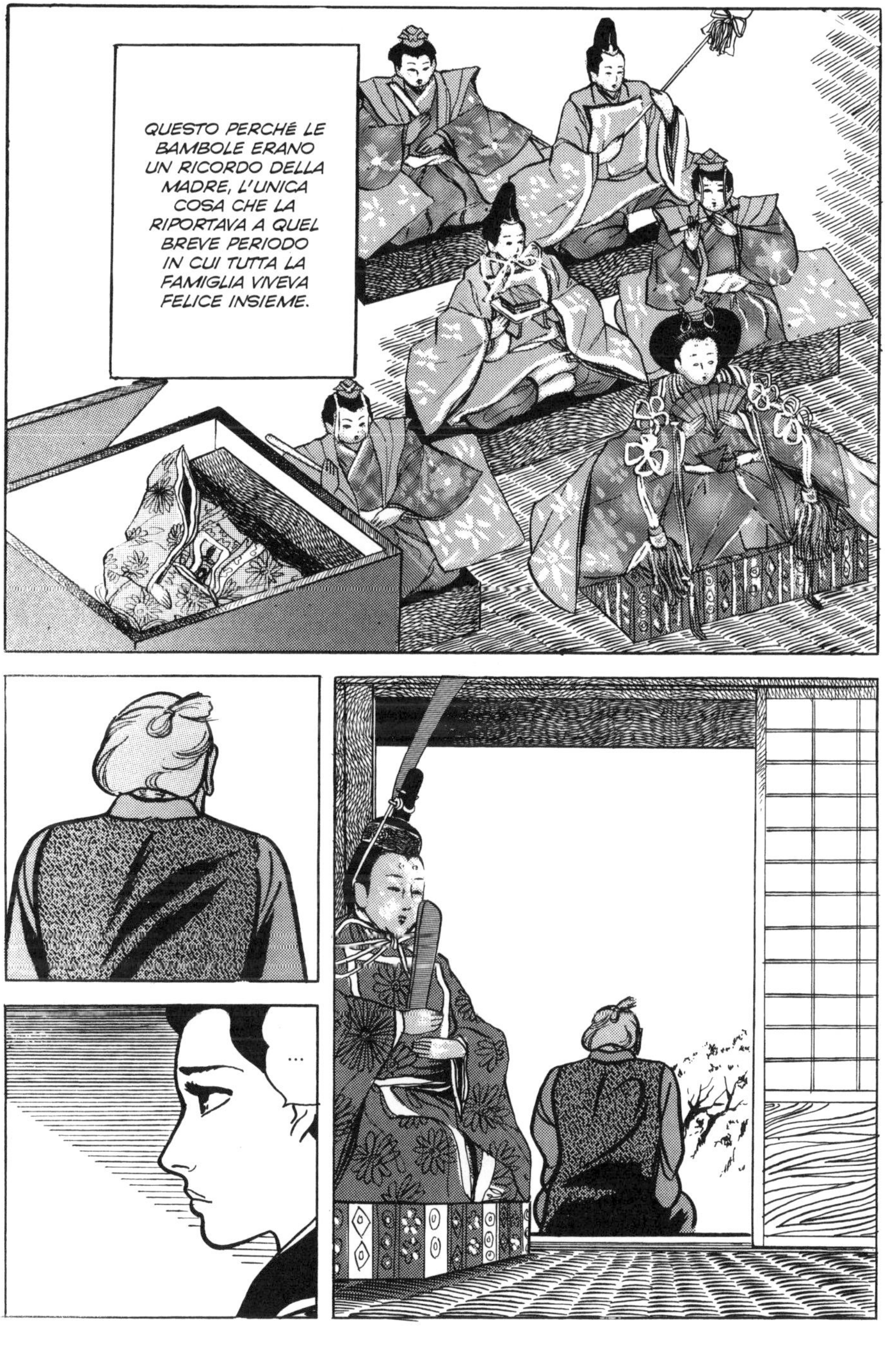
QUESTO PERCHÉ LE BAMBOLE ERANO UN RICORDO DELLA MADRE, L'UNICA COSA CHE LA RIPORTAVA A QUEL BREVE PERIODO IN CUI TUTTA LA FAMIGLIA VIVEVA FELICE INSIEME.
...

プチッ
STRAP
TSÈ! PERFINO I PELI DEL NASO SONO DIVENTATI BIANCHI!
FUU

IN QUEGLI ULTIMI GIORNI, SUO PADRE NON AVEVA PRESO IN MANO I PENNELLI: AVEVA APPENA TERMINATO LE TRENTASEI VEDUTE DEL MONTE FUJI, UN'OPERA CHE LO AVEVA TENUTO OCCUPATO PER SETTE ANNI, E SI STAVA INTERROGANDO SUL SUO PROSSIMO LAVORO... ERA STRANO VEDERLO IN QUELLO STATO...
TUTTO IL SUO CORPO ERA AVVOLTO DA UNA GRANDE "DISILLUSIONE". PER SUO PADRE, CHE ERA UN CREATORE DI COSE, PORTARE A TERMINE UN'OPERA SIGNIFICAVA CADERE IN UN'ALTRA GRANDE DISILLUSIONE. ANCHE SE LA SUA VITA ERA STATA UN SUSSEGUIRSI DI DELUSIONI, NON SI CURAVA AFFATTO DELLE CRITICHE O DELL'APPREZZAMENTO DELLA GENTE.

QUALCUNO STA ANCORA PARLANDO MALE DI ME...
MERDA!
COSA?
E COME AVREI POTUTO FARLO? SONO VENUTO FIN QUI DA SOLO.
BUON-GIORNO!
AH, SUTEHACHI! STAVI SPARLANDO DI ME?
DAVVERO? NON AVRAI SPETTEGOLATO DI ME CON QUALCHE LOMBRICO INCONTRATO PER STRADA?
SUVVIA, MAESTRO! NON HO LOMBRICHI TRA I MIEI AMICI.

È VERO CHE AMO LE DONNE, MA NON DESIDERO ANDARE A LETTO CON UN LOMBRICO... È PICCOLO E LUNGO...
NE SEI SICURO? AMI COSÌ TANTO LE DONNE CHE SARESTI DISPOSTO PURE A PRENDERE UN LOMBRICO DONNA COME AMANTE!
DA CHE PULPITO! A VOI NON SI ALZA PIÙ...
DICI? MA SE HAI IL PISELLO PIÙ SOTTILE DI UN LOMBRICO!
TENETEVELO! NON LO VORREI NEANCHE REGALATO! SEMBRA UN BRUCO...
SONO AFFARI MIEI SE SI ALZA O SE STA SEDUTO! MI APPARTIENE.

IDIOTA! POSSONO ESISTERE BRUCHI GROSSI COME UNA VIPERA!
SE LE COSE STANNO COSÌ, IO HO UN SERPENTE RATTO!
NON FARMI RIDERE! CERCHI DI STUPIRMI?
IN REALTÀ IL MIO È LUNGO E GROSSO COME UN PITONE. DATO CHE NON MI ENTRA NEL *FUNDOSHI*, SONO COSTRETTO AD ARROTOLARLO IN VITA.
D'INVERNO È PERFETTO PERCHÉ MI TIENE CALDO, MA QUANDO DEVO PISCIARE NON È MOLTO PRATICO...
PADRE!

* OLTRE A GIOCARE CON LE PAROLE "LOMBRICO" (*MIMIZU*) E "MILLE VERMI" (*MIMIZU-SENBIKI*), VIENE FATTO RIFERIMENTO A UN'ESPRESSIONE, GIÀ IN USO NEL PERIODO EDO, CHE PARAGONAVA I GENITALI FEMMINILI AI LOMBRICHI; N.D.T.

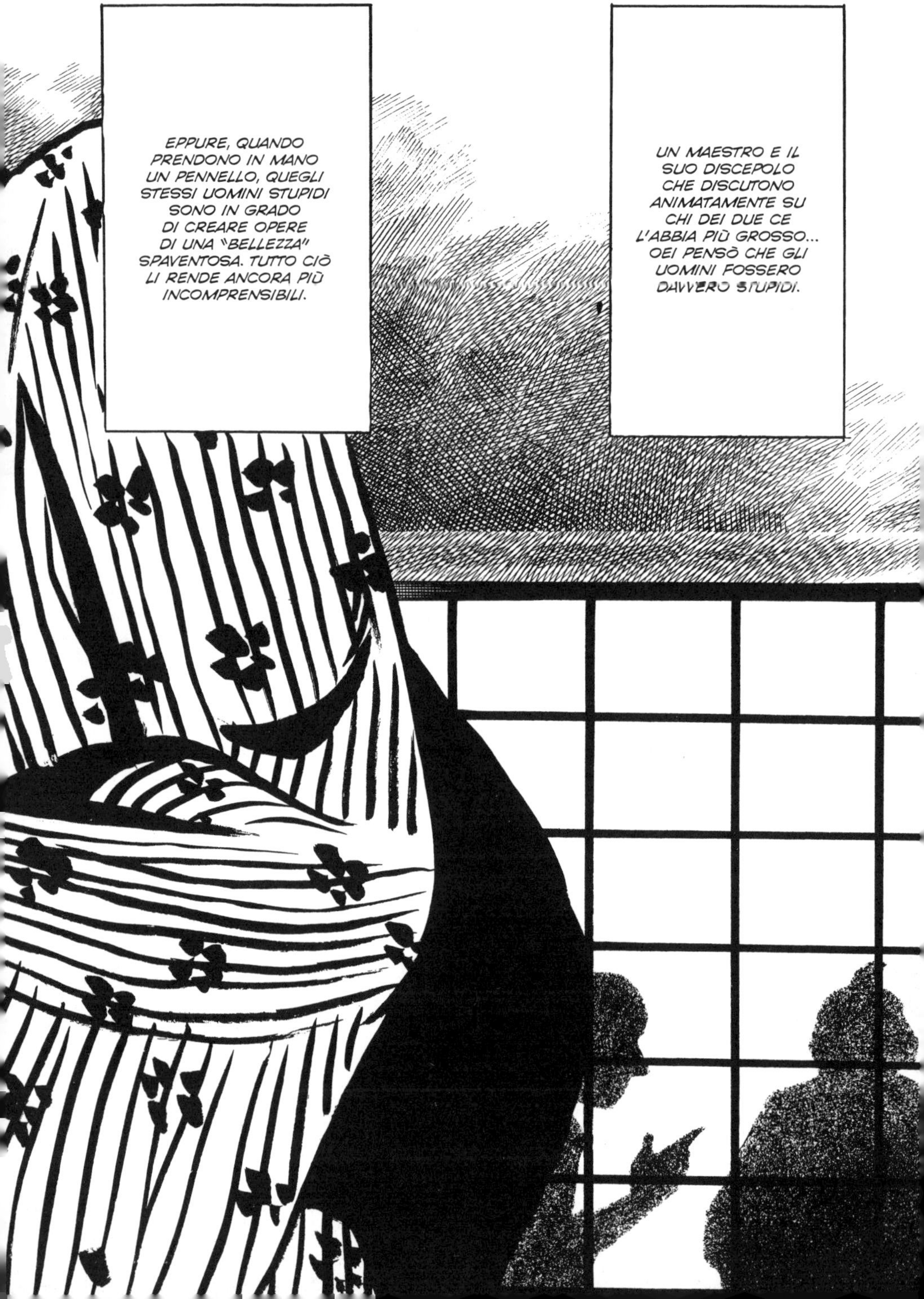
EPPURE, QUANDO PRENDONO IN MANO UN PENNELLO, QUEGLI STESSI UOMINI STUPIDI SONO IN GRADO DI CREARE OPERE DI UNA "BELLEZZA" SPAVENTOSA. TUTTO CIÒ LI RENDE ANCORA PIÙ INCOMPRENSIBILI.
UN MAESTRO E IL SUO DISCEPOLO CHE DISCUTONO ANIMATAMENTE SU CHI DEI DUE CE L'ABBIA PIÙ GROSSO... OEI PENSÒ CHE GLI UOMINI FOSSERO DAVVERO STUPIDI.

ERANO QUESTI I PENSIERI DI OEI.

SÌ, VUOLE CHE REALIZZI *CENTO VEDUTE DEL MONTE FUJI!*
COSA? IL VOSTRO *HANMOTO* VUOLE CHE FACCIATE NUOVI DISEGNI SUL MONTE FUJI?
NON POSSO MICA DIPINGERE TUTTO CIÒ CHE VUOLE QUEL CRETINO!
COSA FARETE?
LA COSA NON MI SORPRENDE. SEMBRA CHE LA SERIE *TRENTASEI VEDUTE DEL MONTE FUJI* SIA ANDATA A RUBA.
... PEN-SANDO PROPRIO IN QUESTO MOMENTO...
CI STAVO...
ECCO...

* I *SÔMEN* SONO UNA VARIETÀ DI PASTA REALIZZATA CON FARINA DI FRUMENTO, MOLTO SOTTILE E DI COLORE BIANCO. QUESTA FRASE HA UN TONO UMORISTICO E LEGGERO. L'IDEA DI TAISHAKUTEN CHE MANGIA I *SÔMEN* CREA UN'IMMAGINE PARTICOLARE E DIVERTENTE: SUTEHACHI STA FACENDO IRONIA SU PREOCCUPAZIONI NON TROPPO SERIE, TRATTANDOLE CON LEGGEREZZA; N.D.T.

LA SCENA DI QUEL SOGNO?
NIENTE DEL GENERE. SUTEHACHI... HO PROVATO A DISEGNARE LA SCENA DI QUEL SOGNO...
UN BELLISSIMO TITOLO, MAESTRO!
L'HO INTITOLATA *DIECI NOTTI DI SOGNI*.
OH...

NEL MIO SOGNO HO INCONTRATO QUESTA DONNA...
LEI?
ERA UN SOGNO TRISTE... CAMMINAVO DA SOLO LUNGO LA RIVA DI UN FIUME, AL BUIO, E LEI MI SEGUIVA PIANGENDO.
LE HO DETTO DI LASCIARMI IN PACE, MA NON MI DAVA RETTA.
MA...?
COSÌ L'HO COLPITA PIÙ E PIÙ VOLTE, MA LEI CONTINUAVA A SEGUIRMI IN LACRIME.
IL VENTO FREDDO SOFFIAVA FORTE... A UN CERTO PUNTO ERA VENUTA ANCHE A ME VOGLIA DI PIANGERE.

NON NE POTEVO PIÙ DI LEI E ALLA FINE L'HO COLPITA CON FORZA. È CROLLATA A TERRA COME UNO STRACCIO VECCHIO ED È MORTA.
UNA PAURA IRRAZIONALE SI È IMPADRONITA DI ME E SONO SCOPPIATO A PIANGERE. IL VENTO FREDDO CONTINUAVA A SOFFIARE E IL SUO LAMENTO MI RIPORTAVA ALLA MENTE IL PIANTO DI QUELLA DONNA...
AH! MIA MADRE!
FINE DEL SOGNO.
CHI È QUESTA DONNA?

SI CHIAMAVA
OKOTO. ERA MIA
MOGLIE... È MORTA
A CAUSA DI UNA
VITA DI STENTI E
SACRIFICI.

PADRE...
È PRONTO IL PRANZO.
VI CHIEDO SCUSA... NON C'ERA NIENT'ALTRO DA CUCINARE.

PADRE, NON AVETE FAME?
SUT

CRAK

HOKUSAI.
(NIKUHITSU-GA*)
IL SALMONE E LA CAMELIA SASANQUA

* PITTURA A MANO (QUINDI, NON XILOGRAFIA) IN STILE *UKIYO-E*; N.D.T.

CAPITOLO 14
LE SCORREGGE DI KUMA

ERA GIÀ PASSATO UN MESE DA QUANDO SUTEHACHI E OSHICHI ERANO ANDATI A VIVERE IN UNA DELLE CASE POPOLARI PIÙ INTERNE DEL DISTRETTO DI FUKUGAWA BANNENKYÔ.

PROOOT
UHM?
PROOOT!
KUMA!
PROOOT!
NELL'APPARTAMENTO A FIANCO VIVEVA IL CARPENTIERE KUMA GORÔ, UN UOMO CHE SCORREGGIAVA DI CONTINUO.
KUMA!
MA CHE DIAMINE! MI RISPONDI CON LE SCORREGGE?
TUMP TUMP
PROT PROT

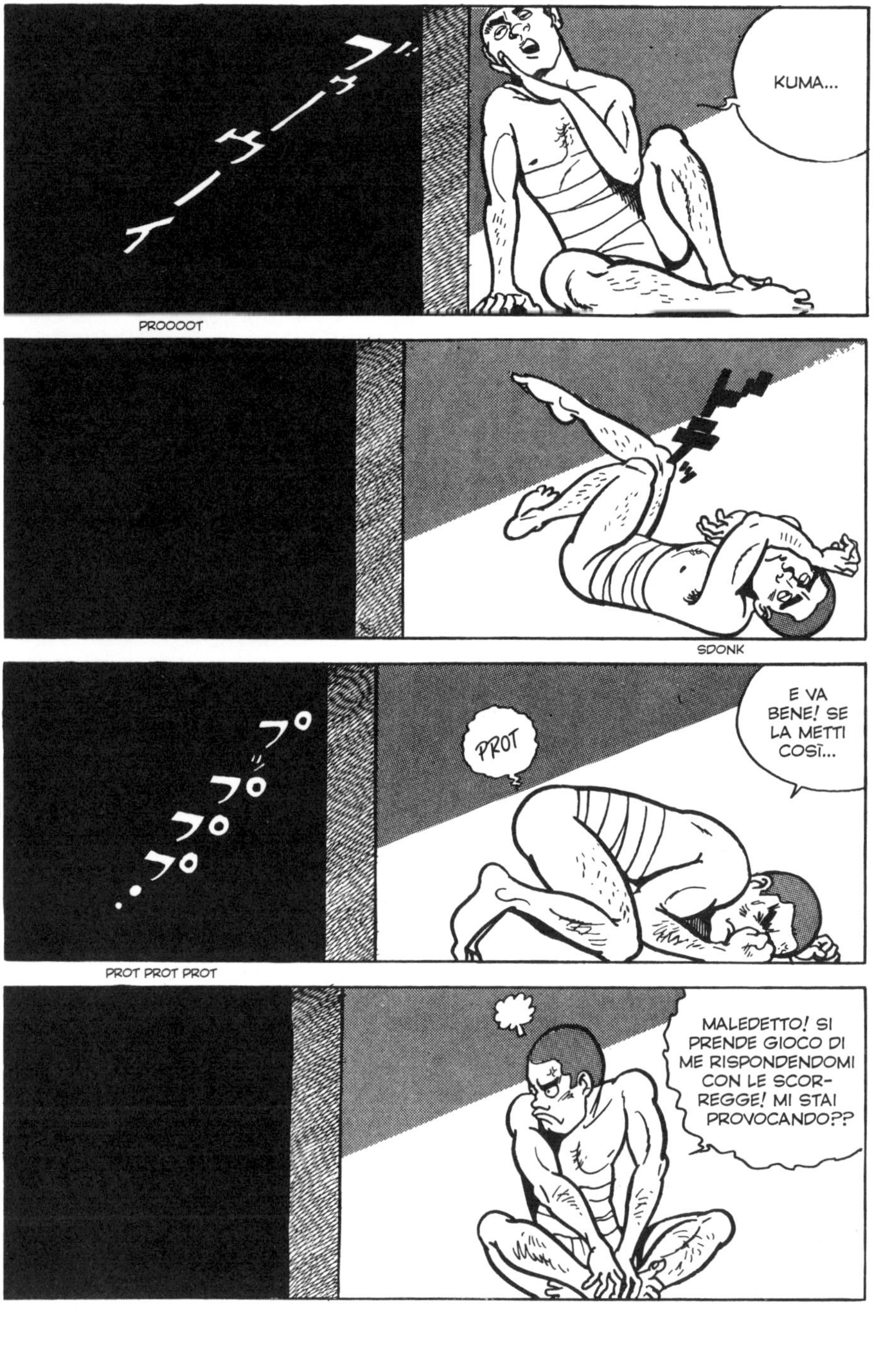
KUMA...
PROOOOT
SDONK
PROT
E VA BENE! SE LA METTI COSÌ...
PROT PROT PROT
MALEDETTO! SI PRENDE GIOCO DI ME RISPONDENDOMI CON LE SCORREGGE! MI STAI PROVOCANDO??

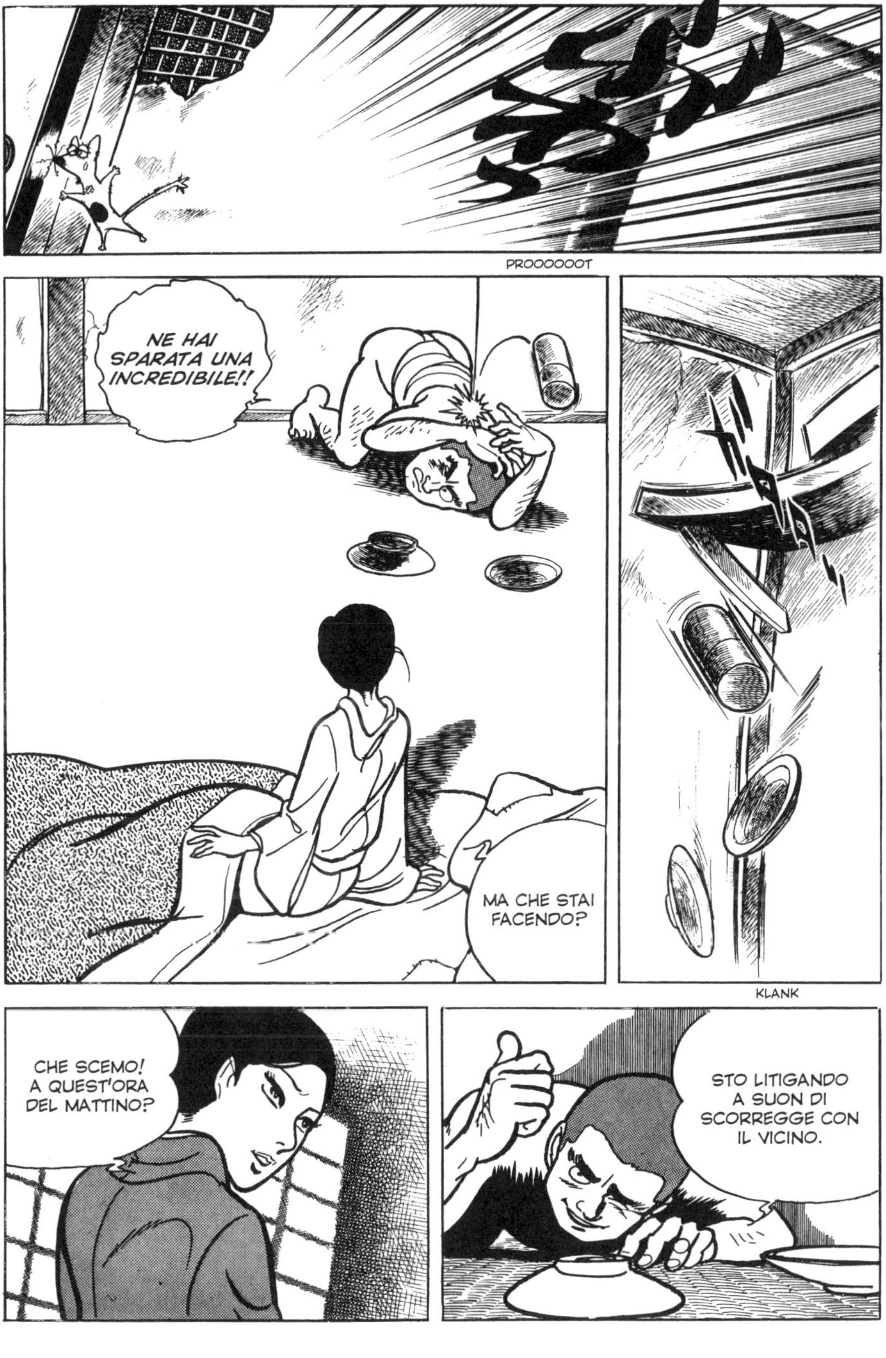
PROOOOOOT
NE HAI SPARATA UNA INCREDIBILE!!
MA CHE STAI FACENDO?
KLANK
CHE SCEMO! A QUEST'ORA DEL MATTINO?
STO LITIGANDO A SUON DI SCORREGGE CON IL VICINO.

PROOOOOT!
UN TERREMOTO!
UN TERREMOTO!

COSA? DI NUOVO?
MA NO! ERA SOLO UNA SCORREGGIA DI KUMA!
L'HO SENTITA PERFINO IO CHE ABITO LAGGIÙ IN FONDO!
L'ARIA CALDA E PUZZOLENTE DELLE SUE SCORREGGE HA BUCATO PERFINO LA CARTA DEI MIEI *SHÔJI*!
NON LAMENTARTI VISTO CHE STAI LONTANO! PENSA A ME CHE CI ABITO DI FRONTE!
LUI E LE SUE SCORREGGE SARANNO LA NOSTRA DANNAZIONE!
L'ALTRO GIORNO, A CASA DI RYUKÔ, C'ERA UN VECCHIETTO MEZZO MORTO. È PASSATO KUMA E HA FATTO UNA DELLE SUE INCREDIBILI SCORREGGE. SAI COSA È SUCCESSO? IL VECCHIO È RESUSCITATO!
SE SI TRATTA DI RESUSCITARE LE PERSONE È UN CONTO! A CASA MIA ABBIAMO SERI PROBLEMI: MIO FIGLIO NON LA SMETTE DI PIANGERE!

NON VA MAI AL LAVORO E PASSA LE SUE GIORNATE IN GIRO PER IL QUARTIERE A SCORREGGIARE.
PER ME È ANCORA PEGGIO, VISTO CHE FACCIO LAVORI DI PRECISIONE DA CASA. LE SUE SCORREGGE MI FANNO SALTARE IN CONTINUAZIONE!
DOBBIAMO FARE QUALCOSA...
熊
EHI, KUMA!
熊
ALLORA?
PERCHÉ NON ANDIAMO A PARLARGLI?
VA BENE.
熊
▲ KUMA.

HO ASCOLTATO LE VOSTRE LAMENTELE DA CASA.
DOVETE SCUSARMI.
SONO DESOLATO.
AL QUARTI-NO?
NON CE NE FACCIAMO NIENTE DELLE TUE SCUSE! DEVI CAPIRE CHE LE TUE SCORREGGE ARRECANO FASTIDIO A TUTTO IL QUARTIERE.
DATECI ALMENO UNA SPIEGAZIONE! NON SIETE PIÙ LO STESSO DA QUANDO È MORTA VOSTRA MOGLIE. SIETE UN UOMO, NO? CERCATE DI FARVI FORZA!
NON MI SEMBRA IL CASO DI FARE LO SPIRITOSO!

PER FARE SCORREGGE SIMILI, AVRETE DI CERTO UN QUALCHE PROBLEMA DI SALUTE.
DOVRESTE DIRCELO, COSÌ PROVEREMO AD AIUTARVI.
MA CERTO! DATO CHE VIVIAMO NELLO STESSO QUARTIERE DOBBIAMO CONSIDERARCI COME UNA GRANDE FAMIGLIA.
VI RINGRAZIO PER LE VOSTRE AMABILI PAROLE. È ARRIVATO IL MOMENTO DI RACCONTARVI TUTTO.
ERA ORA...

PREGO, ACCOMODA-TEVI PURE DENTRO.
SCUSATE IL DISORDINE...
COME AVETE DETTO PRIMA, MI SONO RIDOTTO IN QUESTO STATO DA QUANDO È MORTA MIA MOGLIE.
MA PERCHÉ TE NE STAI TUTTO IL GIORNO RINCHIUSO IN CASA A FARE SCORREGGE? È UN PECCATO... DOPOTUTTO SEI UN BUON CARPENTIERE...

PERCHÉ?
HO PERSO LA VOGLIA... NON MI VA DI FARE NULLA...
È UNA COSA DI CUI MI VERGOGNO. RIGUARDA MIA FIGLIA.
NON SAPEVO AVESTE UNA FIGLIA!
KTON
È UNA STORIA CHE RISALE A MOLTO TEMPO FA, PRIMA ANCORA CHE MI TRASFERISSI QUI...
CRACK

RIDETE PURE DI ME! HO VENDUTO MIA FIGLIA AL QUARTIERE DEI PIACERI DI YOSHIWARA PER PAGARE ALCUNI DEBITI DI GIOCO.
CAPISCO, PERÒ NON MI È CHIARA UNA COSA... CHE RELAZIONE C'È TRA QUESTA STORIA E LE TUE SCORREGGE?
DAVVERO? NON DAI L'IMPRESSIONE DI UNO CHE GIOCA D'AZZARDO!
SIETE DAVVERO SFORTUNATO. PRIMA VOSTRA MOGLIE, POI VOSTRA FIGLIA...
QUALCHE GIORNO FA È MORTA ANCHE MIA FIGLIA.
IL MIO RACCONTO NON È ANCORA FINITO...

...
DI COSA È MORTA?
...
CRK
...
DI SIFILIDE.
...
PTÙ

DEVE AVERGLIELA PASSATA UN CLIENTE. PURTROPPO LA MALATTIA LE HA CAUSATO ANCHE DANNI NEUROLOGICI. QUANDO ME L'HANNO DETTO, SONO ANDATO SUBITO A TROVARLA... IN ME, PERÒ, NON HA RICONOSCIUTO IL PESSIMO PADRE CHE SONO STATO, L'UOMO CHE L'AVEVA VENDUTA...

SONO STATO AL SUO FIANCO PER QUINDICI GIORNI E MI È CAPITATO PIÙ VOLTE DI SCORREGGIARE DAVANTI A LEI. TUTTO CIÒ LA FACEVA RIDERE DI GUSTO. RIDEVA A CREPAPELLE. LONTANO DAL SUO SGUARDO, IO, INVECE, PIANGEVO. QUANDO SCORREGGIAVO, IL VOLTO ORMAI DEFORMATO DI MIA FIGLIA SI TRASFORMAVA IN QUELLO DI UNA DOLCE E GRAZIOSA BAMBINA. RIDEVA SENTENDO LE MIE SCORREGGE. NON PENSAVA AFFATTO CHE ERO STATO IO A TRASCINARLA IN QUELL'INFERNO.

ALLORA HO PRESO LA DECISIONE
DI RESTARE AL SUO FIANCO, DI
SCORREGGIARE E DI FARLA SORRIDERE
FINO AL GIORNO DELLA SUA MORTE...
COSÌ, OGNI GIORNO MI SFORZAVO DI
FARE SCORREGGE SOLO PER FARLE
PIACERE. ERO CONTENTO CHE FOSSE
FELICE. È MORTA ASCOLTANDO LE MIE
SCORREGGE...
AVEVA IL SORRISO SULLE LABBRA.

SNIFF
DOVETE SCUSARMI.
DA QUEL GIORNO, TUTTE LE VOLTE CHE PENSO A LEI, MI VIENE DA SCORREGGIARE...

CHE NE DITE? NON MI PARE SIA COSÌ DIFFICILE CONTINUARE A VIVERE SENTENDO LE SCORREGGE DI KUMA!
ALZA LA TESTA, KUMA. SIAMO NOI CHE DOBBIAMO SCUSARCI.
KUMA!
CERTO!
MA SÌ!
QUINDI NON VI IMPORTA SE CONTINUERÒ A SCORREGGIARE?
HAI SENTITO? NON TI SI È APERTO IL CUORE?

KUMA, CERCA DI RIPRENDERTI E VEDI DI FARTI FORZA!
MA CERTO! TU SCORREGGI SOLO QUANDO PENSI A TUA FIGLIA. QUALE PADRE NON PENSEREBBE ALLA PROPRIA FIGLIA? NON POSSIAMO OBBLIGARTI A TRATTENERE UNA SCORREGGIA!
VI RINGRAZIO.
SÌ, OTTIMA IDEA!
STATEMI A SENTIRE. AVETE VOGLIA DI ASCOLTARE UNA SCORREGGIA DI KUMA?

SE SI TRATTA DI UNA SCORREGGIA CON UN SIGNIFICATO COSÌ PROFONDO, VORREI ASCOLTARLA E ASSAPORARLA PER BENE!
PER FAVORE, KUMA!
MA... SUL SERIO?
CHE NE DICI, KUMA? LA TUA STORIA HA COMMOSSO TUTTI. FACCI UNA BELLA SCORREGGIA.
SE INSISTETE COSÌ TANTO...

PROOOT!

UNA SCORREGGIA DIVERTENTE, MA ANCHE TRISTE...

CAPITOLO 15

TAPPETO DI PETALI SULL'ACQUA

VUOI CHE TI PRESTI DEI SOLDI, NON È VERO?

CI VORRÀ DEL TEMPO PER TERMINARE IL NUOVO PROGETTO... MI SERVIREBBE UN ANTICIPO...

SUTEHACHI... MI DISPIACE DIRTELO, MA ULTIMAMENTE LA QUALITÀ DEL TUO LAVORO È PEGGIORATA.
COSA?
AGLI INCISORI NON PIACE LAVORARE SUI TUOI DISEGNI.
A DIRE IL VERO, A LORO NON PIACE NEANCHE IL LAVORO DEL TUO MAESTRO HOKUSAI. SONO INFASTIDITI DAI SUOI SFONDI TROPPO DETTAGLIATI.
MA NON È QUESTO IL TUO CASO.
HANNO SUBITO CAPITO CHE IL TUO LAVORO È STATO FATTO MALE. NON MI SORPRENDE CHE RINOMATI INCISORI SI RIFIUTINO DI LAVORARE CON TE.

AH...
PRENDI PURE QUESTI SOLDI. MA SONO SOLO UN PRESTITO.
ENTRO DIECI GIORNI TI DARÒ I SOLDI PATTUITI. DETRARRÒ GLI INTERESSI IN ANTICIPO.
QUESTA È LA PRIMA E ULTIMA VOLTA.
A PRESTO.
NON SEI L'UNICO ILLUSTRATORE AL MONDO. CI SONO TANTI GIOVANI ANIMATI DAL TUO STESSO DESIDERIO.
RICORDATI QUESTE MIE PAROLE: INDIPENDENTEMENTE DAL TALENTO, CHI SI COMPORTA COME TE SI SCAVA LA TOMBA CON LE PROPRIE MANI.
CIÒ CHE CONTA DAVVERO È LA VITA... LA VITA DI TUTTI I GIORNI.
...
TAN

* *CORBICULA JAPONICA*, UNA SPECIE COMMESTIBILE DI VONGOLA D'ACQUA SALMASTRA; N.D.T.

SHIJIMI! CHI VUOLE SHIJIMI?
NON TI DARÒ NIENTE...
SIGNORE, VOLETE COMPRARNE UN PO'?
STAI ZITTO! VAI A VENDERLI ALTROVE!
NE VOLETE?

SIGNORE!
LASCIAMI STARE!
COMPRATE I MIEI SHIJIMI!
MA CI SENTI?! TI HO DETTO CHE NON LI VOGLIO!
TOGLITI DI MEZZO!
NON LI VOGLIO! NON LI VOGLIO!
VI PREGO...
SHIJIMI! SHIJIMI!

RAGAZZI-
NO!
GRAZIE, SIGNORE! SAPEVO CHE ERAVATE DI BUON CUORE.
CHE TI CREDI? ANCHE IO SONO NATO E CRESCIUTO A EDO. TI COMPRO TUTTO!
SEI ANCORA TROPPO PICCOLO PER ADULARE COSÌ I CLIENTI...

FSHAAAA

TUO PADRE NON DOVRÀ MAI VENIRLO A SAPERE.
A COSA TI SERVONO QUESTI SOLDI?
ECCO... IN REALTÀ... MI SERVONO E BASTA...

CAPISCO CHE TU NON VOGLIA DIRMELO...
PERÒ... INVECE DI VIVERE ALLA GIORNATA, PERCHÉ NON TORNI A STARE CON NOI?
!
OKINU!
CON CHI STAI PARLANDO?
CON NESSUNO... STAVO PARLANDO DA SOLA...

NO...
NON MENTIRMI! SUTEHACHI È TORNATO A CHIEDERTI SOLDI, NON È VERO?
...
NON DIRMI CHE GLIELI HAI DATI!
SCIAFF
CHE COSA FATE?!
CHE DIRITTO AVETE DI PICCHIARE MIA MADRE? COSA C'È DI MALE SE UNA MADRE PRESTA SOLDI AL PROPRIO FIGLIO?
SUTEHA-CHI...

SÌ, CERTO... È VERO.
TUO PADRE!
CHI VI CREDETE DI ESSERE?
MA QUESTO NON VI DÀ IL DIRITTO DI PICCHIARE MIA MADRE!
??
ANCORA CON QUESTA STORIA?

PER ESSERE UN DISEGNATORE, È TROPPO VELOCE A TIRAR FUORI IL COLTELLO!
SEI PROPRIO TU, SUTE-HACHI?
AH! YOSHIZÔ!
DOVE VAI COSÌ DI FRETTA?
STO TORNANDO A CASA... C'È UNA PERSONA MALATA CHE MI ASPETTA.

OH, MI DISPIACE...
NON TI PREOCCUPARE... PIUTTOSTO... CHE NE DICI DI ANDARE A BERE UN PO'? HO LA GOLA SECCA...
CON PIACERE. NON VEDEVO L'ORA DI RESTARE A PARLARE DA SOLO CON TE.

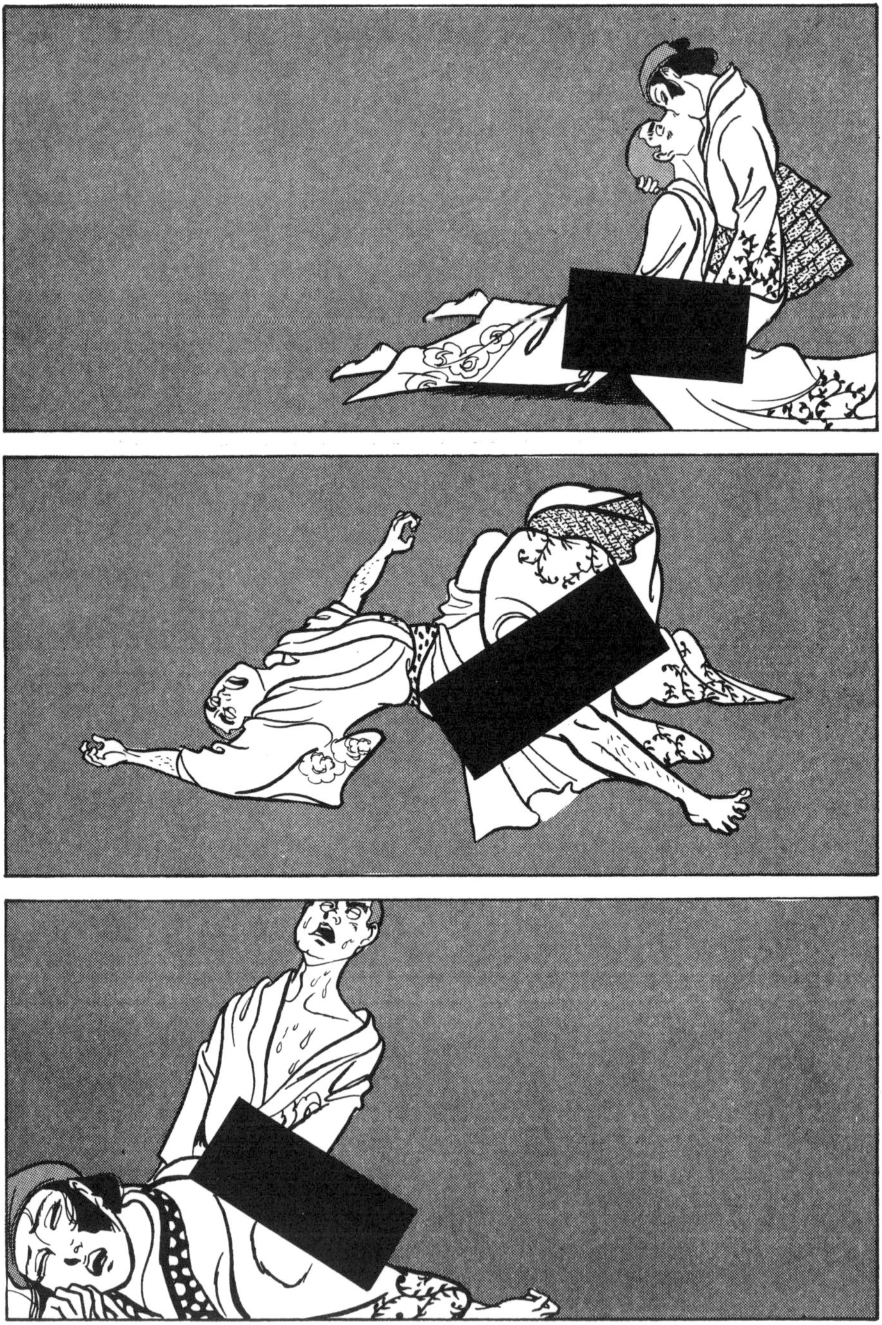

おえーっ
BLEEEARGH
HO FINITO DI NUOVO TUTTI I SOLDI...

OSHICHI... SONO IO... SONO TORNATO.
A CAUSA DI UN RAFFREDDORE PRIMAVERILE, OSHICHI ERA COSTRETTA A LETTO DA TRE GIORNI.

POVERO COM'ERA, SUTEHACHI ERA USCITO IL GIORNO PRIMA A CERCARE I SOLDI PER LE MEDICINE.
OSHICHI...

CAPITOLO 16

PRIMAVERA E OSTILITÀ

SHUN
SHUN
TAN

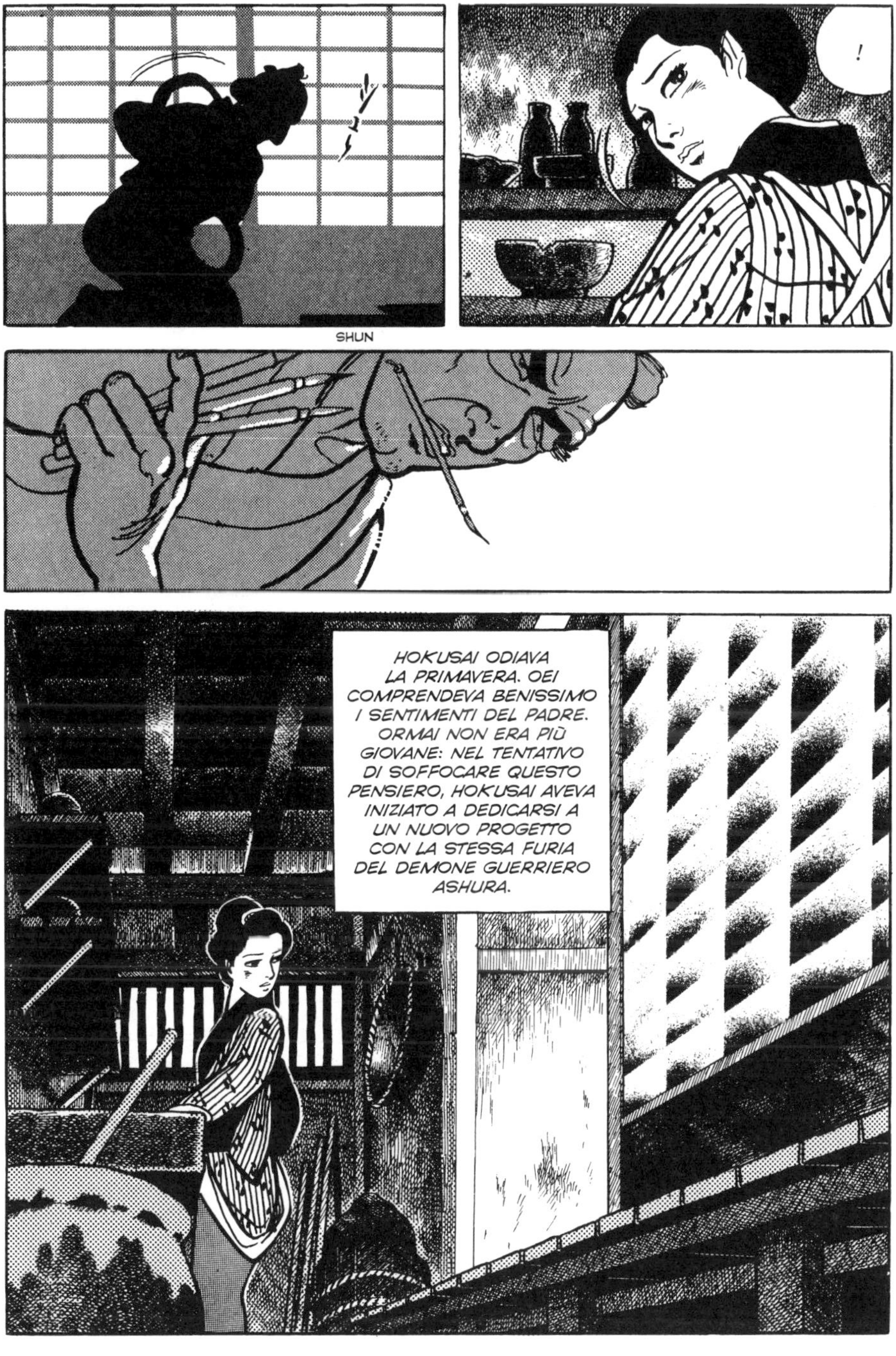

!
SHUN
HOKUSAI ODIAVA LA PRIMAVERA. OEI COMPRENDEVA BENISSIMO I SENTIMENTI DEL PADRE. ORMAI NON ERA PIÙ GIOVANE: NEL TENTATIVO DI SOFFOCARE QUESTO PENSIERO, HOKUSAI AVEVA INIZIATO A DEDICARSI A UN NUOVO PROGETTO CON LA STESSA FURIA DEL DEMONE GUERRIERO ASHURA.

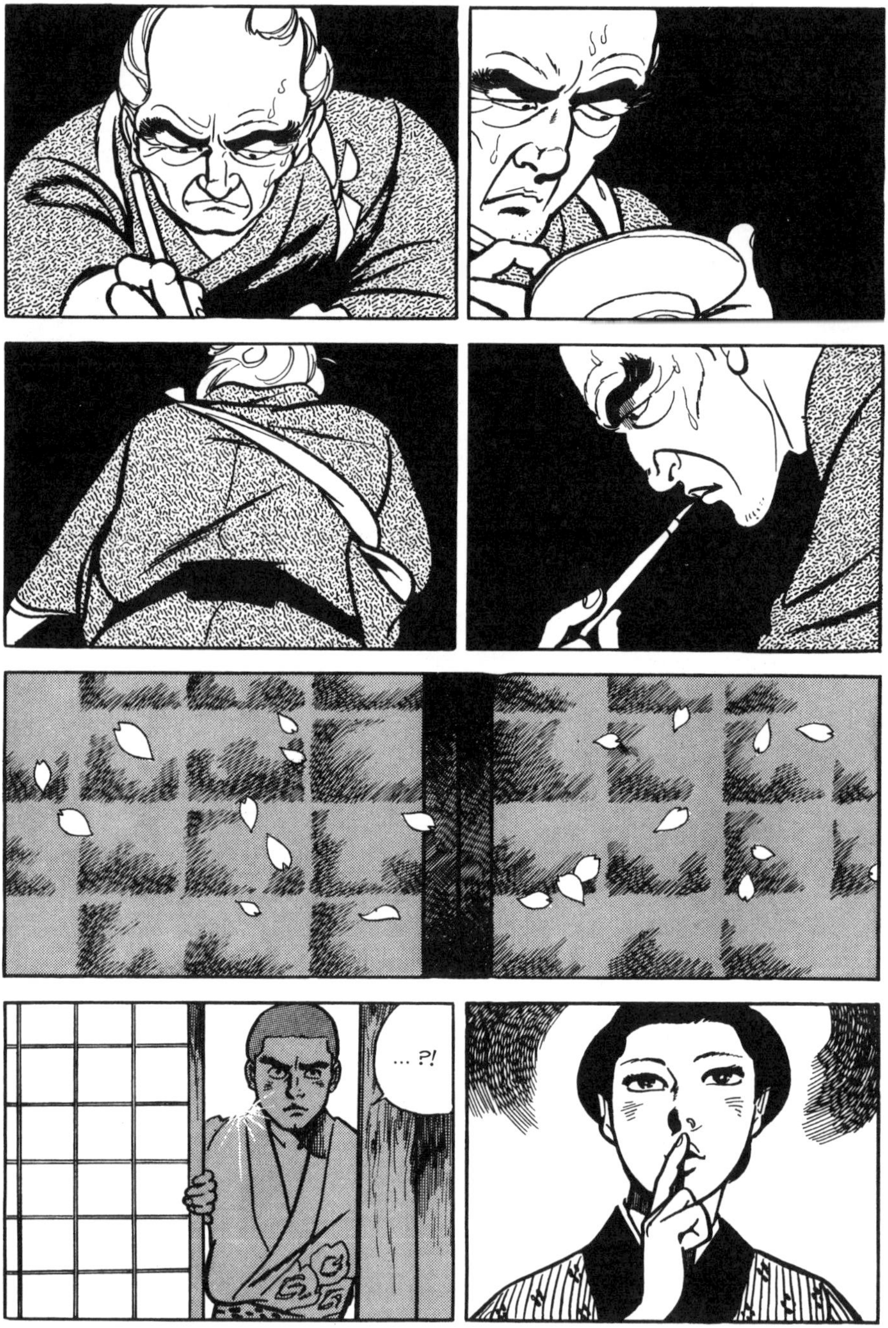

SCUSAMI, OEI, SE TI HO FATTA VENIRE FIN QUI...
SCUSAMI TU PER MIO PADRE...
...
DUNQUE... NON SAPEVO PIÙ A CHI CHIEDERE...
COSA VOLEVI DIRMI?

TI RINGRAZIO.
HO CAPITO. ASPETTAMI QUI.
FRUSH
COM'È BELLA LA SUA FIGURA DI SPALLE...

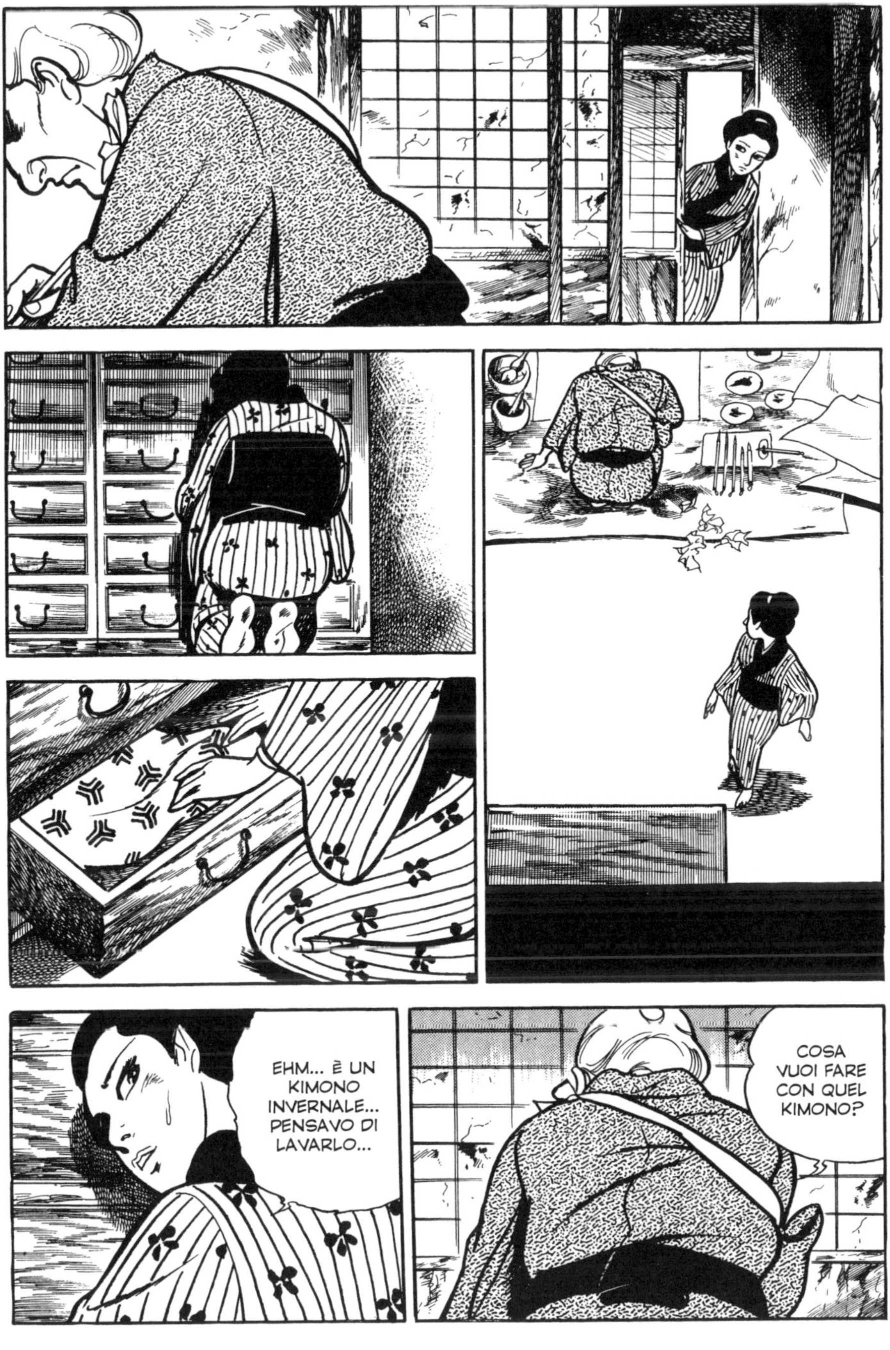
COSA VUOI FARE CON QUEL KIMONO?
EHM... È UN KIMONO INVERNALE... PENSAVO DI LAVARLO...

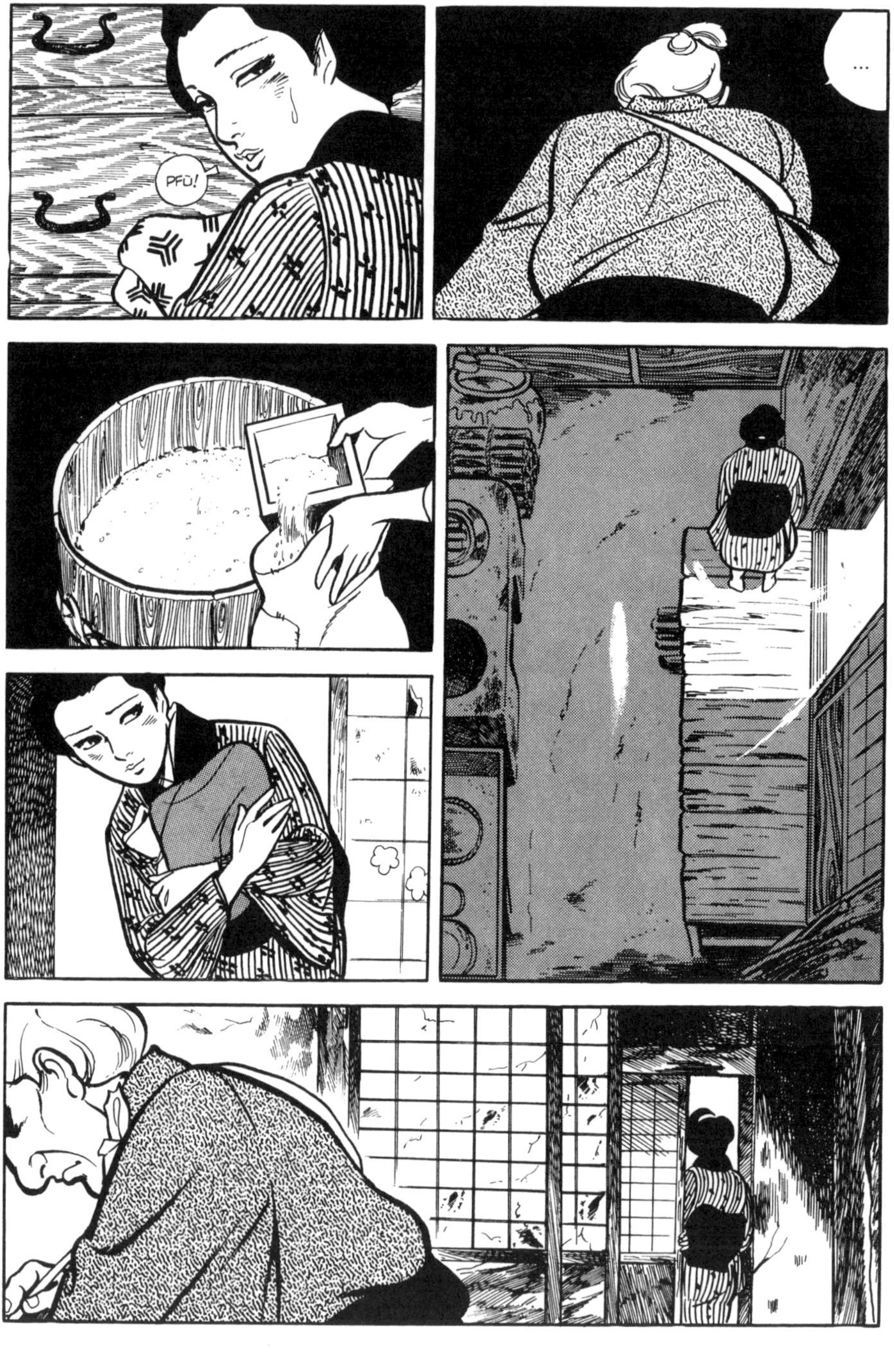
PFÜ!
...

▲ BANCO DEI PEGNI.
...!

* SORTA DI PORRIDGE A BASE DI RISO STRACOTTO, CONSIDERATO UN ALIMENTO CURATIVO; N.D.T.

NON TI PREOCCUPARE. IN QUALCHE MODO FAREMO...
È TROPPO, OEI... A ME BASTEREBBE ANCHE SOLO UNA PORZIONE DI RISO. NON SONO TROPPE DUE? NE SEI SICURA?
CI SONO ANCHE DELLE PRUGNE IN SALAMOIA. METTINE UNA NELLA ZUPPA. SEMBRA CHE FACCIA MIRACOLI PER IL RAFFREDDORE...
TI RINGRAZIO TANTISSIMO.
E POI...
TI RINGRAZIO. DAVVERO... NON SO COME RINGRAZIARTI.
OEI... NON POSSO ACCETTARLE. NON POSSO!
PRENDI ANCHE QUESTE.

ANCHE IO E MIO PADRE NON NAVIGHIAMO NEL LUSSO, MA IN CONFRONTO A TE...
TI PREGO, ACCETTA QUESTE MONETE. I RAFFREDDORI PRIMAVERILI NON SONO FACILI DA CURARE... DEVI CERCARE DI FAR MANGIARE BENE OSHICHI.
OEI...
TI RINGRA-ZIO.
SONO FELICE.
TORNA SUBITO A CASA. NON BISOGNA LASCIARE SOLI I MALATI. ANCHE IO DEVO TORNARE A CASA, ALTRIMENTI MIO PADRE SI ARRABBIERÀ.

SUTEHACHI... SPERO NON SPENDERAI QUESTI SOLDI IN ALCOLICI COME L'ALTRA VOLTA...
GRAZIE ANCORA. TORNERÒ A RINGRAZIARTI UN GIORNO, QUANDO TUO PADRE SARÀ DI BUON UMORE.
TI PROMETTO CHE NON LO FARÒ.
OEI...
A PRESTO.

NON BIASIMARMI... SO CHE PROVI DEI SENTIMENTI PER ME...
BASTA, SUTEHACHI. NON AGGIUNGERE ALTRO.
NON È NECESSARIO CHE TU DICA NIENTE.
SCUSAMI.

NON L'HO FATTO PERCHÉ MI ASPETTAVO QUALCOSA DA TE. L'HO FATTO PERCHÉ TI AMO.
NON L'HO FATTO PER OSHICHI... L'HO FATTO PER TE.

OSHICHI...
È BUONO?
DAVVERO? SONO CONTENTO.
È SQUISITO.
PLIK
È STATA OEI, LA FIGLIA DEL MAESTRO HOKUSAI, A DARMI QUESTE COSE.

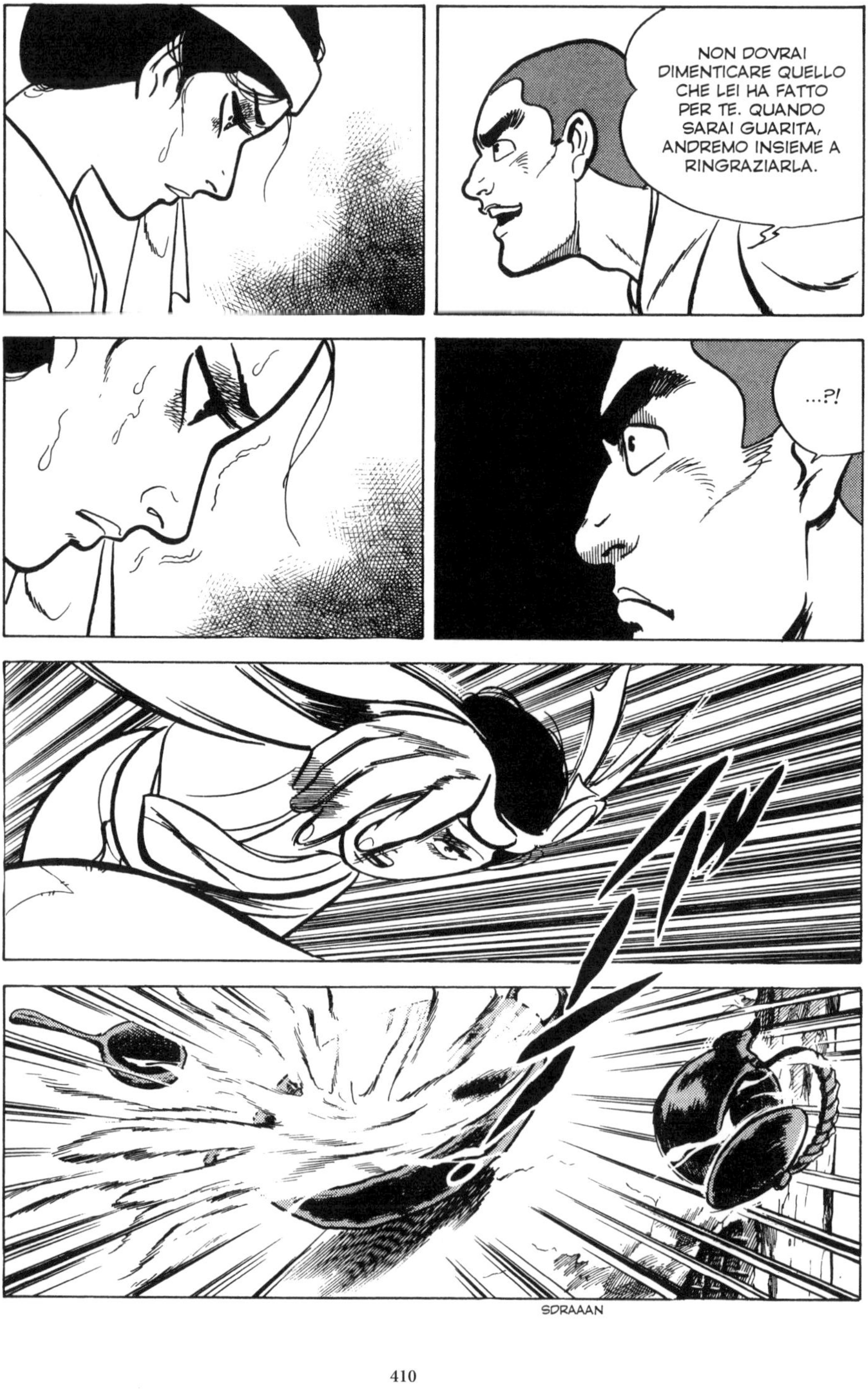
NON DOVRAI DIMENTICARE QUELLO CHE LEI HA FATTO PER TE. QUANDO SARAI GUARITA, ANDREMO INSIEME A RINGRAZIARLA.
...?!
SDRAAAN

MA CHE TI PRENDE?
NON ACCETTERÒ MAI DEL CIBO OFFERTO DA QUELLA DONNA!

NON ESSERE STUPIDA!
PASSI TUTTO IL TUO TEMPO A BERE! ECCO PERCHÉ MI SONO AMMALATA!
MA CHE COSA STAI DICENDO? LAVORO COME UN MATTO E I SOLDI NON BASTANO MAI! SEI TU CHE PENSI SOLO A DIVERTIRTI E A FARE LA BELLA VITA!
WAAAH!

SUTEHACHI? DOVE STAI ANDANDO? IO SONO MALATA E TU MI LASCI SOLA?

ANF ANF
ANF ANF
ANF ANF
ANF ANF
È ARRIVATA LA PRIMA-VERA!
LA PRIMA-VERA!

MA CHE GLI È PRESO?
SARÀ LA PRIMAVERA A METTERLO DI BUON UMORE.
LA PRIMAVERA! LA PRIMAVERA!

CAPITOLO 17

MISO CON FARFARACCI*

* *PETASITES JAPONICUS*: RABARBARO DI PALUDE I CUI GERMOGLI VENGONO USATI PER CONDIRE LA ZUPPA DI MISO; N.D.T.

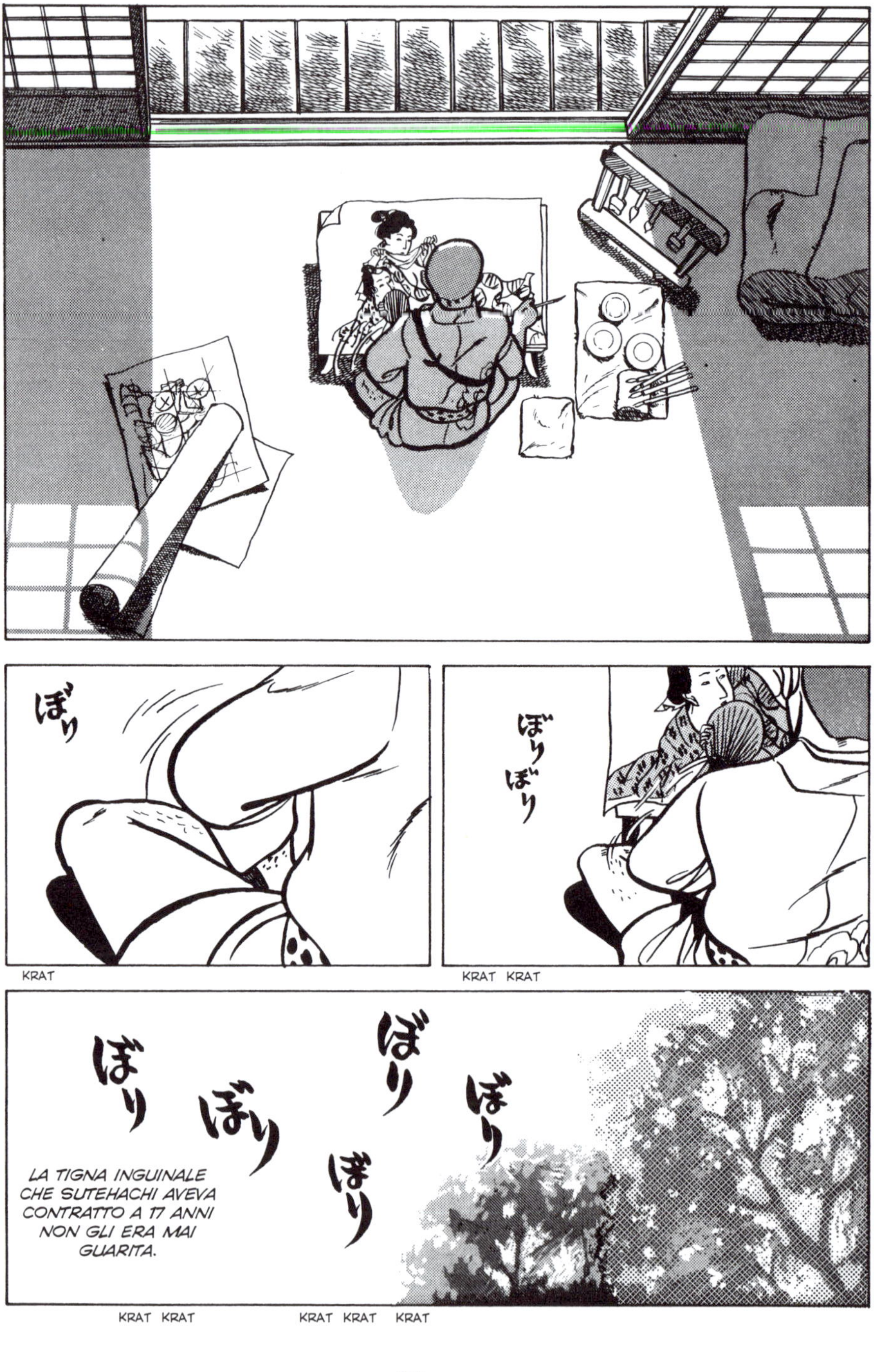
ぼり
KRAT
ぼり ぼり
KRAT KRAT
ぼり
ぼり
ぼり
ぼり
ぼり
LA TIGNA INGUINALE CHE SUTEHACHI AVEVA CONTRATTO A 17 ANNI NON GLI ERA MAI GUARITA.
KRAT KRAT
KRAT KRAT KRAT

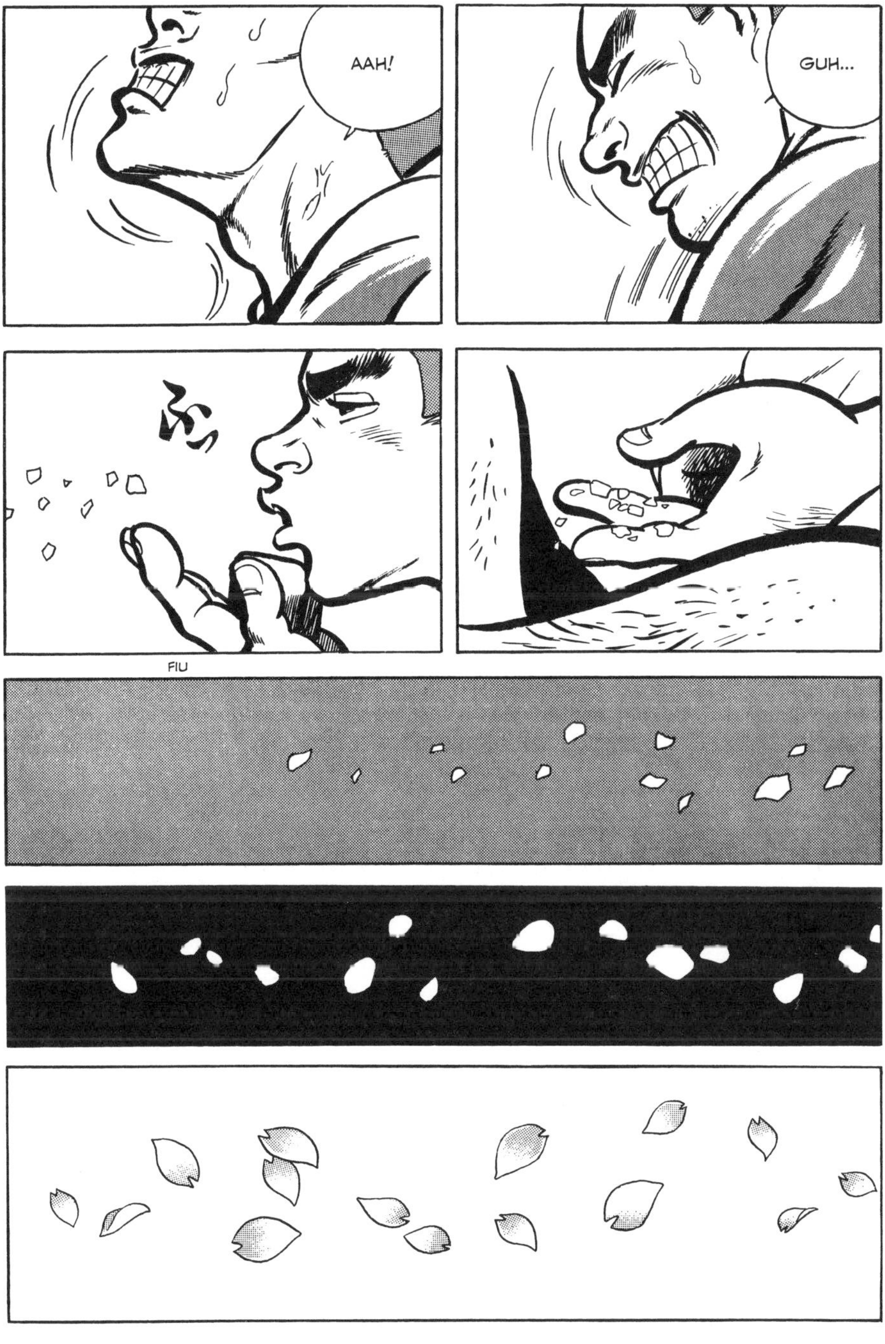
AAH!
GUH...
ふっ
FIU

IN PRIMAVERA C'ERA UN RICORDO CHE AFFIORAVA NELLA MENTE DI SUTEHACHI.

ERA IL SAPORE DEL MISO CON FARFARACCI CHE SUA MADRE PREPARAVA SPESSO.

SÌ, MADRE.
SUTEHACHI! TU CERCANE DA QUELLA PARTE. IO VADO DI QUA.
NON ANDARE TROPPO LONTANO E NON CORRERE COME FAI DI SOLITO!
FSHAAA
AH!

MADRE! NE HO TROVATO UNO! GUARDA-TE!
NON TI AVVICINARE. NON VENI-RE!
MA-DRE...
PSHAAA

MIA MADRE, PROVENIENTE DA UNA FAMIGLIA DI MERCANTI, CONOSCEVA BENE QUESTO TIPO DI PIETANZE. AD ESEMPIO, METTEVA IN SALAMOIA I PETALI DI CILIEGIO YAEZAKURA DEL GIARDINO O PREPARAVA PIATTI COME IL KINOME-AE USANDO GERMOGLI FRESCHI DI PEPE SANSHÔ. MOLTE DELLE SUE RICETTE PRIMAVERILI SONO PER ME INDIMENTICABILI.

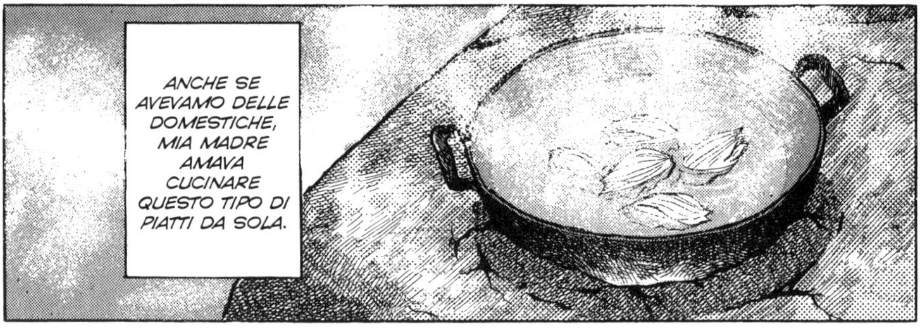
ANCHE SE AVEVAMO DELLE DOMESTICHE, MIA MADRE AMAVA CUCINARE QUESTO TIPO DI PIATTI DA SOLA.

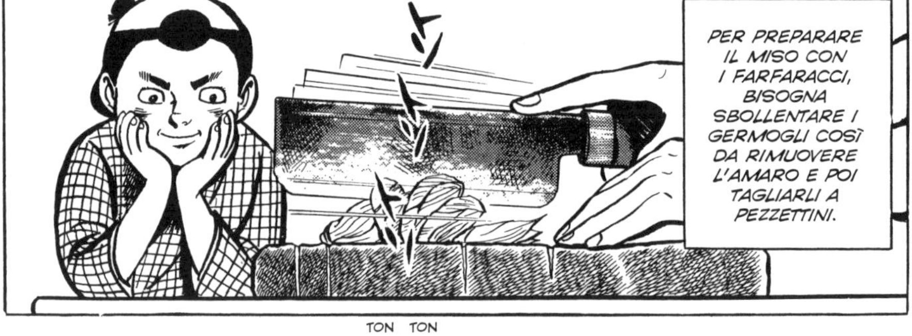
PER PREPARARE IL MISO CON I FARFARACCI, BISOGNA SBOLLENTARE I GERMOGLI COSÌ DA RIMUOVERE L'AMARO E POI TAGLIARLI A PEZZETTINI.
TON TON

* SORTA DI SAKE DOLCE PER CUCINARE; N.D.T.

* POESIA DI WĀNG WÉI (699-759), POETA E PITTORE CINESE; N.D.T.

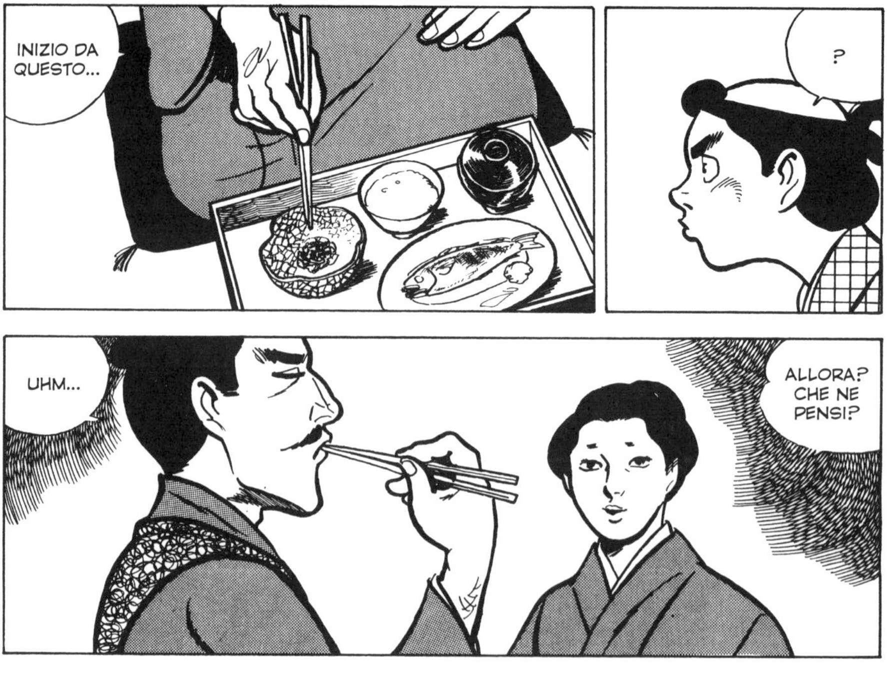

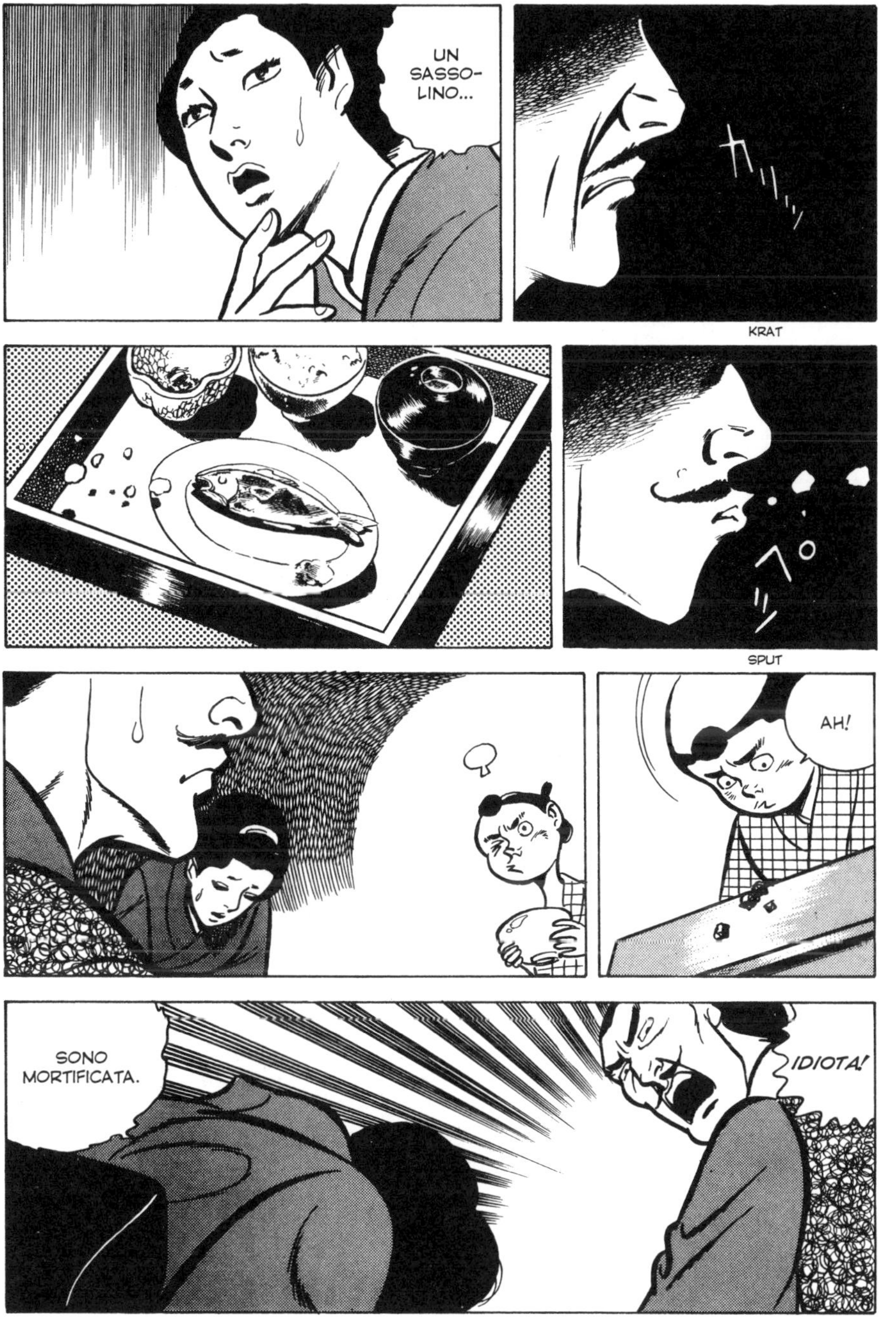
UN SASSO-LINO...
KRAT
SPUT
AH!
SONO MORTIFICATA.
IDIOTA!

È IMMANGIABILE!
AMORE MIO!
ERA UNA MADRE AMMIREVOLE. AVREI VOLUTO LODARLA APERTAMENTE.
TUTTAVIA, È STATO PROPRIO QUELLA NOTTE CHE HO COMPRESO PERCHÉ IL SAPORE DELLA ZUPPA DI MISO CON FARFARACCI FOSSE AMARO.

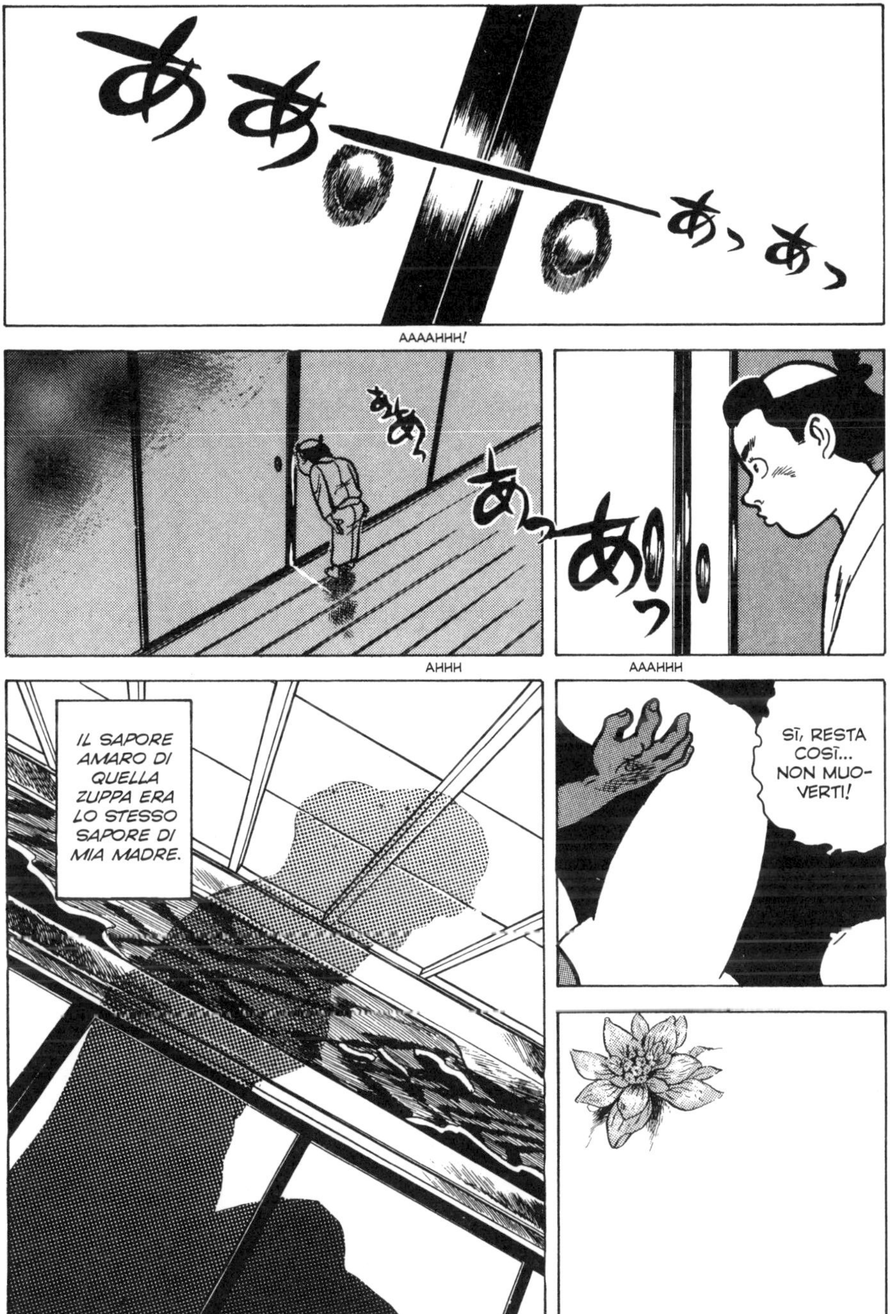

ああっ
あっあっ
AAAAHHH!
あっあっ
ああっ
AAAHHH
あっあっ
AHHH
SÌ, RESTA
COSÌ...
NON MUO-
VERTI!
IL SAPORE
AMARO DI
QUELLA
ZUPPA ERA
LO STESSO
SAPORE DI
MIA MADRE.

QUANTO ANCORA DOBBIAMO CAMMINARE? SONO ESAUSTA...

SMETTILA DI LAMENTARTI E SEGUIMI. TI INSEGNERÒ A CUCINARE UNA ZUPPA DI MISO CON FARFARACCI.

ECCONE UNO!
EHI, OSHICHI!
NON HO MAI DIMENTICATO IL TUO SAPORE! SEI CRESCIUTO NELLO STESSO POSTO DI VENT'ANNI FA! SEI TALE E QUALE!
O-OSHICHI...

AH!

CRACKLE
CRACKLE
CRACKLE

FSHAAA

FSHAA
EH EH! MA COSA STO COMBI-NANDO?
STO FORSE CERCANDO L'OMBRA DI MIA MADRE IN QUESTA DONNA?
PERÒ... QUESTA SCENA POTREBBE DIVENTARE UN MIO DISEGNO...

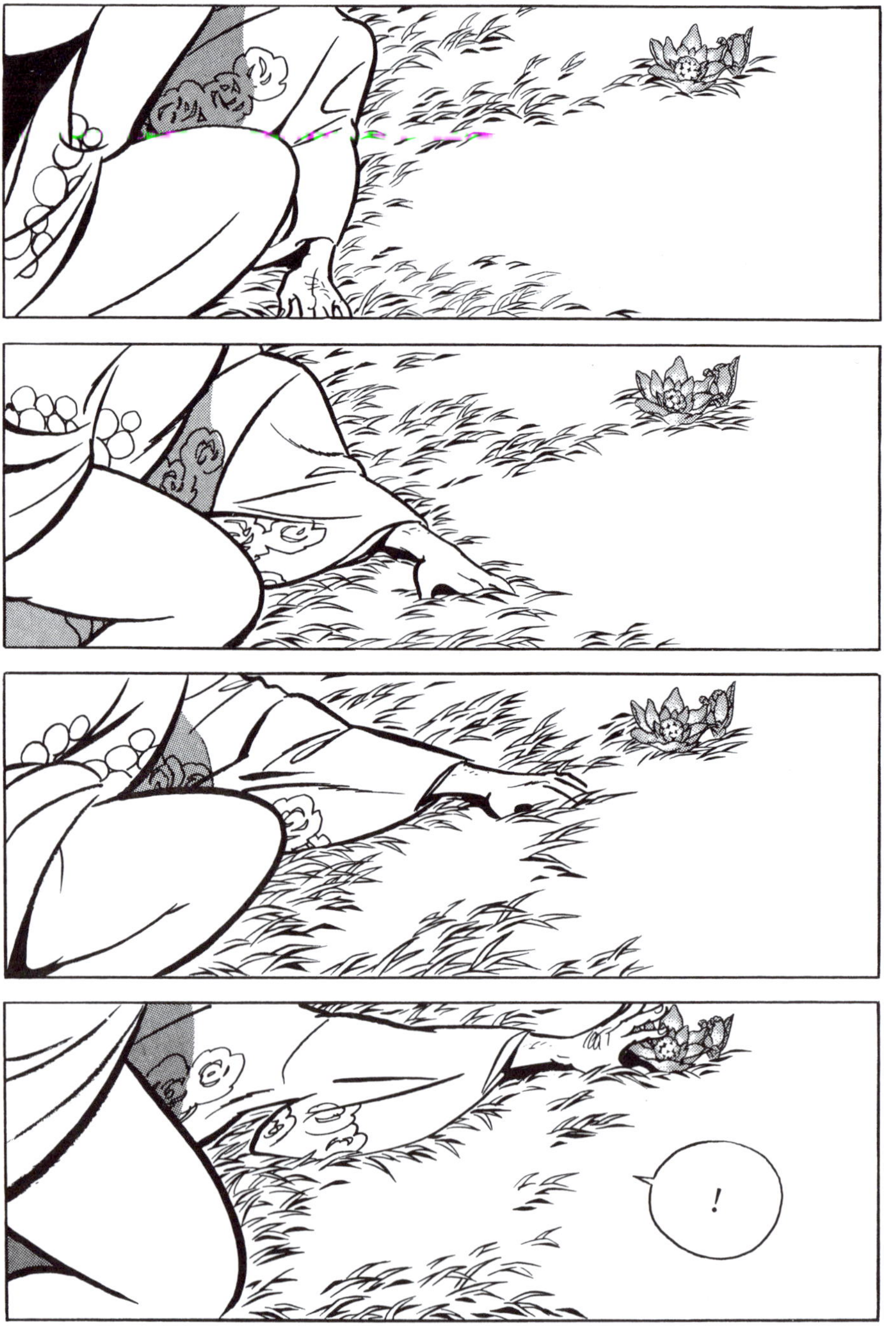

ぐっ
GRAB

CAPITOLO 18
L'URLO DEL DEMONE

CRACKLE
CRACKLE
CRACKLE
CRACKLE

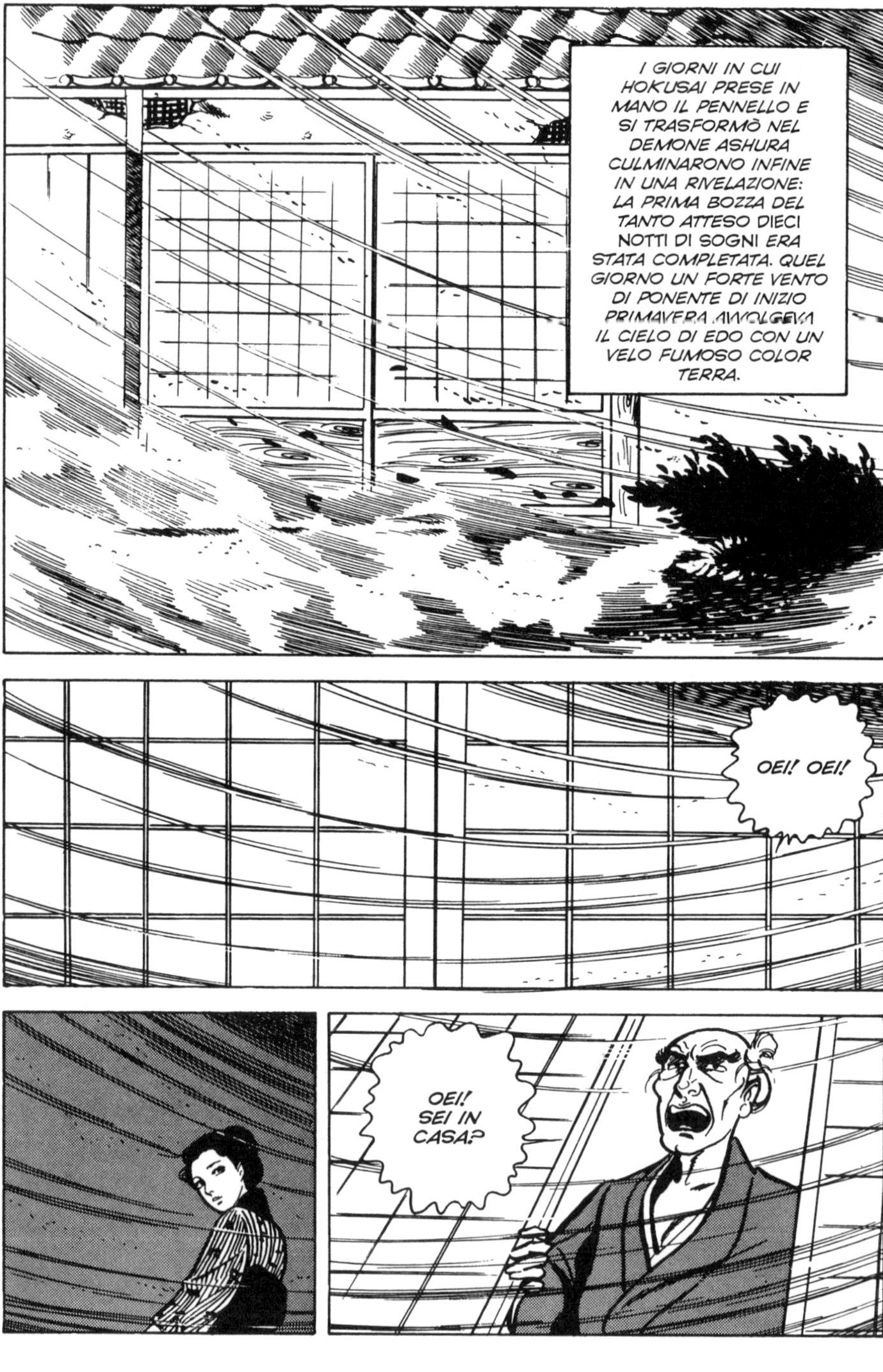
I GIORNI IN CUI HOKUSAI PRESE IN MANO IL PENNELLO E SI TRASFORMÒ NEL DEMONE ASHURA CULMINARONO INFINE IN UNA RIVELAZIONE: LA PRIMA BOZZA DEL TANTO ATTESO DIECI NOTTI DI SOGNI ERA STATA COMPLETATA. QUEL GIORNO UN FORTE VENTO DI PONENTE DI INIZIO PRIMAVERA AVVOLGEVA IL CIELO DI EDO CON UN VELO FUMOSO COLOR TERRA.
OEI! OEI!
OEI! SEI IN CASA?

VA' A CONSEGNARLO! DI CORSA!
PADRE! QUESTO È...
LE MIE CONGRATULAZIONI, PADRE!
CE L'AVETE FATTA! FINALMENTE CE L'AVETE FATTA!

CERTO, AVETE RAGIONE... PER GIORNI NON AVETE NÉ MANGIATO NÉ BEVUTO... AVETE DORMITO POCHISSIMO... ERO COSÌ IN ANSIA PER VOI...
FRENA L'ENTUSIASMO! IL LAVORO È APPENA INIZIATO.
SÌ!
BASTA CON TUTTE QUESTE CHIACCHIERE! SBRIGATI, PIUTTOSTO!

LE STAMPE UKIYO-E VENGONO REALIZZATE ATTRAVERSO UN PROCESSO ESTREMAMENTE COMPLESSO. IL DISEGNO ORIGINALE, CHE L'ARTISTA CONSEGNA AL SUO HANMOTO, È COMPOSTO ESCLUSIVAMENTE DA LINEE TRACCIATE CON INCHIOSTRO NERO, SENZA ALCUNA COLORAZIONE.

QUESTO DISEGNO ORIGINALE VIENE PASSATO DALLO HANMOTO ALL'INCISORE. IL LEGNO UTILIZZATO PER CREARE LE MATRICI DEVE ESSERE UNA TAVOLA A GRANA DRITTA RICAVATA DA UN GRANDE ALBERO DI CILIEGIO DI MONTAGNA.

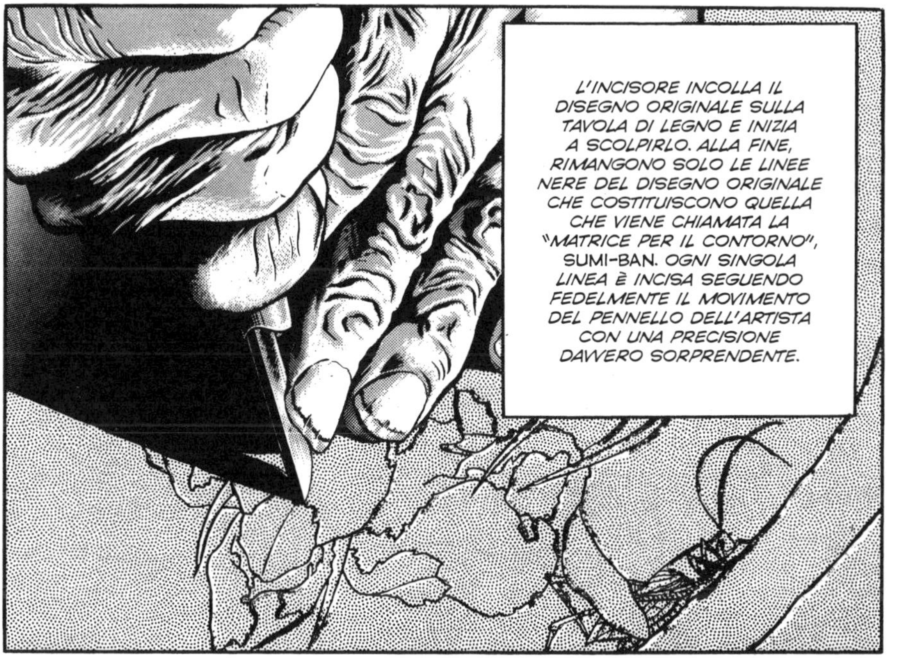
L'INCISORE INCOLLA IL DISEGNO ORIGINALE SULLA TAVOLA DI LEGNO E INIZIA A SCOLPIRLO. ALLA FINE, RIMANGONO SOLO LE LINEE NERE DEL DISEGNO ORIGINALE CHE COSTITUISCONO QUELLA CHE VIENE CHIAMATA LA "MATRICE PER IL CONTORNO", SUMI-BAN. OGNI SINGOLA LINEA È INCISA SEGUENDO FEDELMENTE IL MOVIMENTO DEL PENNELLO DELL'ARTISTA CON UNA PRECISIONE DAVVERO SORPRENDENTE.

"DOVETE SAPERE CHE LA PARTE PIÙ DIFFICILE È IL VOLTO. SOPRATTUTTO QUANDO INCIDO GLI OCCHI, TRATTENGO IL RESPIRO. OGNI COSA, LA VITA O LA MORTE DEL DISEGNO, DIPENDE DA QUEL SINGOLO ISTANTE". (ÔKURA HANBEI, INCISORE).
GLI INCISORI RIPRODUCONO FEDELMENTE LE LINEE PIÙ SOTTILI, ANCHE QUELLE LARGHE APPENA FRAZIONI DI MILLIMETRO, PRESENTI NEL DISEGNO ORIGINALE.

UNA VOLTA COMPLETATA LA MATRICE IN LEGNO, QUESTA VIENE CONSEGNATA ALLO STAMPATORE CHE REALIZZA DIVERSE STAMPE INIZIALI USANDO SOLO LA MATRICE PER IL CONTORNO.
L'ARTISTA, BASANDOSI SULLA PROPRIA VISIONE, AGGIUNGE I COLORI A QUESTE STAMPE. OGNI COLORE VIENE APPLICATO SEPARATAMENTE SU STAMPE DIVERSE, CREANDO COSÌ UNA GUIDA DETTAGLIATA PER IL SUCCESSIVO PROCESSO DI INCISIONE E STAMPA.

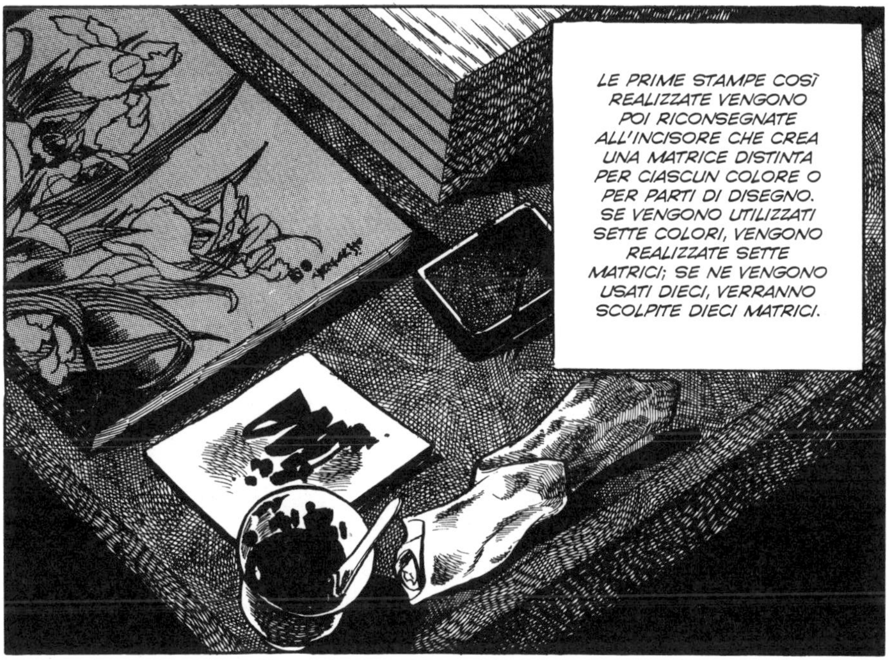

* STRUMENTO PER PRESSARE LA CARTA; N.D.T.

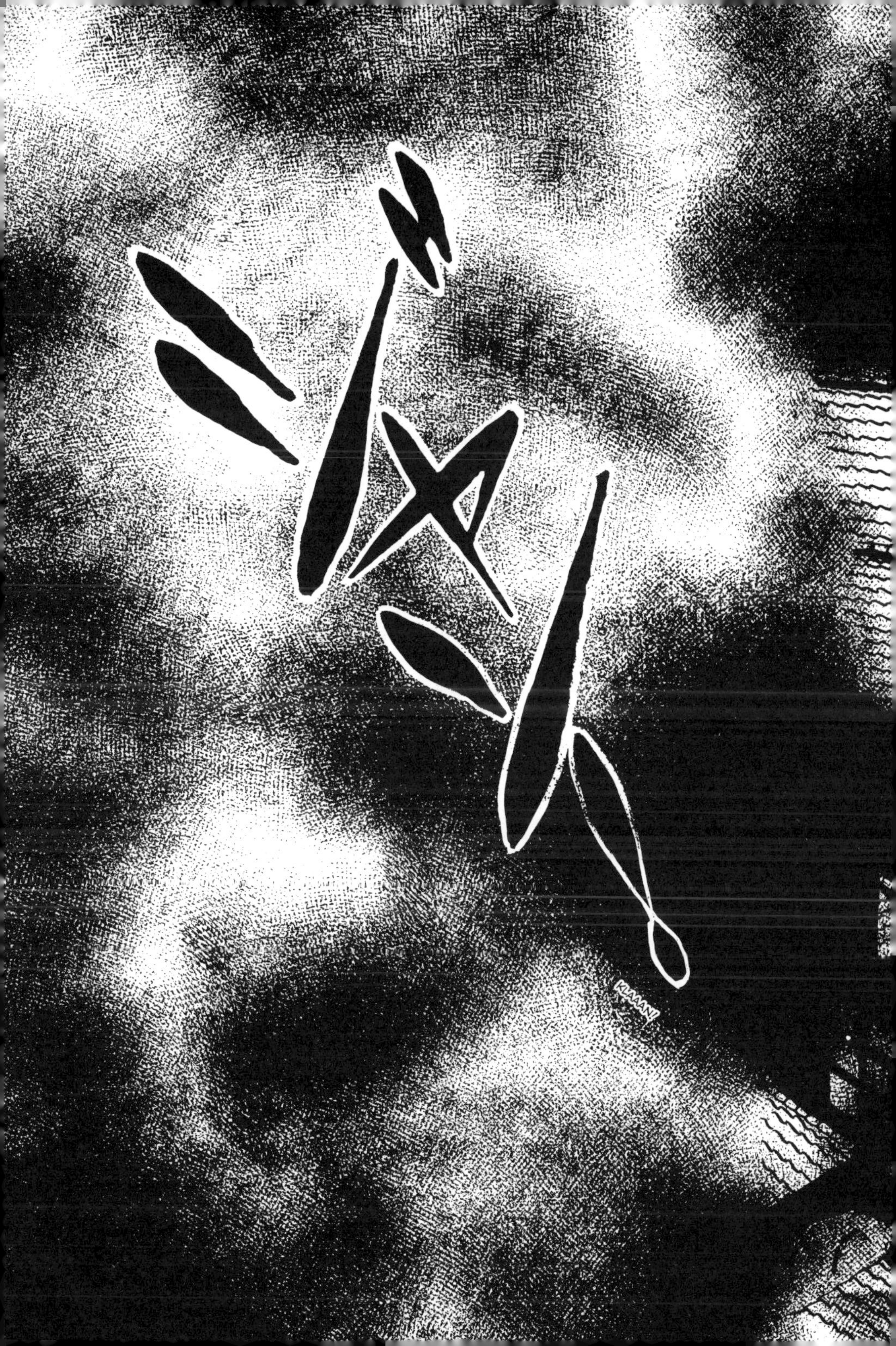
ジャン
KLAAAN!

OSHICHI, DOVE STAI ANDANDO?
LEVATI DI TORNO! SEI D'INTRALCIO!
SEI TU A ESSERE D'INTRAL-CIO!
CHIUDI QUELLA BOCCA!

SEM-BRANO FUOCHI D'ARTIFI-CIO!
CHE FIAMME SPETTACO-LARI!
UN VENTO DI PONENTE PERFETTO PER L'OCCASIONE!
GUARDA UN PO' CHE BELLE FIAMME!

STA BRUCIANDO KOBAMACHI... È LA ZONA IN CUI ABITA L'INCISORE YASHICHIRÔ!
TAP
MA...
DOVE MI STAI POR-TANDO?

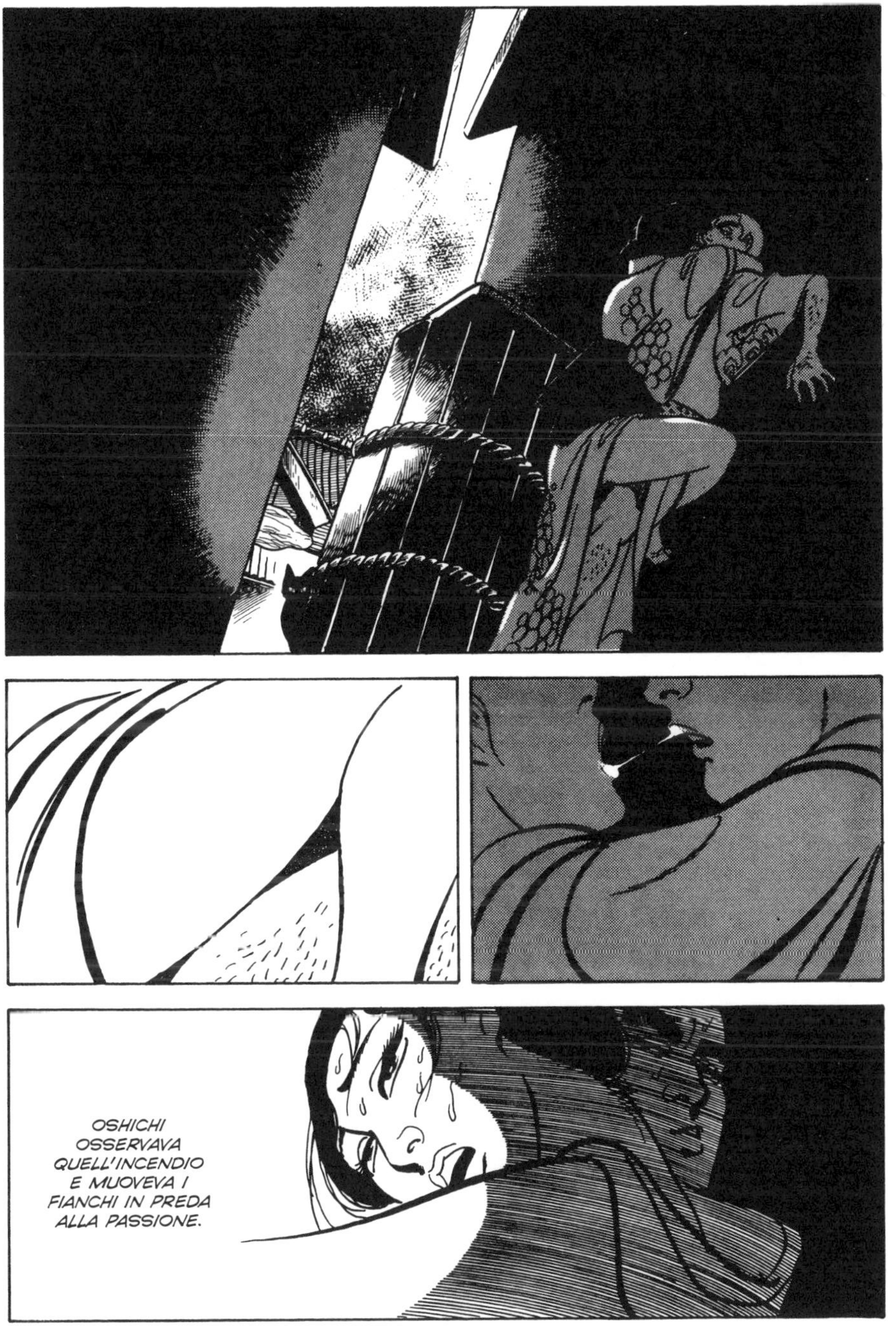
OSHICHI
OSSERVAVA
QUELL'INCENDIO
E MUOVEVA I
FIANCHI IN PREDA
ALLA PASSIONE.

CRACKLE CRACKLE
彫師
弥七郎
CRACKLE CRACKLE
▲ INCISORE. YASHICHIRÔ.

CRACKLE CRACKLE ▲ HOKUSAI.

KRRRT
SHUT

A CAUSA DI QUELL'EVENTO, L'OPERA DIECI NOTTI DI SOGNI DI HOKUSAI NON È GIUNTA FINO A NOI.

CAPITOLO 19

VENTO DI PRIMAVERA: UNA SCENA INFERNALE

PRIMA PARTE

3 APRILE DEL QUINTO ANNO DELL'ERA TENPÔ (1834).
LA NOTTE.
UN INCENDIO DIVAMPÒ PRESSO IL NEGOZIO DI ARTICOLI VARI DI ZENBEI, NEL QUARTIERE SAKURAMACHI A KANDA. L'ANZIANA MADRE DI ZENBEI, OITO, MORÌ TRA LE FIAMME E CI FURONO NUMEROSI FERITI. L'INCENDIO DISTRUSSE UNA VENTINA DI EDIFICI E SI SPENSE ALL'ORA DELLA TIGRE*. NELLO STESSO MOMENTO, UN ALTRO INCENDIO SCOPPIÒ PRESSO IL TEMPIO EN'ÔJI DI ASAKUSA, DISTRUGGENDO L'OSTELLO E LA SALA DEL TEMPIO. L'INCENDIO VENNE SPENTO ALL'ORA DEL CONIGLIO**. CI FURONO ANCHE ALTRI NUMEROSI E PICCOLI INCENDI.
AL MATTINO. UN INCENDIO SCOPPIÒ NELLA RESIDENZA DI GOTÔ SHÔZABURÔ, UN UFFICIALE DI HACCHÔBORI. UN ALTRO INCENDIO SI VERIFICÒ NELLA RESIDENZA DI AOYAMA SHICHIRÔEMON A KÔJIMACHI. ALTRI ROGHI SI ACCESERO PRESSO LA DIMORA DI KISUKE, A BAKUROCHÔ, NIHONBASHI. ULTERIORI INCENDI SOSPETTI FURONO SEGNALATI A TOMIZAWACHÔ A NIHONBASHI E A KASUGACHÔ A KOISHIKAWA.
* TRA LE TRE E LE CINQUE DEL MATTINO; N.D.T.
** TRA LE CINQUE E LE SETTE DEL MATTINO; N.D.T.

A MEZZOGIORNO. IL VENTO FORTE SI INTENSIFICAVA SEMPRE PIÙ, ALIMENTANDO LE FIAMME. ERA COME SE SI VERSASSE OLIO SUL FUOCO. INOLTRE, ESSENDO MEZZOGIORNO – IL MOMENTO DELLA GIORNATA IN CUI SI CUCINAVA E SI UTILIZZAVA IL FUOCO CON MAGGIORE FREQUENZA – I SUONI DELLE CAMPANE DI ALLARME RISUONAVANO OVUNQUE, CONFONDENDOSI L'UNO CON L'ALTRO. NON C'ERA UN ATTIMO DI TREGUA.

BRUCIO!
VADO A
FUOCO!

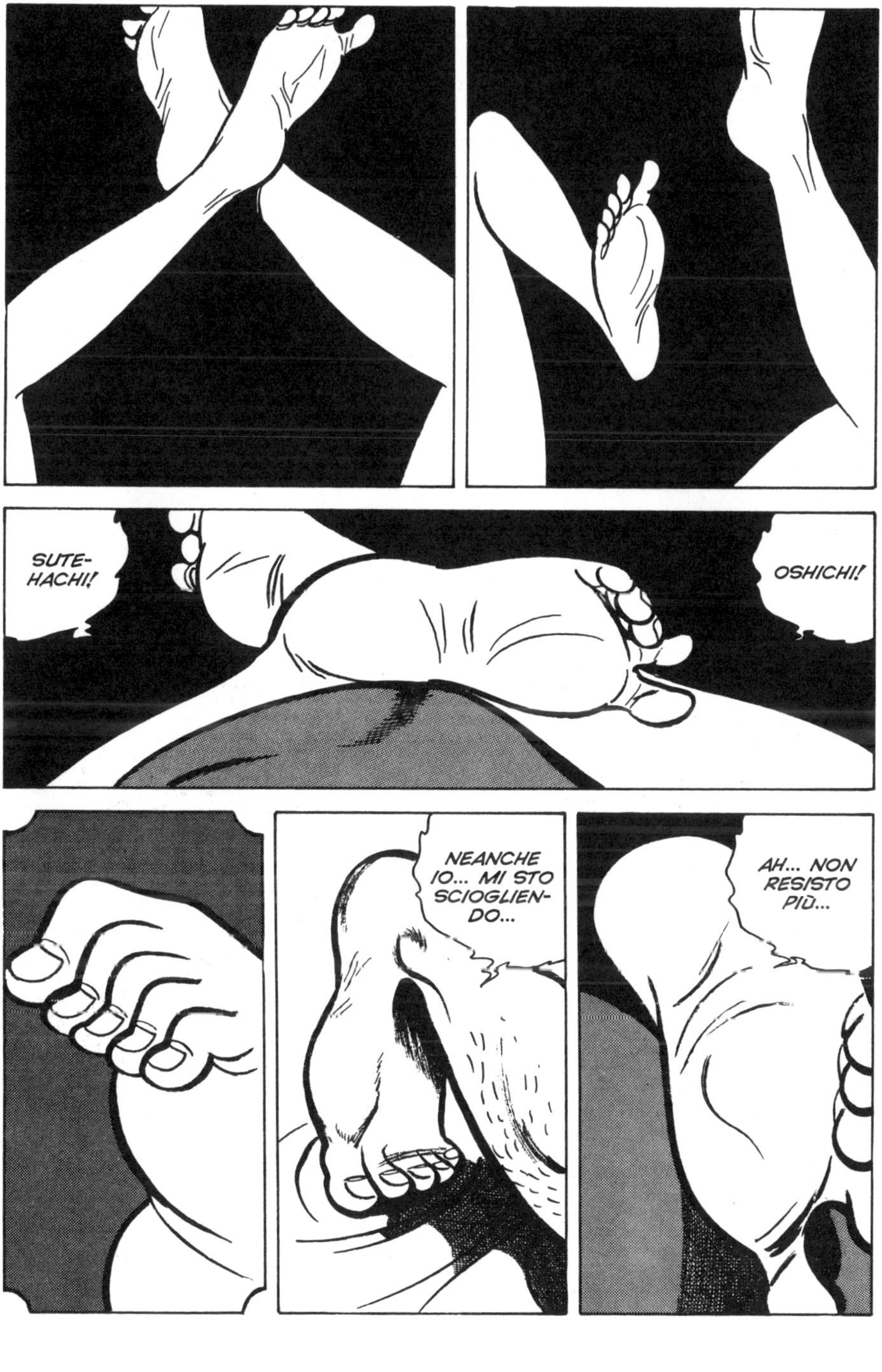
SUTE-HACHI!
OSHICHI!
NEANCHE IO... MI STO SCIOGLIEN-DO...
AH... NON RESISTO PIÙ...

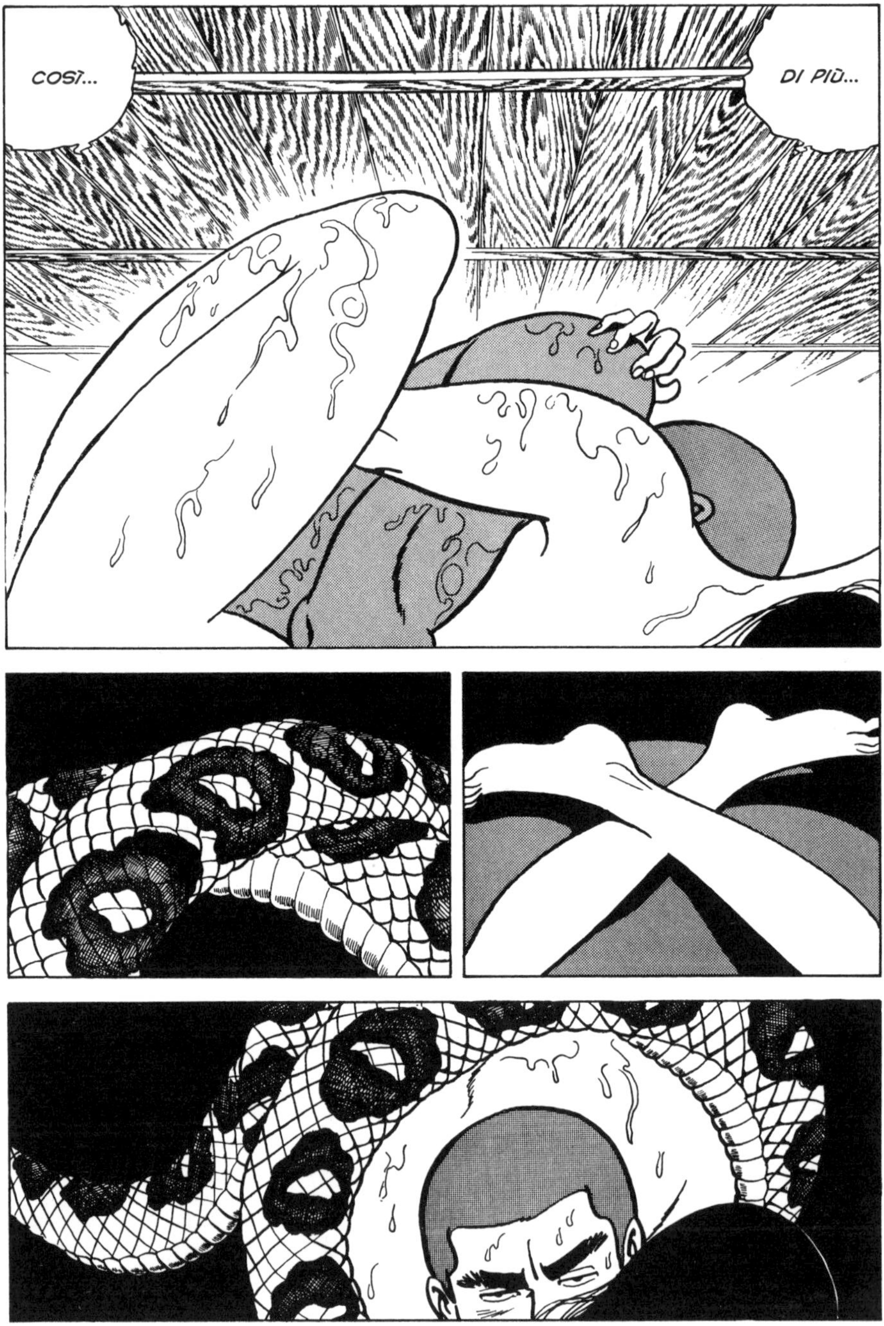
COSÌ...
DI PIÙ...

!
IO...
VENGO...

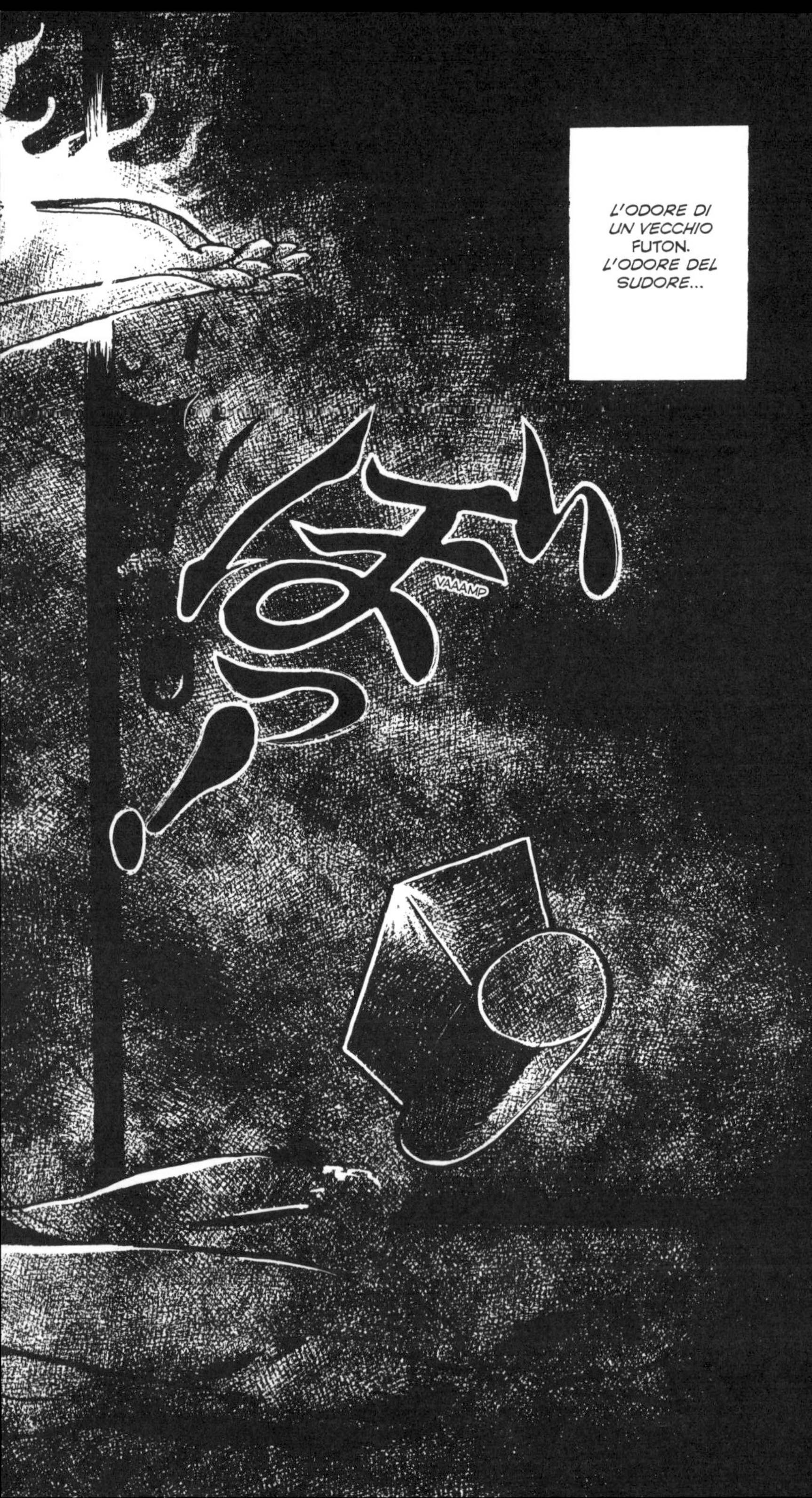
L'ODORE DI UN VECCHIO FUTON. L'ODORE DEL SUDORE...
VAAAMP

L'ODORE DEI LORO LIQUIDI. L'ODORE DELLA DECADENZA.

* FAGIOLI DI SOIA FERMENTATI; N.D.T.

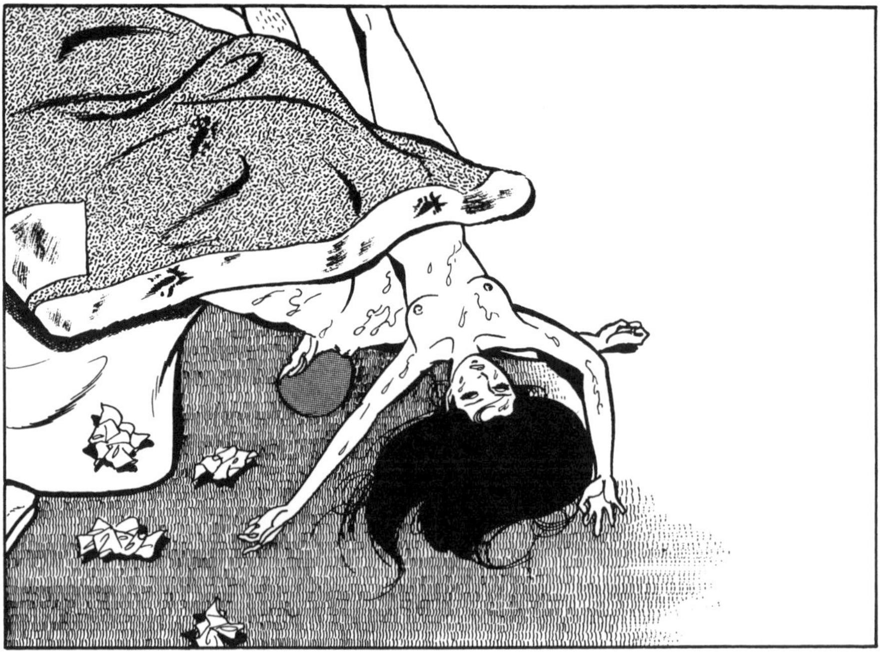

ADESSO LASCIA FARE A ME...
SÌ...
È STATO BELLISSIMO.
AHI!

SCUSA...
CHE MERAVIGLIA! È COSÌ VIGOROSO...
EH, SÌ...

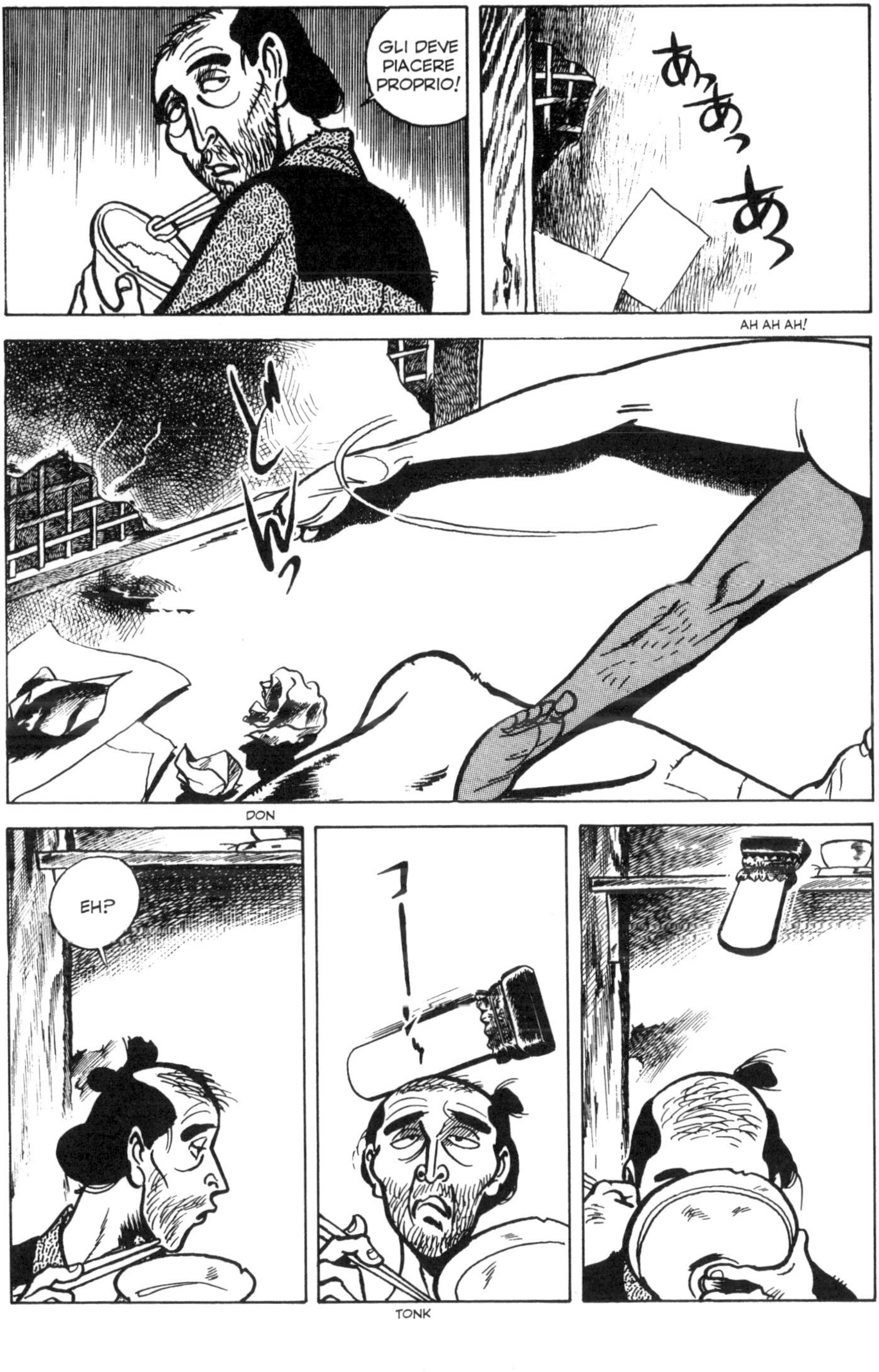
GLI DEVE PIACERE PROPRIO!
あっあっ あっ
AH AH AH!
DON
EH?
TONK

CHE ORE SARANNO?
NON SAPREI.
PRIMA MI È PARSO DI SENTIRE LA VOCE DEL VENDITORE DI *NATTÔ*...
NE È PASSATO DI TEMPO DA ALLORA... ADESSO, COME MINIMO, SARANNO LE SETTE DEL MATTINO.
ECCO PERCHÉ AVEVO FAME...
MANGIAMO?
VADO A PRENDERE QUALCOSA.

AH!
OSHICHI...

DOVE DIAVOLO SEI STATO FINORA? TE NE TORNI A CASA AL MATTINO! ORMAI È QUASI MEZZOGIORNO!
TUMP TUMP TUMP TUMP
ADESSO CHE SEI SENZA SOLDI, COSA PENSI DI FARE? UN ARTIGIANO CHE SI COMPORTA COSÌ NON RIUSCIRÀ MAI A METTERE IL CIBO IN TAVOLA!
MA COSA VUOI?

ORE 11.
CI SONO RIMASTE SOLTANTO QUESTE. POSSONO BASTARE?
NON ABBIAMO RISO?
BISOGNEREBBE ANDARE A COMPRARLO...
MA NON ABBIAMO SOLDI...
COME NON DETTO. MANGEREMO SOLO LE CAROTE.
COME LE PREPARIAMO? BOLLITE? O LE FACCIAMO IN PADELLA?
NON HO VOGLIA DI METTERMI A CUCINARE...
VA BENE...
VORRÀ DIRE CHE LE MANGEREMO SOLTANTO CON UN PO' DI SALE.
KRAK

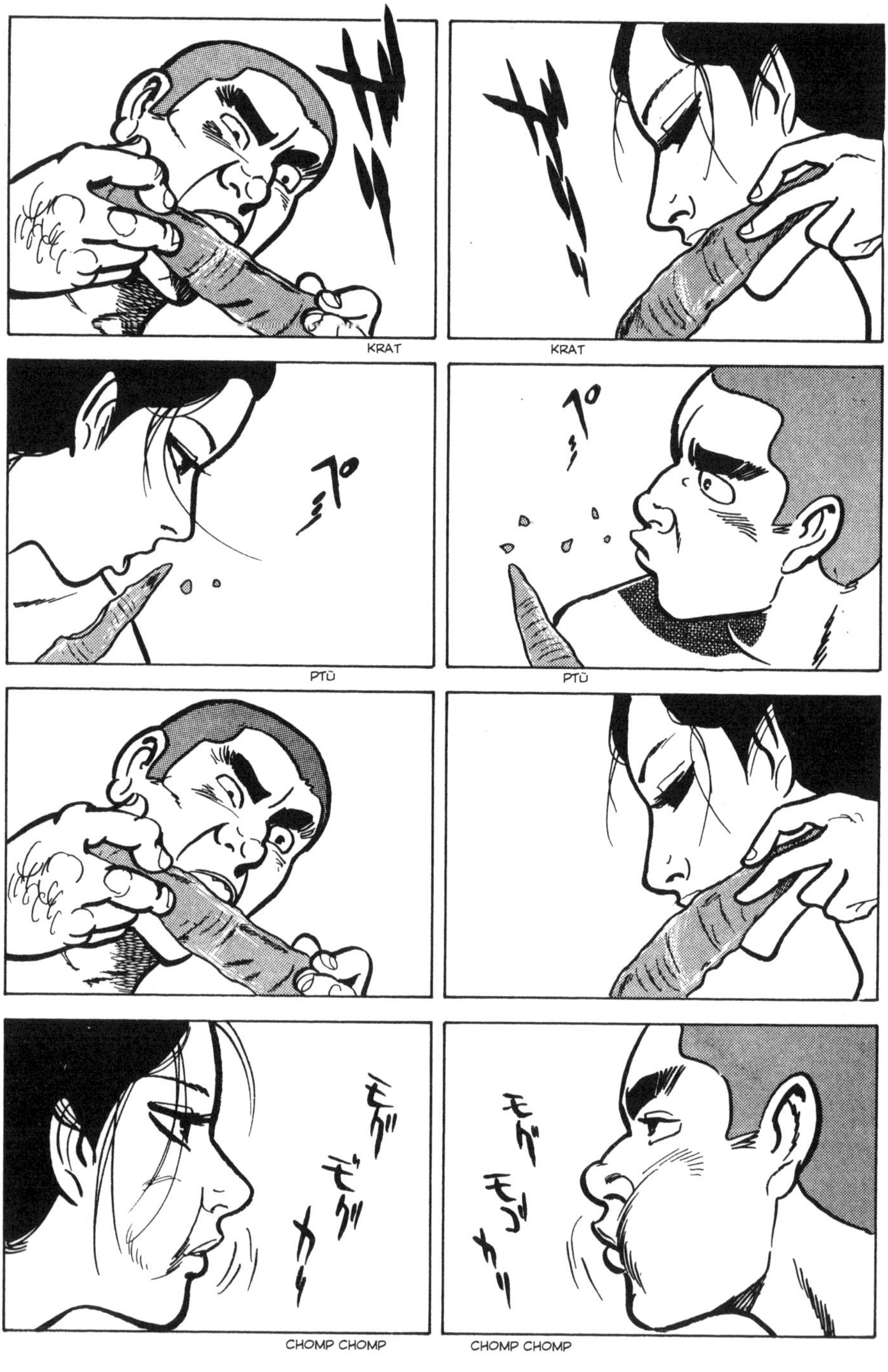
KRAT
KRAT
PTÙ
PTÙ
CHOMP CHOMP
CHOMP CHOMP

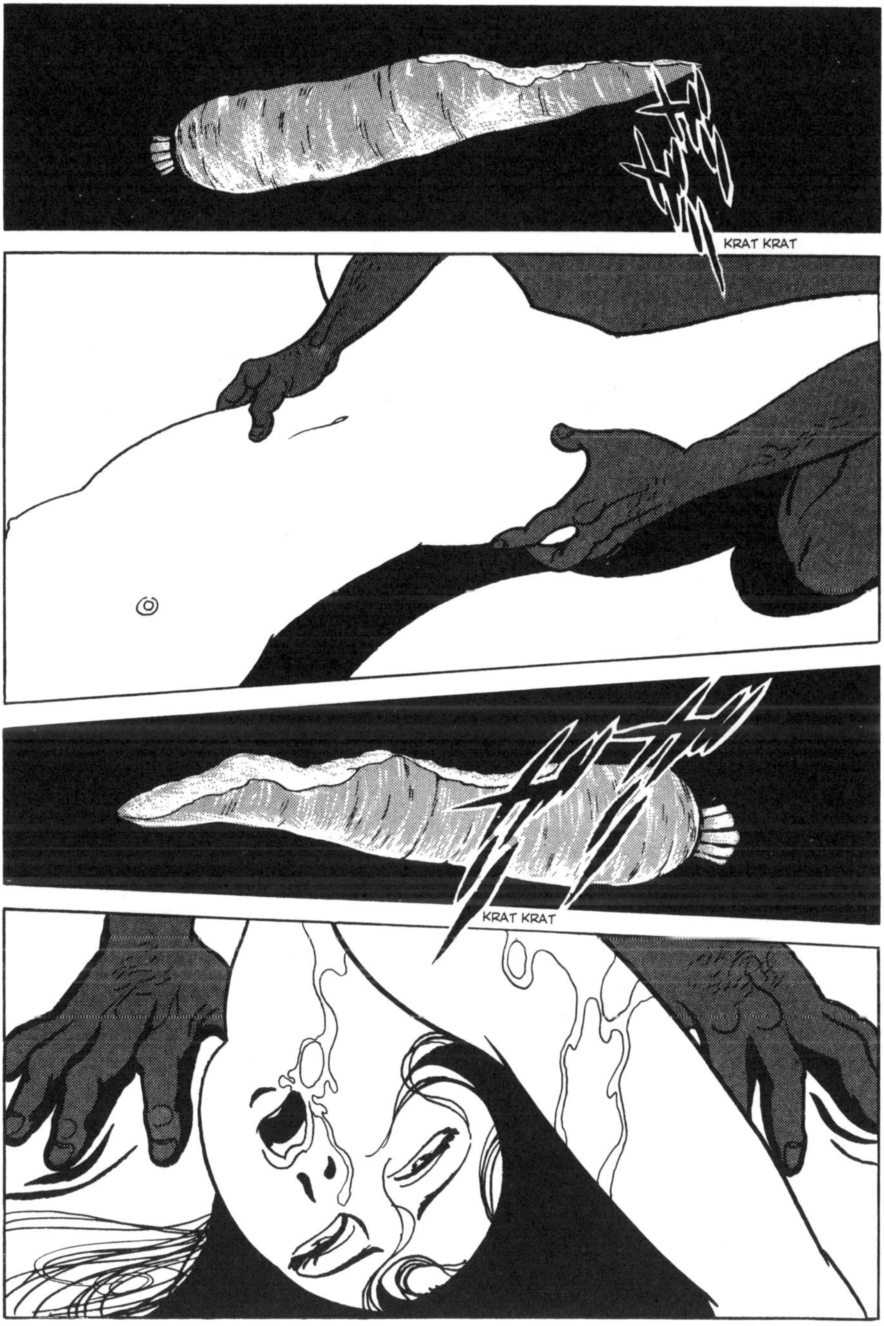
KRAT KRAT
KRAT KRAT

KRAT KRAT
QUANTE VOLTE L'ABBIAMO FATTO? È DA IERI CHE FACCIAMO L'AMORE...
KRAT KRAT
QUATTRO VOLTE... NO, CINQUE...

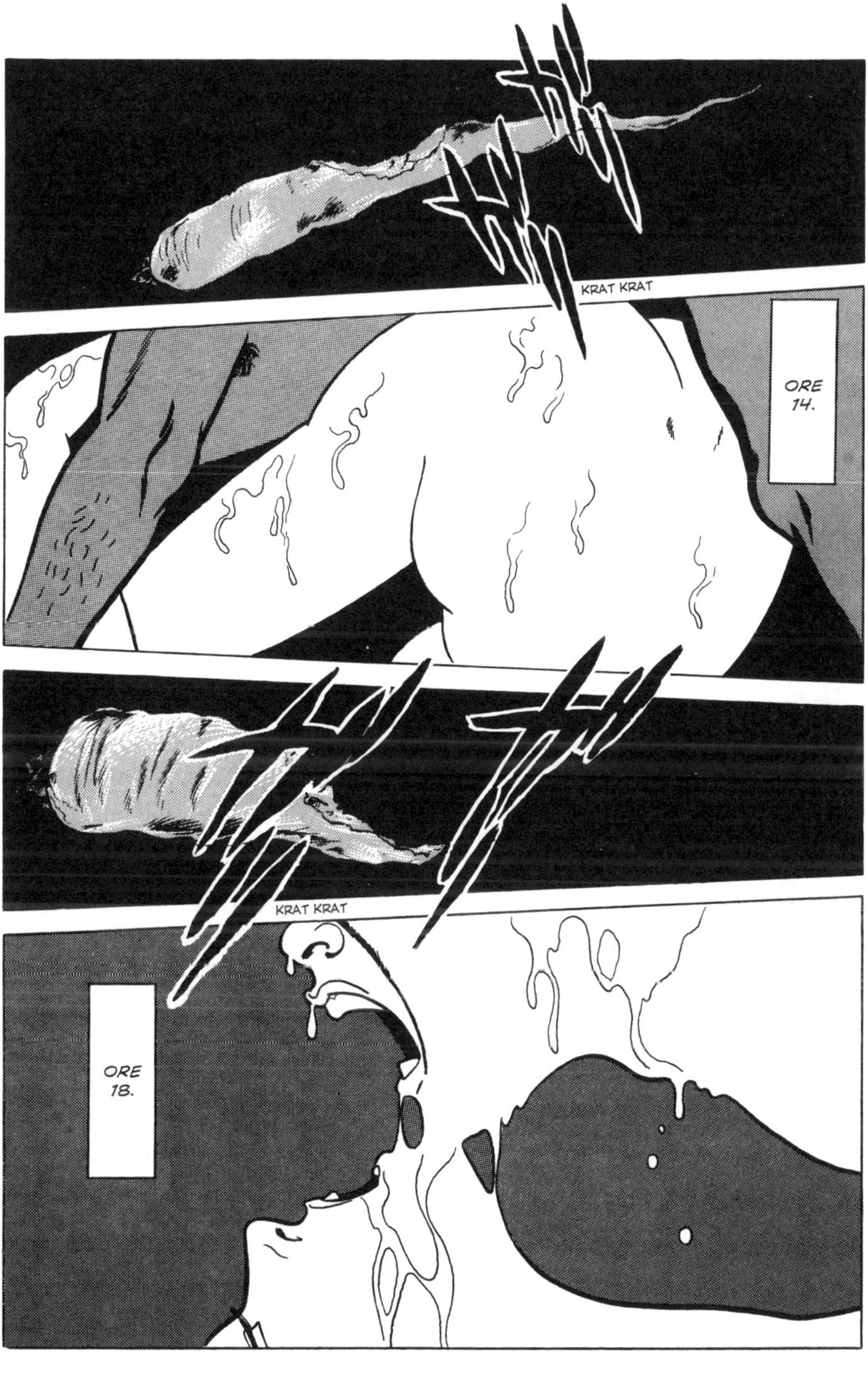
KRAT KRAT
ORE 14.
KRAT KRAT
ORE 18.

KRAT KRAT
KRAT KRAT

ORE 21.
KRAT KRAT

CAPITOLO 19

VENTO DI PRIMAVERA: UNA SCENA INFERNALE

SECONDA PARTE

SUTE-
HACHI...

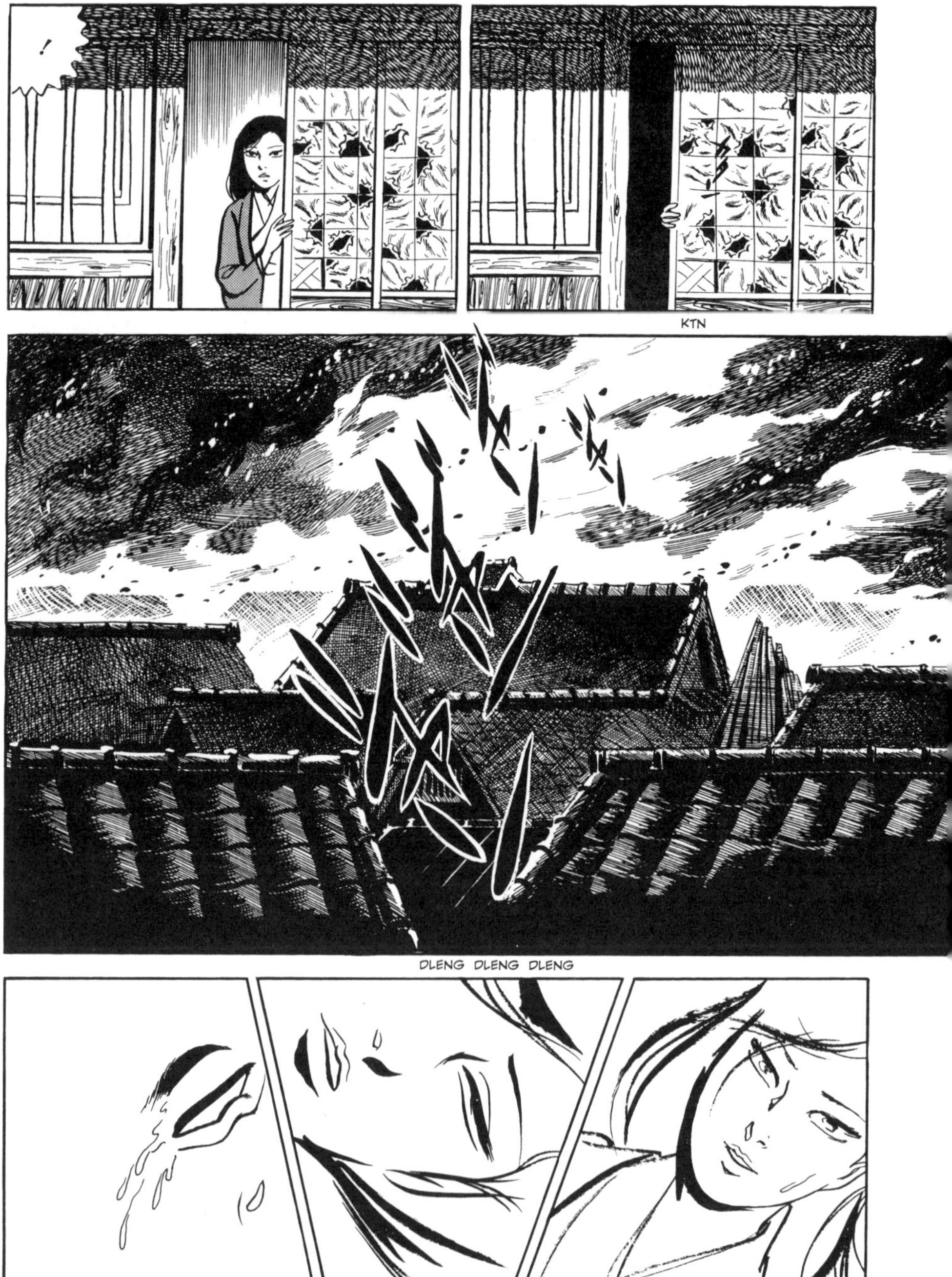
!
KTN
DLENG DLENG DLENG

TAP TAP TAP
OSHICHI...

...!
VIENI CON ME...

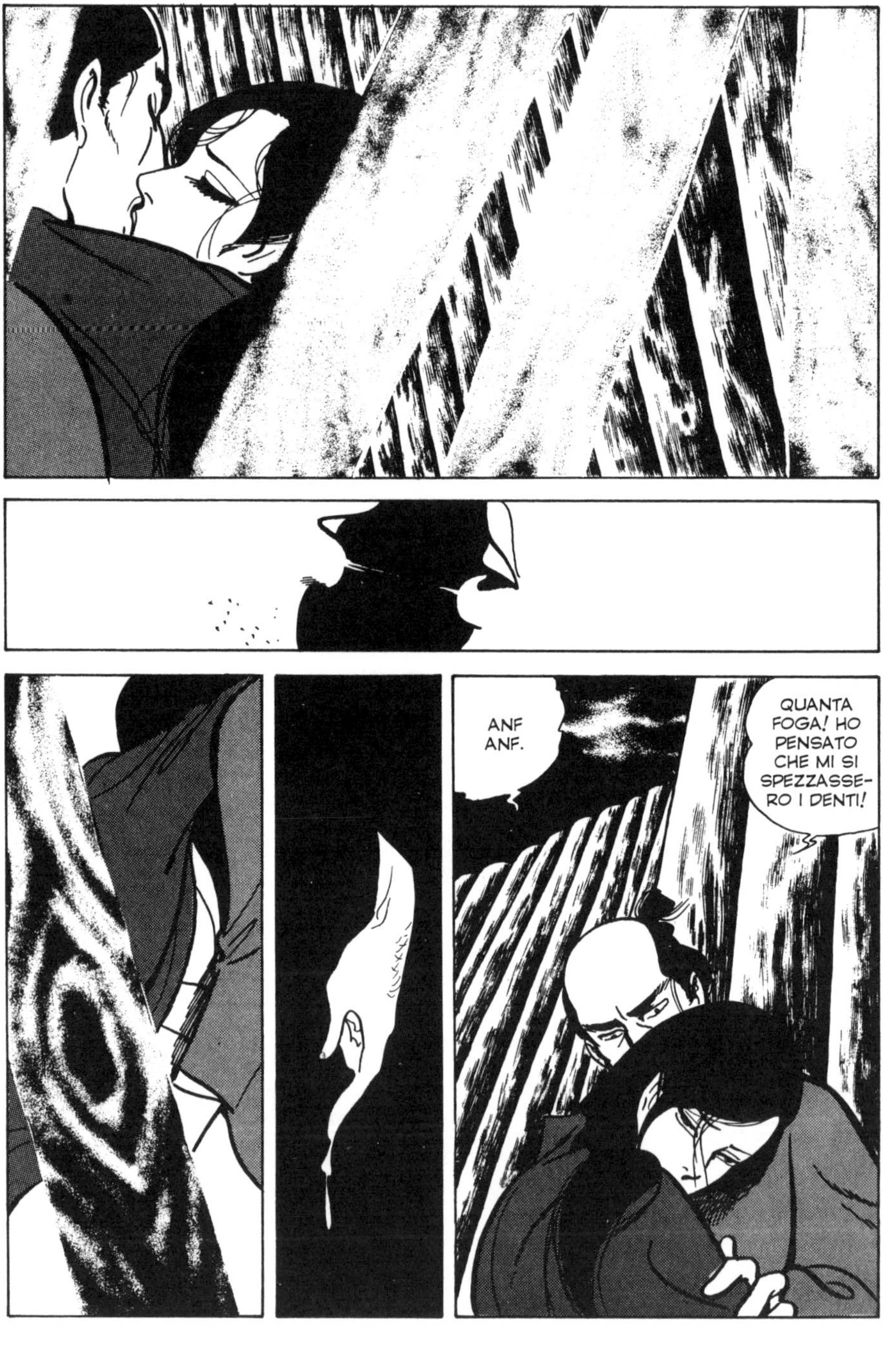
QUANTA FOGA! HO PENSATO CHE MI SI SPEZZASSE-RO I DENTI!
ANF ANF.

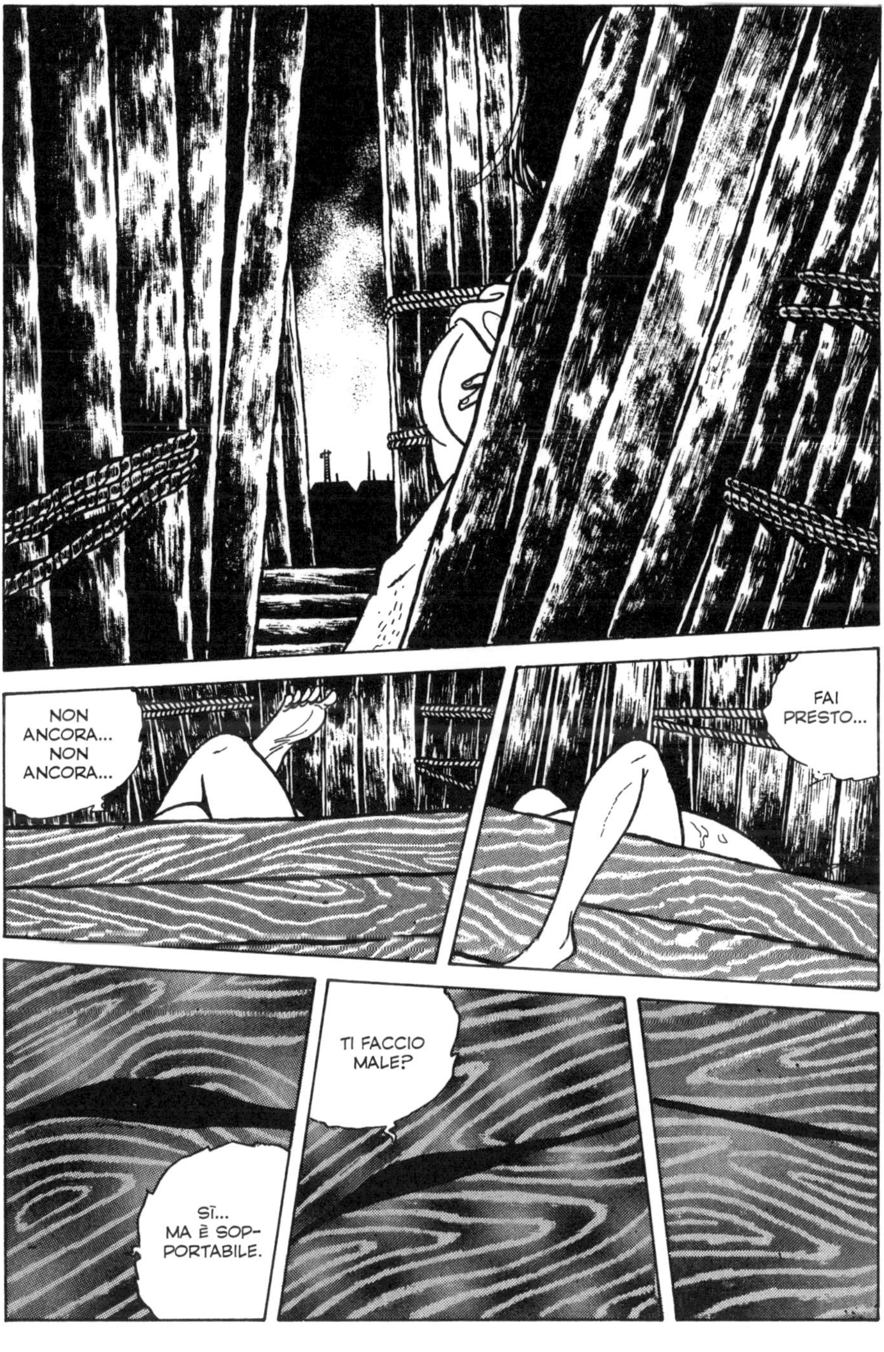
NON ANCORA... NON ANCORA...
FAI PRESTO...
TI FACCIO MALE?
SÌ... MA È SOPPORTABILE.

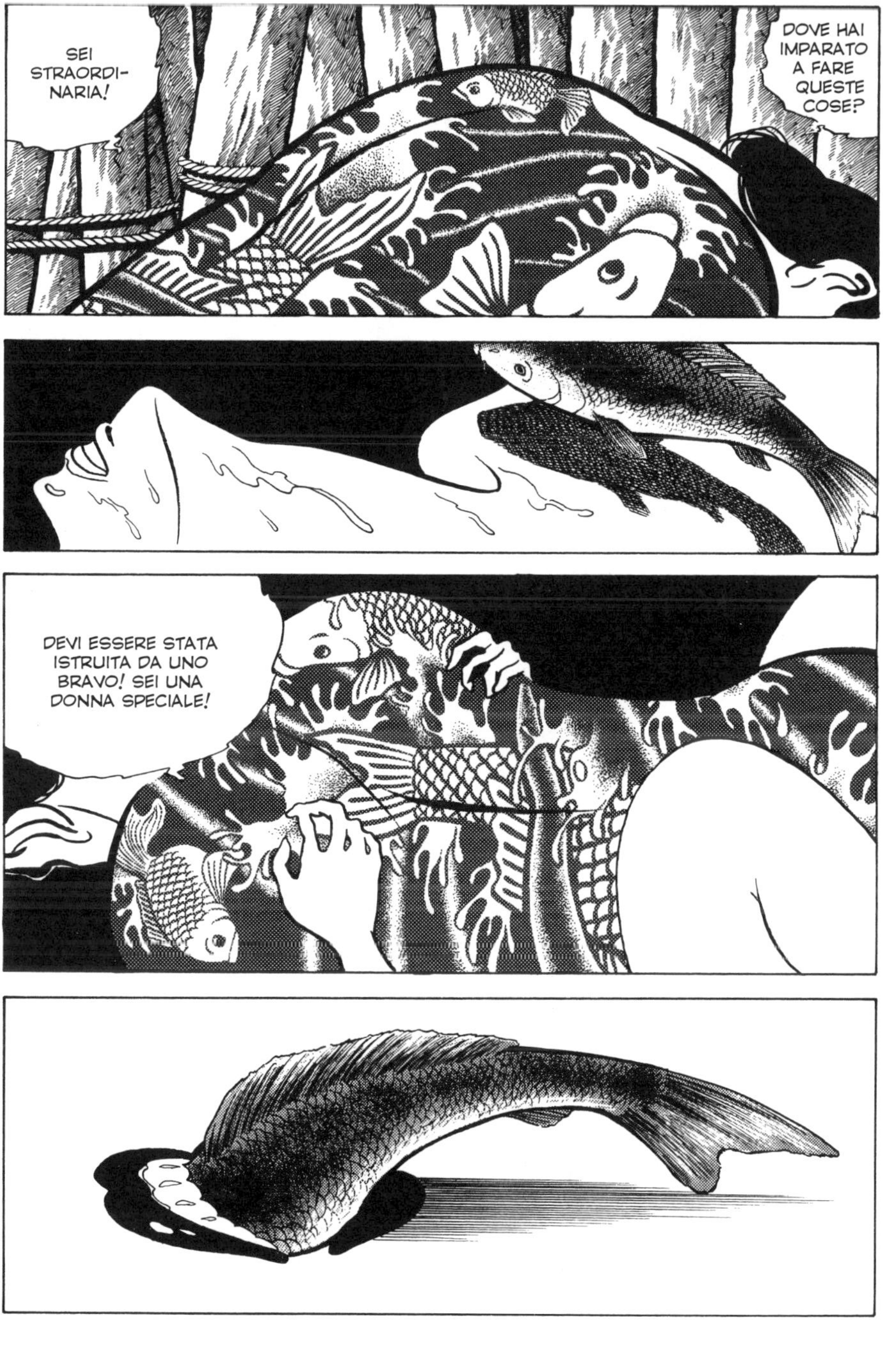
SEI STRAORDINARIA!
DOVE HAI IMPARATO A FARE QUESTE COSE?
DEVI ESSERE STATA ISTRUITA DA UNO BRAVO! SEI UNA DONNA SPECIALE!

PARE CHE L'INCENDIO DELL'ALTRO GIORNO SIA STATO DOLOSO.
EH...
...
IL COLPEVOLE DOVREBBE ESSERE UN FALEGNAME CHE VIVE A SHIMOTANI. QUELLA SERA HA LITIGATO CON IL SUO MAESTRO E PER RIPICCA HA APPICCATO IL FUOCO ALLA SUA CASA...

SI DICE CHE SIA UN ABILE ARTIGIANO. AVEVA INTENZIONE DI SPOSARE LA FIGLIA DEL SUO MAESTRO... POI IL MAESTRO HA IMPROVVISAMENTE CAMBIATO IDEA. PARE CHE LA FIGLIA AVESSE GIÀ UN ALTRO PRETENDENTE. QUANDO L'ARTIGIANO L'HA SCOPERTO, È ANDATO SU TUTTE LE FURIE.
UHM...
CAPISCO.
UHM...
IL MAESTRO HA IGNORATO LA QUESTIONE DELLA FIGLIA E HA ACCUSATO SOLO L'ARTIGIANO. QUEST'ULTIMO SI È INFURIATO ED È SUCCESSO QUELLO CHE È SUCCESSO.

A CAUSA DELL'INCENDIO, LA RAGAZZA HA RIPORTATO GRAVI USTIONI SU METÀ DEL CORPO. IL GIORNO DOPO, L'ARTIGIANO È STATO ARRESTATO DALLE AUTORITÀ E HA CONFESSATO DI ESSERE STATO LUI AD APPICCARE IL FUOCO.
DA QUELLA NOTTE, OSHICHI NON ERA PIÙ TORNATA DA SUTEHACHI... ERA LA PRIMA DONNA CHE SUTEHACHI AVEVA ISTRUITO E CRESCIUTO DA SOLO. FORSE... PROPRIO COME UNA CRISALIDE TRASFORMATASI IN FARFALLA, OSHICHI ERA ORMAI PRONTA A VOLARE TRA LE BRACCIA DI UN ALTRO UOMO.
LO PENSO ANCH'IO.
SI È SENTITO ALLE STRETTE E NON HA TROVATO ALTRE SOLUZIONI.

CIÒ CHE NON SI PUÒ FARE NON SI PUÒ FARE. NULLA CI IMPONE DI DOVER FARE QUALCOSA PER FORZA. NON IMPORTA COSA FAI, ANCHE SE CI PROVI, NON CAMBIERÀ NULLA. NON IMPORTA COSA FAI, NON CAMBIERÀ NIENTE. E SE NON CI RIESCI, CHE IMPORTA?
?
?

ECCOLO! È LUI!
IL PIRO-MANE!
È STATO LUI AD APPICCARE L'INCENDIO DELL'ALTRO GIORNO!

STRAP
TUMP
TUMP
INDIETRO! FERMATEVI! NON SI DEVONO INFLIGGERE FERITE A UN CONDANNATO!
...
...

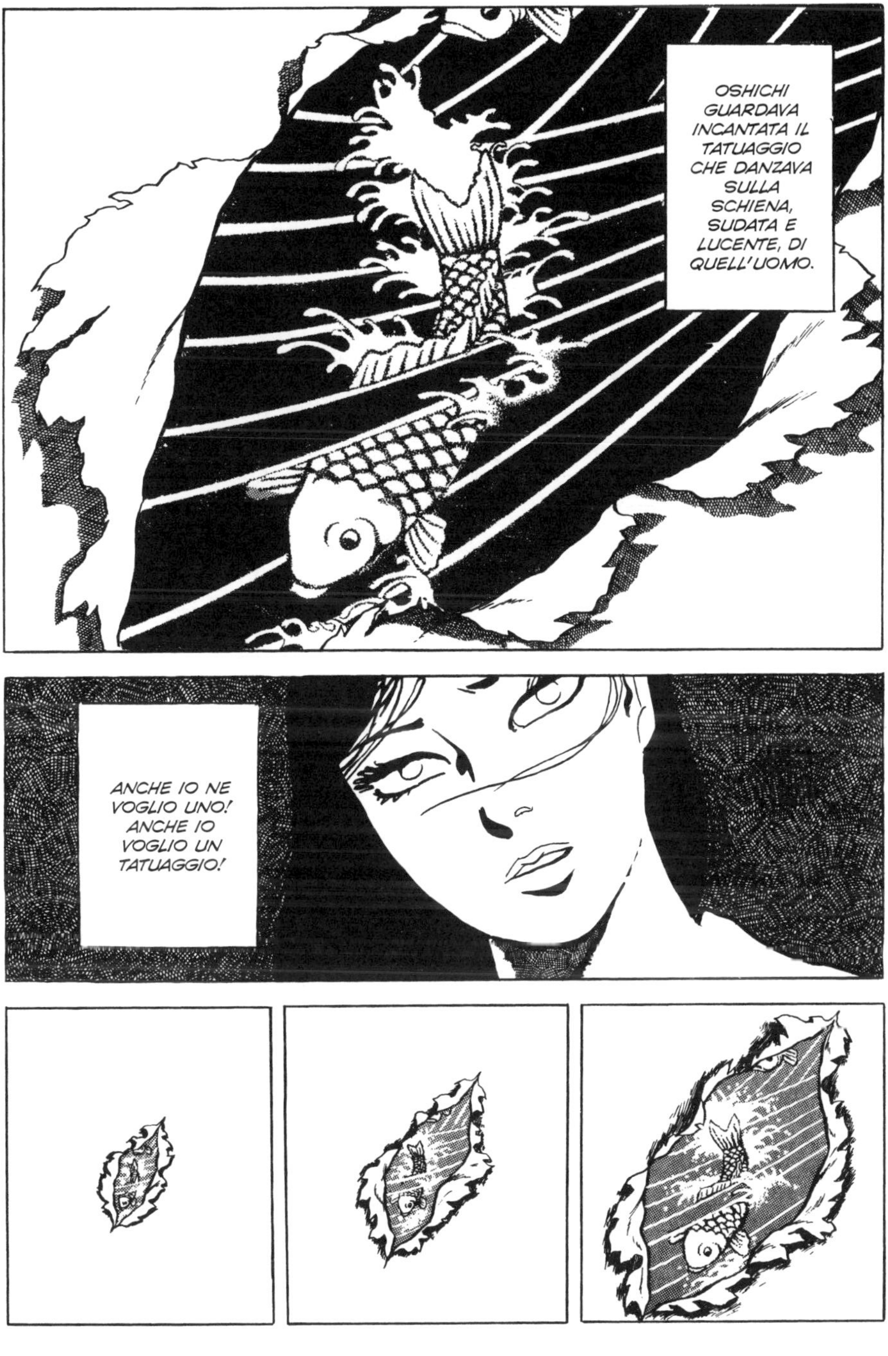
OSHICHI GUARDAVA INCANTATA IL TATUAGGIO CHE DANZAVA SULLA SCHIENA, SUDATA E LUCENTE, DI QUELL'UOMO.
ANCHE IO NE VOGLIO UNO! ANCHE IO VOGLIO UN TATUAGGIO!

彫蝶
▲ HORICHÔ, TATUATORE.
NE SIETE
SICURA?
SÌ.

AVETE UNA PELLE MERAVIGLIOSA. VOLETE DAVVERO ROVINARLA CON UNA COSA SIMILE?
VA BENE...
VI PREGO.
PROCEDETE PURE.
INIZIO.

ZIK

AAAH!

CAPITOLO 21

CHIACCHIERE

KRRT
GLUG

IL SAKE DEL MATTINO SI DIFFONDE IN TUTTI GLI ORGANI INTERNI. CHIUDO GLI OCCHI E VEDO APPARIRE DIETRO LE MIE PALPEBRE UNA SCENA EROTICA DAI COLORI ACCESI E DALLA COMPOSIZIONE ECCENTRICA.

PERCHÉ MAI DOVREI DISEGNAR-LA?

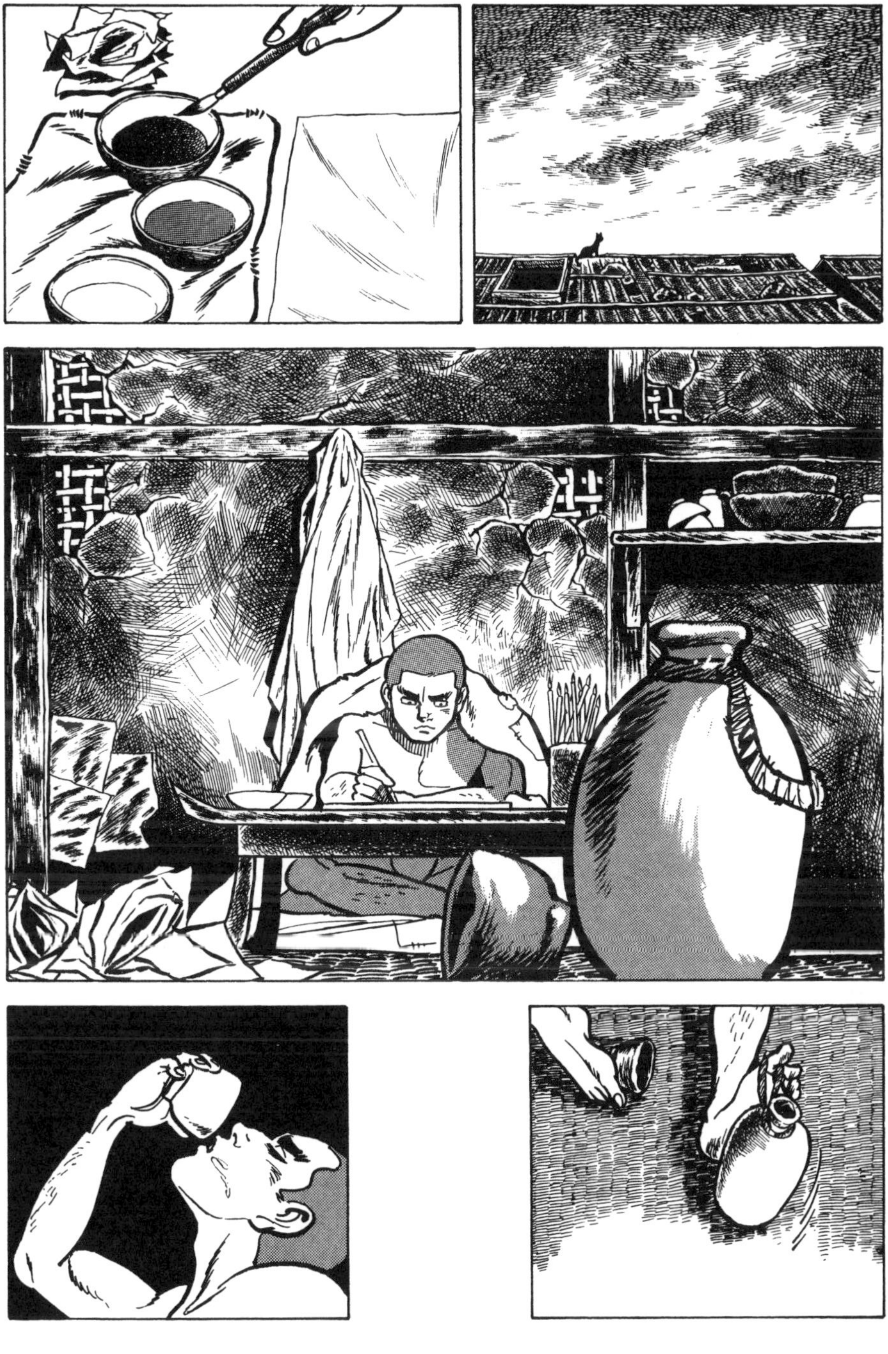

CHIEDO SCUSA. È QUESTA LA DIMORA DI SUTEHACHI?
DIMORA... NON È NIENTE DI STRAORDINARIO, MA È QUI CHE VIVO.
ENTRA PURE.
CHIEDO SCUSA PER L'INTRUSIONE.
SONO VENUTO A PORTARTI DELLE STAMPE DA PARTE DI CHÔJI-YA.
DAVVERO? ACCOMODATI.
AH...

VIENI PURE PIÙ VICINO.
VA BENISSIMO QUI.
DAVVERO? COME VUOI... NON TI VOGLIO FORZARE.

QUEST'ANNO SEI ANDATO A OSSERVARE I FIORI DI CILIEGIO?
NO... SONO TROPPO POVERO E OBERATO DI LAVORO PER FARE QUESTE COSE...
E TU, INVECE?
IO?
PER ME, I FIORI DI CILIEGIO SBOCCIANO TUTTO L'ANNO!
EH EH... È LA TUA CONDIZIONE SOCIALE A PERMETTERTELO.
GLUG

PARE CHE ANCHE QUEST'ANNO I LUOGHI FAMOSI PER OSSERVARE I FIORI DI CILIEGIO, COME SULLE RIVE DEL FIUME SUMIDA O SUL MONTE ASUKA, FOSSERO MOLTO AFFOLLATI.
IO NON HO FATTO ALTRO CHE ASCOLTARE PETTEGOLEZZI... MI LIMITO A IMMAGINARE I FIORI DI CILIEGIO CON LA MIA MENTE.
AH AH! NON È ANCHE QUESTO UN MODO PER AMMIRARLI?

È TRISTE, PERÒ, USARE SOLTANTO L'IMMAGINAZIONE...
EH EH...

* DOLCE FATTO CON FARINA DI RISO E RISO GLUTINOSO. LO *HANAMI DANGO*, AROMATIZZATO CON I FIORI DI CILIEGIO *SAKURA*, SI MANGIA SPESSO OSSERVANDO LA FIORITURA DEI *SAKURA* (*HANAMI*); N.D.T.

SENTI UN PO'... MA HAI UNA MOGLIE?
PER ME, QUEI BONSAI SONO COME FIGLI CHE HO CRESCIUTO CON CURA E DEDIZIONE...
L'HO FATTO SOLO PER I MIEI ADORATI BONSAI. MI SONO, PER COSÌ DIRE, SACRIFICATO...
ALLA FINE GLI HO LASCIATO CREDERE CHE AVESSI FATTO LA PIPÌ A LETTO.
BEH, UNA È PIÙ CHE SUFFICIENTE, NO?
SÌ, NE HO UNA.
CAPISCO... QUINDI È COSÌ CHE È NATA LA VOSTRA STORIA?
DEVI SAPERE CHE LEI È LA DOMESTICA CHE HA SCOPERTO IL LETTO BAGNATO. A LEI, E SOLO A LEI, HO RACCONTATO LA VERITÀ.

* GIOCO DI PAROLE BASATO SULL'OMOFONIA DI DUE TERMINI: *MATSU* (PINO) E *MATSU* (ASPETTARE); N.D.T.

SEI UN PERVERTITO!
SÌ... EH EH EH...
TUMP
ACCIDENTI A TE!
AHI!
GRAB
CHE BELLA STORIA!
UHM...
COMUNQUE, TORNANDO AL DISCORSO DEI FIORI DI CILIEGIO, ANCH'IO VORREI PORTARE MIA MOGLIE A VEDERLI. SAI, È ARRIVATA A EDO DALLA CAMPAGNA E NON HA ANCORA AVUTO MODO DI VEDERE NULLA.

DAVVERO È COSÌ DURA?
ESSERE AL SERVIZIO DEGLI ALTRI È DAVVERO TRISTE.
OGNUNO TORNERÀ ALLA SUA TRANQUILLA VITA QUOTIDIANA. QUESTA STAGIONE, PER ME, È QUELLA IN CUI IL MIO CUORE TROVA FINALMENTE PACE.
MA ORMAI È TUTTO PASSATO. I FIORI SONO CADUTI. POCO FA, MENTRE ATTRAVERSAVO IL FIUME ÔKAWA, HO VISTO UN GRUPPO DI PASTICCERI ATTORNO AGLI ALBERI SPOGLI. STAVANO RACCOGLIENDO LE FOGLIE VERDI DEI CILIEGI SFIORITI.
SÌ. QUANDO ARRIVA IL PERIODO DELLA FIORITURA DEI CILIEGI, NON RIESCO A STARE TRANQUILLO.
EHI, CAPO-COMMESSO... FATTI UN GOCCETTO.
...

SUVVIA, QUANTE STORIE!
NO, GRAZIE... IO NON...
VORRÀ DIRE CHE NE BERRÒ SOLO UN SORSO...
ANCORA UN POCO...
ALLORA, BEVILO TUTTO D'UN FIATO!
A DIRE IL VERO, VADO PAZZO PER GLI ALCOLICI.

GLUG
GRAZIE.
GLUG
GLUG GLUG GLUG
GLUG
GLUUUG
PFFT!
AAAH!

DICI DAVVERO?
ERA OTTIMO!
MA CHE DICI! VUOI BERE ANCORA UN PO'?
GRAZIE MILLE E SCUSA PER TUTTE QUESTE CHIACCHIERE.
NO, TI RINGRAZIO. SE BEVO ANCORA, MI BECCHERÒ I RIMPROVERI DEL MIO PADRONE.

AH, CAPISCO. BEH, NON INSISTO ALLORA...
LA PROSSIMA VOLTA MI PIACEREBBE BERE CON TE ASCOLTANDO QUALCHE ALTRA STORIA SUI TUOI BONSAI.
OH, SAREBBE DAVVERO UN ONORE...
ANCHE IO, SAI, HO SEMPRE DESIDERATO BERE CON QUALCUNO CON CUI MI SENTISSI DAVVERO IN SINTONIA, IN MODO CALMO E RILASSATO.
VA BENE. VORRÀ DIRE CHE PRESTO TI INVITERÒ.
GRAZIE MILLE. E SCUSAMI DAVVERO SE MI SONO TRATTENUTO COSÌ A LUNGO.

TANK
TOLGO IL DISTURBO.

EHI, CAPOCOM-MESSO!
TI INVITERÒ QUANDO SARANNO SBOCCIATI GLI IRIS!
HO DETTO CHE TI INVI-TERÒ QUANDO SBOCCERAN-NO GLI IRIS!
FAI VENIRE ANCHE TUA MOGLIE!

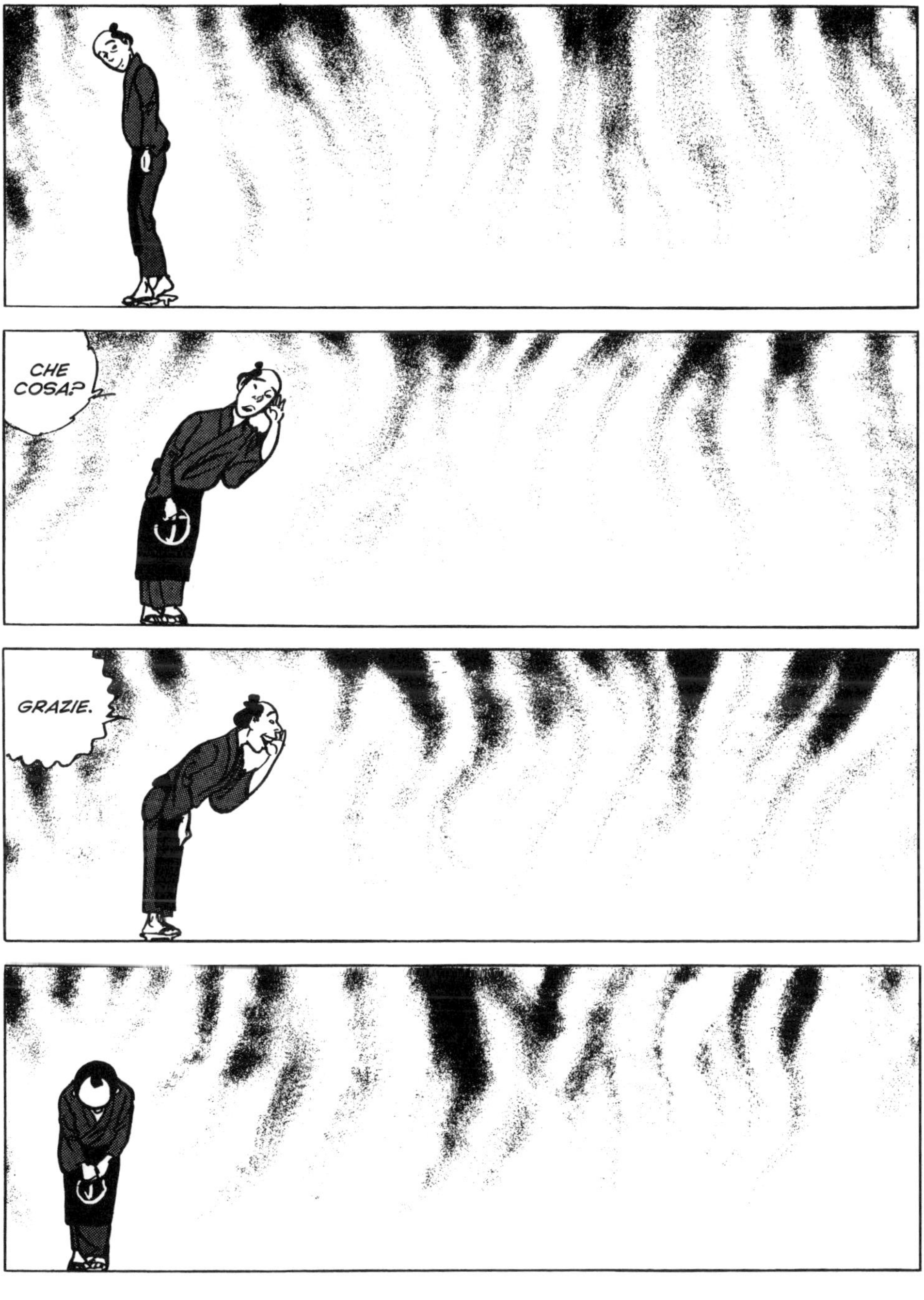
CHE COSA?
GRAZIE.

C'ERA UN UOMO CHE SAPEVA COME BERE.
QUELL'UOMO SI UBRIACÒ CON UN BICCHIERE DI SAKE.
MENTRE SVANIVA TRA I MIRAGGI, ONDEGGIANDO SOTTO IL CALORE DEL SOLE...
... MOSTRAVA LA SUA SOLITARIA FIGURA DI SPALLE.
"FORSE ANCHE IO APPAIO ALLO STESSO MODO, DI SPALLE?"

FU QUESTO IL PENSIERO CHE BALENÒ ALL'IMPROVVISO NELLA MENTE DI SUTEHACHI.

FOLLI PASSIONI
VOL.1 - FINE

Riviste e date di prima pubblicazione

Capitolo 1, *Weekly Manga Action*, 13/12/1973.

Capitolo 2, *Weekly Manga Action*, 20/12/1973.

Capitolo 3, *Weekly Manga Action*, 27/12/1973.

Capitolo 4 - Camelie d'inverno, *Weekly Manga Action*, 03/01/1974.

Capitolo 5 - Oshichi e le sette piante, *Weekly Manga Action*, 10-17/01/1974.

Capitolo 6, *Weekly Manga Action*, 24/01/1974.

Capitolo 7 - I fiori sono sbocciati, *Weekly Manga Action*, 31/01/1974.

Capitolo 8 - Mia madre, prima parte, *Weekly Manga Action*, 07/02/1974.

Capitolo 9 - Mia madre, seconda parte, *Weekly Manga Action*, 14/02/1974.

Capitolo 10 - A proposito di Oei, *Weekly Manga Action*, 21/02/1974.

Capitolo 11 – Sonnecchiare, *Weekly Manga Action*, 28/02/1974.

Capitolo 12 – Kamaitachi, *Weekly Manga Action*, 07/03/1974.

Capitolo 13 – Il sogno infranto di una bambola Hina, *Weekly Manga Action*, 14/03/1974.

Capitolo 14 - Le scorregge di Kuma, *Weekly Manga Action*, 21/03/1974.

Capitolo 15 - Tappeto di petali sull'acqua, *Weekly Manga Action*, 28/03/1974.

Capitolo 16 - Primavera e ostilità, *Weekly Manga Action*, 04/04/1974.

Capitolo 17 - Miso con farfaracci, *Weekly Manga Action*, 11/04/1974.

Capitolo 18 - L'urlo del demone, *Weekly Manga Action*, 18/04/1974.

Capitolo 19 - Vento di primavera: una scena infernale, prima parte, *Weekly Manga Action*, 25/04/1974.

Capitolo 20 - Vento di primavera: una scena infernale, seconda parte, *Weekly Manga Action*, 02/05/1974.

Capitolo 21 – Chiacchiere, *Weekly Manga Action*, 09/05/1974.

Penso che Hokusai fosse un uomo libero. Voleva sempre dipingere, si spostava continuamente con una grande energia. La sua straordinaria creatività lo portò a passare dalla pittura ad acquerello alle xilografie *ukiyo-e*, e infine alla pittura a olio. La sua energia e il suo talento creativo erano quelli di un uomo davvero libero.

In seguito, sono state create su di lui tante leggende, che lo descrivevano come un grande uomo o genio. Ma a che pro? Se Hokusai fosse stato davvero un grande uomo come si racconta, non sarei riuscito a capire la sua vera essenza. La mia visione di Hokusai è che, più che un grande uomo, fosse una persona che non si sforzava di essere straordinaria.

Quando torno a casa ubriaco, se mia moglie mi rimprovera, posso sempre rispondere dicendo: "Guarda Hokusai!". Credo che l'unico grande uomo che posso sentire a me vicino sia proprio Katsushika Hokusai.[1]

1 La presente traduzione, a cura di Paolo La Marca, è stata condotta sul testo *Ijin yûjin Katsushika Hokusai* contenuto in *Dôsei jidai to boku* di Kamimura Kazuo, *Tokyo*, Kôronsha, 1973, pp. 64-66.

Postfazione

Kamimura Kazuo

Katsushika Hokusai. Grande uomo, grande amico

Quando si parla di pittura, un artista con cui tutti devono fare i conti è Katsushika Hokusai. Non c'è nessun altro pittore che abbia lasciato un così grande numero di capolavori che continuano a essere tramandati e conosciuti fino ai giorni nostri. È diventato uno dei tre più grandi pittori del mondo, forse fin troppo celebrato, ma per noi è una Bibbia, indipendentemente dalla persona o dalle sue opere.

Oggi viene chiamato "genio" o " personaggio eccentrico", ma tutto ciò non è che una tradizione successiva. Nessuno può dire con certezza cosa sia realmente accaduto nella vita di Hokusai. Alla fine, credo che sia meglio interpretare le storie tramandate un po' a modo nostro.

Per me, Hokusai è un pittore lontano e inaccessibile ma, allo stesso tempo, anche molto vicino e facile da comprendere.

A dire la verità, anche se io stesso mi reputo "un pittore di quantità", mi chiedo spesso se riuscirei a dipingere così tanto come Hokusai.

I grandi uomini sono spesso accompagnati da leggende, che quasi sempre ci portano a pensare che siano dei geni a cui noi, comuni mortali, non potremo mai avvicinarci. Tuttavia, le storie che riguardano Hokusai hanno il potere di farcelo sentire più vicino.

Ad esempio, nonostante fosse uno degli artisti più noti del suo tempo, si dice che fosse sempre in difficoltà economiche.

C'è anche la storia di quando ricevette per un dipinto un pagamento di duecento *ryô* da un olandese: mise quella somma in un angolo della stanza senza pensarci troppo e pare che non riuscì più a trovarla quando ne ebbe bisogno.

Oppure, la sua abitudine di trasferirsi continuamente, cambiando casa decine di volte...

Hokusai nutriva la sua arte nel profondo del cuore e dipingeva con passione. Aveva una dedizione quasi folle verso l'arte, che da un punto di vista esterno poteva sembrare una forma di pazzia, ma è stata proprio questa passione che gli ha permesso di creare tutte quelle opere straordinarie durante la sua vita.

Ogni volta che sento dire che Hokusai era pazzo, avverto una profonda simpatia nei suoi confronti, come se fosse un mio amico.

Hokusai ebbe una sola moglie e una figlia che non si sposò mai, forse a causa della grande personalità del padre.

Inoltre, Hokusai era noto per il suo aspetto poco attraente. Era un uomo robusto, alto quasi due metri, e non somigliava affatto all'immagine stereotipata di un pittore.

Per preservare la qualità delle composizioni delle tavole di questo fumetto, abbiamo scelto di mantenere inalterato il verso di lettura giapponese.
Allo stesso modo, in considerazione del fatto che le onomatopee sono parte integrante del disegno, abbiamo deciso di lasciarle come in originale e di scrivere una possibile traduzione a bordo vignetta.

COME SI LEGGE UN MANGA

Manga è il termine, universalmente noto, per dire fumetto in Giappone. Il senso di lettura è dall'alto verso il basso, come il nostro, mentre la sequenza delle vignette e dei dialoghi va da destra verso sinistra, al contrario di come siamo abituati.
Per questo motivo la lettura dei fumetti giapponesi inizia da quella che per noi è l'ultima pagina.

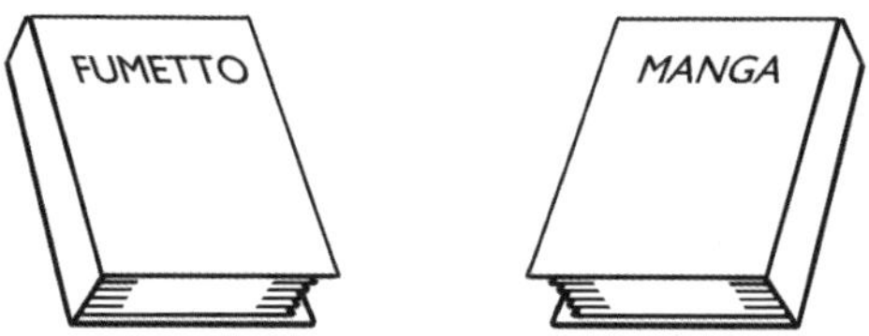

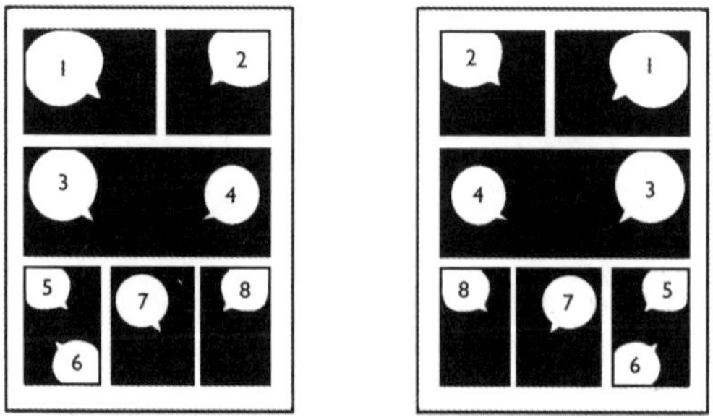

D

O

K

U

Kamimura Kazuo, *Folli passioni* vol.1

Volume a cura di
Paolo La Marca e Livio Tallini

Traduzione: Paolo La Marca
Progetto grafico e adattamento: Livio Tallini

Coconino Press

Direttore editoriale: Giovanni Ferrara
Redazione: Luca Baldazzi, Oscar Glioti, Ratigher,
Alessio Trabacchini
Correzione bozze: Sara D'Ippolito
Art director: Leonardo Guardigli
Grafico: Andrea Canfora
Ufficio stampa: Luca Baldazzi
Social media manager: Jacopo Masini
Foreign rights: Alessandra Sternfeld per Am-Book
Acquisizione diritti esteri: Oscar Glioti
Direttore commerciale: Jacopo Masini
Assistente commerciale e segreteria: Flaminia Ragni
Eventi e rapporti con le librerie: Sara Mastrodomenico
Amministrazione: Nicoletta Cicchinelli
Financial Controller: Filippo Giovannini
Distribuzione librerie: Messaggerie Libri
Distribuzione fumetterie: Manicomix
Promozione: Promocomix

Editori: Ilaria Bonaccorsi,
Ivan Gardini, Domenico Procacci
Direttore generale: Francesco Melidoni

Contatti:
ufficio.stampa@coconinopress.it
redazione@coconinopress.it
foreignrights@coconinopress.it

Coconino Press Srl
Viale Gorizia 19
00198 Roma

Casa editrice fondata nel 2000 da Carlo Barbieri e Igort

www.coconinopress.it

Finito di stampare nel mese di gennaio 2025